Diogenes Taschenbuch 21536

Doris Lessing

*Hunger
nach dem
großen Leben*

*Erzählung
Aus dem Englischen
von Lore Krüger*

Diogenes

Die vorliegende Erzählung wurde dem Band
›African Stories‹, Michael Joseph,
London, 1964, entnommen
Originaltitel: ›Hunger‹
Copyright © 1953, 1964 by Doris Lessing
Die vorliegende Ausgabe erschien
vorerst 1976 unter dem Titel ›Hunger‹
im Diogenes Verlag
Abdruck der Übersetzung mit freundlicher
Genehmigung von Lore Krüger
Umschlagfoto:
›Pots for sale at market‹ (Ausschnitt)
Copyright © Neil Beer/CORBIS

Alle deutschen Rechte vorbehalten
Copyright © 1976
Diogenes Verlag AG Zürich
www.diogenes.ch
100/07/8/4
ISBN 978 3 257 21536 6

Drinnen in der Hütte ist es dunkel und sehr kalt. Nur die längliche Türöffnung, vor der – um des Anstandes willen – ein Sack hängt, ist von einem schimmernden, gelben Streifen umgeben, und durch die Löcher drängen sich Lichtstrahlen wie warme, goldene Finger und zerren und zupfen an Jabavus Beinen. »Ah«, murmelt er, zieht die Füße an und stößt damit gegen die Decke, die er ganz über sich breiten will. Jabavu liegt auf einer Rohrmatte, und wenn er das kühle Geflecht berührt, zuckt er zurück und brummt im Schlaf. Dann streckt er die Beine von neuem aus, wieder zupfen die warmen Sonnenfinger daran, und eine dumpfe Wut erfaßt ihn. Er klammert sich an den Schlummer, als müsse er ihn gegen einen Dieb verteidigen; wie in eine Decke, die beständig von ihm abrutschen will, hüllt er sich in den Schlaf; noch nie hat er so nach etwas verlangt, niemals wieder wird er sich so nach etwas sehnen wie in diesem Augenblick nach dem Schlaf. Er ersehnt ihn wie an einem kalten Abend einen warmen Trunk. Er trinkt ihn, schlürft ihn ein und gleitet befriedigt wieder in tiefes Vergessen zurück, doch da sinken Worte zu ihm herab wie Steine durch trübes Wasser. »Ah«, murmelt Jabavu wieder. Er liegt so still wie ein totes Kaninchen. Doch die Worte dringen weiter in seine Ohren, und obgleich er geschworen hat, sich nicht zu rühren, sich nicht aufzurichten, seinen Schlaf festzuhalten, den sie ihm fortzunehmen suchen, setzt er sich auf, und sein Gesicht ist unzufrieden und mürrisch.

An der anderen Seite des erloschenen Feuers auf dem Lehmboden in der Mitte der Hütte richtet sich sein Bruder Pavu ebenfalls auf. Auch er ist verdrießlich. Blinzelnd und mit abgewandtem Gesicht erhebt er sich mit seiner Decke. Doch er schweigt respektvoll, während seine Mutter mit ihnen beiden schilt.

»Kinder, euer Vater wartet nun schon so lange auf euch, wie man braucht, um ein Feld zu hacken.« Dies soll sie an ihre Pflicht erinnern und in ihr Bewußtsein zurückrufen, was sie bereits vergessen haben: daß sie schon vor einiger Zeit von ihrem Vater geweckt wurden, indem er schweigend die Hand erst auf die Schulter des einen, dann auf die Schulter des anderen Jungen legte.

Pavu faltet schuldbewußt seine Decke zusammen und legt sie auf den niedrigen Erdhügel an der einen Seite der Hütte; dann steht er da und wartet auf Jabavu.

Doch Jabavu lehnt auf dem Ellbogen neben den Aschenresten, die vom Feuer des vorigen Abends übriggeblieben sind, und sagt zu seiner scheltenden Mutter: »Du machst so viele Worte, Mutter, wie der Wind Staubkörner bringt.« Pavu ist entsetzt. Nie würde er anders als respektvoll zu seinen Eltern sprechen. Gleichzeitig ist er jedoch auch wieder nicht wirklich entsetzt, denn hier handelt es sich ja um Jabavu, das Großmaul. Zwar sagen die Eltern bekümmert, in ihrer Jugend habe kein Kind zu seinen Eltern so gesprochen, wie dieses Großmaul es tut, doch es ist eine Tatsache, daß es jetzt viele Kinder gibt, die so reden, und wie kann man denn über etwas entsetzt sein, was alle Tage geschieht?

Jabavu unterbricht einen schrillen Wortschwall seiner Mutter und sagt: »Ach, Mutter, halt den Mund!« Die Worte ›halt den Mund‹ sagt er auf englisch. Und jetzt ist Pavu wirklich entsetzt, von ganzem Herzen, und nicht nur mit dem Teil seines Bewußtseins, in dem er den alten Umgangsformen Achtung zollt. Schnell sagt er zu Jabavu: »Jetzt ist es genug. Unser Vater wartet.« Er schämt sich so, daß er den Sack vom Eingang hebt und blinzelnd ins Licht hinaustritt. Die Sonne strahlt in hellem Gold und beginnt schon, Hitze zu verbreiten. Pavu reckt seine steifen Glieder in ihrem Schein, als bade er in heißem Wasser, und steht dann vor seinem Vater. »Guten Morgen, mein Vater«, sagt er, und der alte Mann begrüßt ihn: »Guten Morgen, mein Sohn.«

Der Vater trägt eine braune, rotgestreifte Decke, die von einer großen stählernen Sicherheitsnadel gehalten wird, um die Schulter geschlungen. Er hält eine Hacke, um das Feld zu bestellen, und den Speer seiner Väter, um ein Kaninchen oder einen Antilopenbock zu töten, falls sich eines von beiden sehen läßt. Der Junge hat keine Decke. In ein Lendentuch gestopft trägt er ein durchlöchertes Unterhemd. Er hat ebenfalls eine Hacke.

Aus dem Innern der Hütte dringen Stimmen. Die Mutter schilt noch immer. Ein scharrendes Geräusch und das leise Knacken von Holz ist zu hören – sie kniet am Boden, um die tote Asche zu entfernen und das Feuer neu zu entfachen. Es ist, als könnten Pavu und der Vater die Mutter sehen, wie sie dort hockt und versucht, das Feuer des neuen Tages zum Leben zu erwecken, und als könnten sie Jabavu sehen, der zusammengerollt auf seiner Matte liegt und das Gesicht trotzig abgewandt hält, während sie ihm Vorwürfe macht.

Beschämt blicken Vater und Sohn einander an, dann sehen sie fort, an den kleinen Hütten des Eingeborenendorfes vorbei. Zwischen den Bäumen verschwindet gerade eine Gruppe ihrer Freunde und Verwandten, die aus diesen Hütten gekommen sind. Die anderen Männer sind bereits auf dem Wege zu den Feldern. Es ist kurz vor sechs Uhr. Aus Scham vermeiden es der Vater und Pavu, einander in die Augen zu sehen, und folgen den anderen. Jabavu muß allein nachkommen – wenn er überhaupt kommt. Einst waren die Männer aus dieser Hütte die ersten auf dem Feld, einst waren ihre Felder als erste gehackt, als erste bestellt und abgeerntet. Jetzt sind sie die letzten, und das alles wegen Jabavu, der – je nachdem, wie er Lust hat – arbeitet oder auch nicht.

Drinnen in der Hütte kniet die Mutter vor dem Feuer und beobachtet, wie unter ihrer schützend gewölbten Hand eine kleine Flamme aufzüngelt. Die Wärme tut ihr wohl, und ihre Bitterkeit schmilzt.

»Ach, mein Großmaul, steh jetzt auf«, sagt sie mit zärtlichem Vorwurf. »Willst du denn den ganzen Tag daliegen, während dein Vater und dein Bruder arbeiten?« Sie hebt das Gesicht, bereit, dem bösen Sohn verzeihend zuzulächeln. Doch Jabavu springt von der Decke auf, als habe er dort eine Schlange gefunden und schreit: »Ich heiße Jabavu und nicht Großmaul. Sogar meinen eigenen Namen, den ihr mir gegeben habt, nehmt ihr mir!« Steif und anklagend steht er dort, und seine Lider zucken vor Zorn und Kummer. Seine Mutter senkt langsam den Blick, als fühle sie sich schuldig.

Das ist seltsam, denn Jabavu ist hundertfach im Unrecht, während sie stets eine gute Mutter und Frau gewesen ist. Doch in diesem Augenblick ist es zwischen diesen beiden, zwischen Mutter und Sohn, als habe sie unrecht getan und als beschuldige er sie zu Recht. Bald darauf lockert sich seine zornige, steife Haltung, müßig lehnt er gegen die Wand und sieht ihr zu. Sie greift hinter sich in das sichelförmige Lehmfach, um einen Topf daraus zu holen. Jabavu folgt ihr gespannt mit dem Blick. Er ist jetzt von einem neuen Gedanken, einem neuen Bedürfnis gepackt – was für einen Behälter wird sie hervorholen? Als er sieht, was es ist, stößt er einen Seufzer der Erleichterung aus; seine Mutter hört es und zerbricht sich den Kopf darüber. Sie hat nicht den Kochtopf für den Frühstücksbrei hervorgeholt, sondern den Benzinkanister, in dem sie das Waschwasser heiß macht.

Der Vater und Pavu, wie alle übrigen Männer des Dorfes, werden sich waschen, wenn sie zur ersten Mahlzeit vom Felde zurückkehren, oder sie werden sich im Fluß bei ihrer Arbeitsstätte säubern. Doch Jabavus ganzes Wesen, jedes Teilchen seines Hirns und seines Körpers, sehnt sich gespannt danach, daß sie ihn auf diese Weise bedient – daß sie extra Wasser heiß macht, damit er sich jetzt waschen kann. Dabei kümmert sich Jabavu zu anderen Zeiten wenig um seine Sauberkeit.

Die Mutter stellt den Kanister auf die Steine inmitten der roten, hoch aufflackernden Flammen, und fast sogleich erhebt sich ein bläulicher Dampf aus dem sprudelnden Wasser. Sie hört Jabavu noch einmal seufzen. Grübelnd hält sie den Kopf gesenkt. Sie denkt, es sei, als lebe in Jabavu, ihrem Sohne, eine Art hungriges Tier, das aus seinen Augen blickt und aus seinem Munde spricht. Sie liebt Jabavu. Sie hält ihn für tapfer, zärtlich, klug, stark und respektvoll. Sie glaubt, daß er all dies sei, und das wilde Tier, das sich in Jabavu niedergelassen hat, sei gar nicht ihr Sohn. Doch ihr Mann, ihre übrigen Kinder und tatsächlich das ganze Dorf nennen ihn Jabavu das Großmaul, Jabavu den Gierigen, den Prahlhans und schlechten Sohn, der ganz gewiß eines Tages in die Stadt der Weißen laufen und zu einem der Matsotsis, der jugendlichen Verbrecher, werden wird. Jawohl, das sagen sie, und sie weiß es. Es gibt sogar Augenblicke, in denen sie es selbst sagt. Indessen – vor fünfzehn Jahren herrschte eine Hungersnot. Keine so furchtbare, wie man sie in anderen Ländern kennt, von denen diese Frau noch nie gehört hat, etwa in China oder Indien. Aber es war ein Jahr der Dürre; manche Menschen starben und viele hungerten.

Im Jahre zuvor hatten sie ihren Mais wie gewöhnlich an den Eingeborenenladen verkauft und genügend für sich selbst zurückbehalten. Sie bekamen einen Preis dafür, der für dieses Jahr nicht schlecht war. Der weiße Mann, ein Grieche, dem der Laden gehörte, speicherte den Mais auf, wie er es immer tat, um ihn dann, wenn sie knapp daran wurden, wieder an dieselben Eingeborenen zu verkaufen, von denen er ihn gekauft hatte. Das geschah oft – denn sie waren ein sorgloses Völkchen und stets bereit, um der glänzenden Shillings willen, mit denen sie Kopftücher, Armspangen oder Stoff erstehen konnten, mehr Mais zu verkaufen, als sie eigentlich durften. In jenem Jahr gab es auf den großen Märkten in Amerika und Europa eine Preiserhöhung. Der Grieche verkaufte allen Mais, den er hatte, an die großen Händler in der Stadt und schickte seine Angestellten durch die Eingeborenendörfer, um die Leute zu bewegen,

9

alle Vorräte zu verkaufen. Er bot ihnen ein wenig mehr Geld, als sie zu erhalten gewohnt waren. Er kaufte zum halben Preis ein, für den er in der Stadt verkaufen konnte. Alles wäre gut gegangen, hätte es keine Dürre gegeben. Doch die Maispflanzen verwelkten auf den Feldern, die Kolben versuchten zu reifen, aber sie blieben so klein wie Fäuste. Eine Panik brach in den Dörfern aus, und die Menschen strömten zum Laden des Griechen und zu allen anderen Eingeborenenläden rings im Lande. Der Grieche sagte, ja, ja, er habe Mais, er habe immer Mais, aber natürlich zu dem neuen Preis, der von der Regierung festgesetzt worden sei. Und selbstverständlich hatten die Leute nicht genügend Geld, um den Mais zu diesem neuen, teuren Preis zu kaufen.

So gab es also ein Jahr des Hungerns in den Dörfern. In diesem Jahr kam Jabavus ältere, dreijährige Schwester spielerisch zu ihrer Mutter gerannt, um an ihrer Brust zu trinken. Ein Klaps jagte sie fort wie ein lästiges Hündchen. Die Mutter nährte noch Jabavu, ein ewig hungriges Kind, das schon immer viel Nahrung gefordert hatte, und außerdem war da noch ein Säugling von einem Monat. Der Winter war kalt und brachte viel Staub. Die Männer jagten nach Hasen und Antilopen, die Frauen durchsuchten den ganzen Tag den Busch nach eßbaren Pflanzen und Wurzeln, und es gab kaum Mais für den Brei. Der Staub erfüllte die Dörfer, hing hartnäckig in dichten Wolken in der Luft, drang in die Hütten und den Menschen in die Nase. Das kleine Mädchen starb – wie man sagte, hatte sie zu viel Staub eingeatmet. Leer hing die Brust der Mutter, und wenn Jabavu kam und sie am Kleid zupfte, jagte sie ihn mit einem Klaps davon. Sie war krank vor Kummer über den Tod des Kindes und vor Angst um den Säugling. Denn jetzt wurden die Böcke und Hasen rar, sie waren allzu beharrlich gejagt worden, und von Blättern und Wurzeln allein kann man nicht leben. Jabavu indessen war nicht gewillt, so leicht auf die Brust der Mutter zu verzichten. Des Nachts, wenn sie auf ihrer Matte lag, neben sich den kleinen Säugling, stieß und drängte sich Jabavu zu ihrer Milch; zusammenfahrend wachte sie auf und sagte: »Ehhh, was für ein starkes Kind habe ich da!« Er war erst ein Jahr alt, doch sie mußte ihre ganze Kraft aufwenden, um ihn von sich abzuwehren. Im Dunkeln der Hütte wachte ihr Mann auf und hob den schreienden, um sich schlagenden Jabavu von ihr und dem zarten Neugeborenen hinweg. Der Säugling starb, doch da war Jabavu schon zu einem Starrkopf geworden und kämpfte wie ein Leopardenjunges um jedes bißchen Nahrung, das zu finden war. Er war zu einem kleinen Skelett abgemagert, mit faltiger, brauner Haut und riesigen, wilden Augen, die den Staub nach herabgefallenen Maiskörnern oder einem sauer gewordenen Gemüserest durchsuchten.

Daran denkt die Mutter, während sie dort hockt und zusieht, wie der Dampf vom Wasser aufsteigt. Für sie stellt Jabavu drei Kinder dar, sie liebt ihn noch immer mit der ganzen schmerzlichen Inbrunst jenes furchtbaren Jahres. Sie denkt: damals, als er so winzig war, wurde Jabavu, das Großmaul, geformt – jawohl, schon damals nannten ihn die Leute das Großmaul. Ja, durch die Schuld des langen Hungers ist Jabavu zu dem geworden, was er ist.

Doch noch während sie ihn so entschuldigt, muß sie daran denken, wie er als Neugeborener war. Die Frauen pflegten zu lachen, wenn sie zusahen, wie er trank. »Der ist hungrig zur Welt gekommen, aus dem wird mal ein großer Mann!« sagten sie. Jabavu war ein großes Kind, sog sehr kräftig und weinte immer nach Nahrung ... Wieder entschuldigt sie ihn zärtlich: Wäre er nicht so gewesen, hätte er nicht von Geburt an seine Kraft so genährt, er wäre ebenfalls gestorben wie die anderen. Bei diesem Gedanken hebt sie voller Liebe und Stolz ihren Blick, doch schnell senkt sie ihn wieder. Sie weiß, daß ein großer Bursche wie Jabavu, der fast siebzehn Jahre alt ist, es nicht leiden kann, wenn seine Mutter ihn ansieht und dabei an den Säugling denkt, der er einst war. Jabavu weiß nur, was er jetzt ist – und das sehr unklar. Er lehnt noch immer an der Lehmwand. Er sieht nicht seine Mutter an, sondern blickt auf das Wasser, das sie für ihn heiß macht. In seinem Innern tobt ein solcher Sturm des Zorns, der Liebe, des Schmerzes und des Grolls, er fühlt so viel – und alles auf einmal, daß es ist, als sei ein Windteufel in ihn gefahren. Er weiß recht gut, daß er sich nicht beträgt, wie er sollte, doch er kann nicht anders. Er weiß auch, daß er sich unter seinen eigenen Leuten wie ein schwarzer Bulle in einer Herde weißer Ziegen ausnimmt – dabei stammt er von ihnen; nach nichts trägt er Verlangen, als nach der Stadt des weißen Mannes – dabei weiß er von ihr nur, was er von Reisenden gehört hat. Und plötzlich muß er denken: Wenn ich in die Stadt der Weißen gehe, wird meine Mutter vor Kummer sterben.

Jetzt sieht er seine Mutter an. Er sinnt nicht darüber nach, ob sie jung oder alt, hübsch oder häßlich ist. Sie ist seine Mutter, die gut ausgestattet zu ihrem Manne kam, nachdem eine angemessene Anzahl Rinder für sie bezahlt wurde. Sie hat fünf Kinder geboren, von denen drei leben. Sie ist eine gute Köchin und zeigt ihrem Manne Respekt. Sie ist eine Mutter, wie sie, den alten Vorstellungen entsprechend, sein soll. Jabavu verachtet diese Vorstellungen nicht – sie gelten einfach nicht für ihn. Man braucht etwas, von dem man sich bereits befreit hat, nicht zu verachten. Jabavus Frau wird nicht wie seine Mutter sein, er weiß nicht warum, aber er weiß es.

Den neuen Ansichten gemäß ist seine Mutter, die erst fünfunddreißig Jahre zählt, tatsächlich noch eine junge Frau, die in einem Kleid, wie es die städtischen Frauen tragen, immer noch hübsch aussehen würde. Doch sie trägt ein Stück blauen Baumwollstoff, der ihre Schultern frei läßt, um die Brust gebunden, und einen blauen Baumwollrock, der jetzt so gerafft ist, daß ihr die Hitze nicht die Beine versengt. Sie hat noch nie darüber nachgedacht, ob sie alt oder jung, modern oder altmodisch ist. Doch auch sie weiß, daß Jabavus Frau anders sein wird als sie, und ihre Gedanken wandern mit Respekt und etwas Furcht zu dieser unbekannten Frau. Sie denkt: Wenn dieser mein Sohn eine Frau findet, die ebenso ist wie er, dann wird er vielleicht nicht mehr wie ein wilder Stier unter Ochsen sein ... Dieser Gedanke tröstet sie; sie läßt ihren Rock fallen, wie er will, tritt vor der sengenden Hitze zurück und hebt den Kanister von den Flammen. »Jetzt kannst du dich waschen, mein Sohn«, sagt sie. Jabavu packt den Kanister, als könne der ihm davonlaufen, und trägt ihn hinaus. Dann bleibt er stehen und setzt ihn langsam ab. Mürrisch, als schäme er sich dieser neuen Regung, geht er in die Hütte zurück, hebt die Decke auf, die noch liegt, wo er sie faleln ließ, faltete sie und legt sie in das Lehmfach. Dann rollt er seine Schilfmatte zusammen, lehnt sie gegen die Wand, rollt ebenfalls die Matte seines Bruders zusammen und räumt auch sie fort. Er blickt seine Mutter an, die ihn schweigend beobachtet, er sieht den weichen, mitleidigen Ausdruck in ihren Augen ... doch das kann er nicht ertragen. Zornerfüllt geht er hinaus.

Sie denkt: Sieh an, das ist mein Sohn! Wie schnell und sorgfältig er die Decken zusammenfaltet, die Matten gegen die Wand lehnt! Wie mühelos er den schweren Wasserbehälter hebt! Wie stark er ist und wie gutherzig! Jawohl, er denkt an mich und kehrt zurück, um die Hütte aufzuräumen, er schämt sich seiner Gedankenlosigkeit. So sinnt sie und sagt sich immer wieder, wie gutmütig ihr Jabavu sei, obwohl sie weiß, daß er es nicht ist, und besonders nicht sich selbst gegenüber, und daß sich Jabavu, wenn ihn wie jetzt ein Trieb überkommt, freundlich zu sein, beträgt, als tue er etwas Schlechtes und nicht etwas Gutes. Sie weiß, daß er sie anschreien wird, wenn sie ihm dankt. Sie blickt durch den Hütteneingang und sieht ihren Sohn dort, stark und gut gebaut, und seine bronzefarbene Haut glänzt vor Gesundheit in der Morgensonne. Doch seine Stirn ist ärgerlich und trotzig gerunzelt. Sie wendet sich ab, um es nicht zu sehen.

Jabavu trägt den Wasserbehälter in den Schatten eines großen Baumes, streift sein Lendentuch ab und beginnt sich zu waschen. Das heiße Wasser rinnt wohltuend über seinen Körper, er liebt das Kribbeln, das die starke Seife verursacht: Jabavu war der erste im ganzen Dorf, der die Seife der Weißen benutzte. Er denkt: Ich, Jabavu, wasche mich in gutem heißen Wasser, mit richtiger Seife. Nicht einmal mein Vater wäscht sich, wenn er aufwacht. Er sieht einige Frauen vorbeigehen und tut, als bemerke er sie nicht. Er weiß, was sie denken, doch er sagt sich: Dumme Kralweiber, sie wissen ja nichts. Doch ich, Jabavu, wasche mich wie ein weißer Mann, wenn er sich vom Schlaf erhebt.

Die Frauen gehen langsam vorüber, und ihre Gesichter drücken Kummer aus. Sie blicken zur Hütte hinüber, in der seine Mutter kniet und kocht, schütteln die Köpfe und äußern Worte des Mitgefühls für diese arme Frau, ihre Freundin und Schwester, die einen solchen Sohn großgezogen hat. Aber der Ton ihrer Stimmen drückt auch noch ein anderes Gefühl aus, und Jabavu weiß das, obwohl er die Frauen nicht hören kann. Ist es Neid, ist es Bewunderung? Es ist keins von beiden. Nicht zum erstenmal ist ein Kind wie Jabavu in den Dörfern aufgewachsen. Diese Frauen wissen sehr wohl, daß Jabavus Benehmen nur verständlich ist, wenn man an die Welt der Weißen denkt. Der weiße Mann hat Böses und Gutes gebracht, Dinge, die man bewundern, und Dinge, die man fürchten muß; es ist sehr schwer, die einen von den anderen zu unterscheiden. Wenn ein Flugzeug wie ein glänzender Käfer über ihren Köpfen durch die Luft fliegt und wenn die großen Autos auf der Landstraße nach Norden vorüberfahren, denken die Frauen auch an Jabavu und die jungen Leute, die ihm gleichen.

Jabavu hat sich fertig gewaschen. Müßig steht er unter dem großen Baum, den Rücken den Hütten des Dorfes zugewandt. Er ist völlig nackt und bedeckt das, was man von seinem Körper nicht sehen soll, mit der gewölbten Hand. Die gelben Flecken des Sonnenlichts zittern und bewegen sich auf seiner Haut. Er spürt, wie ihre Wärme auf seinem Körper tanzt, und beginnt vor Wohlbehagen zu singen. Dann läßt ein unangenehmer Gedanke seinen Gesang verstummen: er hat nichts als das Lendentuch anzuziehen, und das ist das Kleidungsstück des Kraljungen. Er besitzt ein Paar alte Shorts, die ihm schon vor Jahren zu klein waren. Sie gehörten einmal dem Sohn des Griechen vom Laden, als der zehn Jahre alt war.

Jabavu nimmt die Hose von einer Astgabel des Baumes und versucht, sie über seine Hüften zu ziehen. Es will nicht gehen. Plötzlich reißt sie hinten entzwei. Vorsichtig dreht er den Kopf, um zu sehen, wie groß der Riß ist. Sein Hinterteil scheint durch den Stoff. Er runzelt die Stirn, nimmt eine große Nadel, wie sie zum Nähen der Maissäcke benutzt wird, fädelt einen dünnen Baststreifen ein, den er unter der Rinde eines Baumes abgezogen hat, und beginnt, damit ein Netz über seinen Hintern zu spannen. Er tut dies, ohne die Shorts auszuziehen. Verrenkt steht er da und hält die Nadel in der einen, die ausgefransten Ränder des Stoffes in der anderen Hand. Endlich ist er fertig. Die Hose bedeckt ihn in anständiger Weise. Sie ist alt und umspannt ihn so fest, wie die Rinde eines Baumes das weiße Holz darunter, aber es ist eine Hose und kein Lendentuch.

Sorgfältig steckt er die Nadel wieder unter die Rinde, faltet sein Lendentuch zusammen und legt es in die Astgabel, dann zieht er einen Kamm unter einem Blätterbüschel hervor, den er dort versteckt hat. Er kniet vor einem winzigen Spiegelscherben nieder, den er auf einem Abfallhaufen hinter dem Laden des Griechen gefunden hat, und kämmt sein dichtes Haar. Er kämmt, bis ihm der Arm müde wird, doch endlich ist der Scheitel deutlich quer über der Kopfhaut zu sehen. Keck steckt er den Stahlkamm hinten in seinen

Schopf, daß er aussieht wie der Kamm eines prächtigen Hahns, und betrachtet sich befriedigt im Spiegel. Jetzt trägt Jabavu das Haar wie ein weißer Mann!

Er hebt den Kanister, gießt das Wasser in einem schönen glänzenden Bogen über die Büsche und sieht zu, wie die Tropfen in einem glitzernden Regen hinabrieseln; gackernd läuft eine Henne davon, die dort Schutz vor der Hitze suchte. Er brüllt vor Lachen über die flatternde Henne. Dann wirft er den leeren Behälter in die Büsche. Der ist neu und glänzt zwischen den grünen Blättern. Er sieht ihn an, und in ihm regt sich der Trieb, der ihm immer so wehtut, ihn lähmt und verwirrt. Er denkt daran, daß seine Mutter nicht wissen wird, wo der Behälter ist, für den sie im Laden des Griechen einen Shilling bezahlt hat. Heimlich, als tue er etwas Schlechtes, hebt er den Kanister wieder auf, trägt ihn zum Hütteneingang, langt vorsichtig in die Öffnung und stellt ihn hinein. Seine Mutter, die Maisgrieß in kochendem Wasser zu Brei rührt, wendet sich nicht um. Doch er weiß, daß sie bemerkt, was er tut. Er wartet darauf, daß sie sich umdreht – wenn sie es tut und ihm dankt, wird er sie anschreien; schon fühlt er, wie ihm der Ärger in die Kehle steigt. Und als sie sich nicht umwendet, steigert sich sein Ärger noch mehr, und sein Blick verfinstert sich. Er kann nicht ertragen, daß irgend jemand, und sei es seine Mutter, versteht, weshalb er sich wie ein Dieb herbeischleicht, um etwas Freundliches zu tun. Aufgebläht stolziert er in den Schatten des Baumes zurück und murmelt vor sich hin: »Ich bin Jabavu, ich bin Jabavu!«, als wäre dies die Antwort auf jeden traurigen Blick, jedes Wort des Vorwurfs und auch auf ein verständnisvolles Schweigen.

Unter einem Baum hockt er sich nieder, doch vorsichtig, damit seine Hose nicht völlig in Stücke zerfällt. Er sieht auf das Dorf. Es ist ein Eingeborenenkral, wie er überall in Afrika zu finden ist: regellos beieinanderstehende runde Lehmhütten mit konischen Grasdächern. Einige Hütten sind

quadratisch, von den eckigen Wohnhäusern der Weißen beeinflußt. Jenseits des Krals zieht sich ein Baumgürtel hin,
und dahinter liegen die Felder. Jabavu denkt: Dies ist mein
Dorf – aber sogleich verlassen seine Gedanken das Dorf und
wandern zur Stadt der Weißen. Jabavu weiß alles über diese Stadt, obwohl er niemals dort war. Wenn jemand von da
zurückkehrt oder durch diesen Kral kommt, läuft Jabavu
hin, um den Erzählungen von dem wunderbaren Leben und
den aufregenden Abenteuern zu lauschen. Er hat eine sehr
deutliche Vorstellung davon. Er weiß, daß die Häuser des
weißen Mannes stets aus Steinen und nicht aus Lehm gebaut
sind. Er hat solch ein Haus gesehen. Der Grieche vom Laden
hat ein Steinhaus mit zwei schönen Zimmern und Stühlen,
Tischen und Betten darin, die auf Beinen über dem Boden
stehen. Jabavu weiß, daß die Stadt der Weißen aus solchen
Häusern besteht, vielen, vielen Häusern, vielleicht so vielen,
daß sie von der Stelle, an der er sitzt, bis zur großen Straße
nach dem Norden reichen würden, die eine halbe Meile entfernt liegt. Helle Begeisterung erfaßt ihn, wenn er sich das
vorstellt, und mit Ungeduld und Unzufriedenheit betrachtet
er sein Dorf. Es ist etwas für alte Leute, für sie ist es gut.
Jabavu kann sich an keine Zeit erinnern, in der er nicht so
gedacht hätte; es ist, als wäre er mit dem Wissen geboren
worden, daß das Dorf seine Vergangenheit und nicht seine
Zukunft ist, und mit der Sehnsucht nach dem Augenblick, in
dem er in die Stadt gehen kann. Ein Hunger nach dieser
Stadt nagt in ihm. Was ist das für ein Hunger? Jabavu weiß
es nicht. So heftig ist sein Verlangen, als flüstere ihm eine
Stimme ins Ohr: Ich will, ich will; als bewegten sich seine
Finger, um nach etwas zu greifen: Wir wollen; als sänge und
riefe jede Faser seines Körpers: Ich will, ich will, ich will ...
    Er will alles und nichts haben. Er sagt sich nicht: Ich will
ein Auto, ein Flugzeug, ein Haus haben. Jabavu ist intelligent und weiß, daß ein schwarzer Mensch solche Dinge nicht
besitzt. Aber er möchte bei ihnen sein, sie sehen, berühren

und sie vielleicht sogar bedienen. Denkt er an die Stadt der Weißen, so sieht er etwas Schönes, Farbenprächtiges, Seltsames vor sich. Für ihn ist die Stadt der Weißen ein Regenbogen oder ein strahlender warmer Morgen, manchmal eine helle Nacht, in der ein Tanz stattfindet. Und dieses erregende Leben wartet auf ihn, Jabavu, er ist dazu geboren worden. Er stellt sich einen Ort des Lichts, der Wärme und der Freude vor, und die Leute sagen: Hoh! Hier ist unser Freund Jabavu! Komm, Jabavu, und setz dich zu uns.

Das ist es, was er hören möchte. Er will nicht länger die Stimmen der alten Leute vernehmen, die kummervoll sagen: »Das Großmaul, seht euch das Großmaul an, hört das Großmaul, das schon wieder große Worte macht.«

Er verlangt so sehr danach, daß sein Körper vor Verlangen schmerzt. Er beginnt Luftschlösser zu bauen. Der Wunschtraum, den er – halb verschämt – in seiner Vorstellung auftauchen läßt, sieht so aus: Er sieht sich selbst zur Stadt wandern, er gelangt dorthin, ein schwarzer Polizist begrüßt ihn: Ah, Jabavu, da bist du ja. Ich bin aus deinem Dorf, erinnerst du dich noch an mich? Mein Freund, antwortet Jabavu, ich habe durch unsere Brüder von dir gehört. Man hat mir gesagt, daß du jetzt ein Sohn der Regierung bist. Jawohl, Jabavu, ich diene jetzt der Regierung. Sieh hier, ich habe eine schöne Uniform, einen Platz zum Schlafen und gute Freunde. Ich werde sowohl von den weißen wie auch von den schwarzen Menschen geachtet. Ich kann dir helfen. Dieser Sohn der Regierung nimmt Jabavu mit in sein Zimmer und gibt ihm zu essen – Brot vielleicht, helles Brot, wie es die Weißen essen, und Tee mit Milch. Jabavu hat durch Leute, die ins Dorf zurückgekehrt sind, von solcher Nahrung gehört. Dann nimmt der Sohn der Regierung Jabavu mit zu dem weißen Mann, dem er dient. Dies ist Jabavu, sagt er, mein Freund aus dem Dorf. Dies ist also Jabavu, antwortet der weiße Mann. Ich habe von dir gehört, mein Sohn. Doch niemand hat mir gesagt, wie stark du bist und wie klug. Du mußt diese Uniform anziehen und ein Sohn der Regierung werden. Jabavu hat solche Polizisten gesehen, weil sie einmal im Jahr kommen, um Steuern in den Dörfern einzusammeln. Es sind große Männer, wichtige Männer, schwarze Männer in Uniform ... Jabavu sieht sich selbst in dieser Uniform, und seine Augen sind geblendet vor Verlangen danach. Er sieht sich selbst in der Stadt der Weißen umherwandern. Ja, Baas, nein, Baas, und zu seinen eigenen Leuten ist er sehr freundlich. Sie sagen: Ja, das ist unser Jabavu, aus unserem Dorf, erinnert ihr euch? Er ist unser guter Bruder, er hilft uns ...

Im Traum ist Jabavu so hoch hinaufgeflogen, daß er mit einem Plumps wieder zur Erde herabstürzt und beim Erwachen mit den Augen blinzelt. Denn er hat Dinge über die Stadt gehört, die ihm sagen, daß dieser Traum ein Unsinn ist. Man wird nicht so leicht Polizist und ein Sohn der Regierung. Man muß wirklich sehr klug sein – und Jabavu steht auf und geht zu einem großen, flachen Stein. Er sieht sich um, ob ihn irgend jemand beobachtet, schiebt den Stein zur Seite und holt eine Rolle Papier hervor, dann stellt er ihn wieder zurück und setzt sich darauf. Er hat das Papier von den Paketen mit den Sachen genommen, die er im Laden des Griechen gekauft hat. Manche sind ganz mit Buchstaben bedruckt, und manche haben kleine, bunte Bilder, von denen viele hintereinander eine Geschichte ergeben. Die bunten Bilderbogen gefallen ihm am besten.

An ihnen hat Jabavu lesen gelernt. Er breitet sie vor sich auf dem Boden aus und beugt sich darüber, wobei seine Lippen die Worte formen. Das erste Bild zeigt einen großen weißen Mann auf einem großen, schwarzen Pferd, mit einem langen Gewehr, das rotes Feuer speit. »Bum«, sagen die Buchstaben darüber. »Bum«, sagt Jabavu langsam. »B-u-m«. Dies war das erste Wort, das er lernte. Auf dem zweiten Bild ist ein wunderhübsches weißes Mädchen zu sehen, dem das Kleid von der Schulter gleitet. Es hält den

Mund geöffnet. »Hilfe!« sagen die Buchstaben. »Hilfe«, liest Jabavu, »Hilfe, Hilfe«. Er geht zum nächsten Bild über. Jetzt hat der große weiße Mann das Mädchen um die Taille gefaßt und hebt es zu sich aufs Pferd. Einige böse weiße Männer mit großen, schwarzen Hüten richten Gewehre auf das Mädchen und den guten weißen Mann. »Halt mich, Liebster«, sagen die Buchstaben. Jabavu wiederholt die Worte. Langsam arbeitet er sich durch bis ans untere Ende der Seite. Er kennt diese Geschichte auswendig und liebt sie. Doch die Geschichte auf der nächsten Seite ist nicht so leicht. Sie handelt von irgendwelchen gelben Menschen mit kleinen, verzerrten Gesichtern. Sie sind böse. Es ist wieder ein großer weißer Mann da, der gut ist und eine Peitsche hält. Diese Peitsche beunruhigt Jabavu, denn er kennt sie; er selbst ist von dem Griechen im Laden geschlagen worden, weil er frech war. Die Worte dazu lauten: »Grrrr, ihr Japse, ich werd's euch lehren!« Der weiße Mann schlägt die kleinen gelben Männer mit der Peitsche, und Jabavu empfindet nichts als Verwirrung und Bestürzung. Denn in der ersten Geschichte ist er, Jabavu, der weiße Mann auf dem Pferd, der das schöne Mädchen vor den bösen Männern rettet. In dieser Geschichte aber kann er der weiße Mann nicht sein, wegen der Peitsche ... Viele, viele Stunden hat Jabavu damit verbracht, über diese Geschichte nachzusinnen, besonders über die Worte: »Ihr kleinen gelben Schlangen ...« Die Peitschenschnur windet sich quer über das Bild, und lange Zeit hindurch glaubte Jabavu, das Wort Schlange stünde für Peitsche. Dann sah er, daß die gelben Männer die Schlangen sind ... Schließlich gibt er diese schwierige Geschichte auf und geht zu einer anderen über.

Jabavu kann nicht nur die Bildergeschichten lesen, sondern auch einfache Druckbuchstaben. Auf dem Abfallhaufen hinter dem Laden des Griechen fand er einmal ein Kinderalphabet oder vielmehr die Hälfte davon. Er brauchte lange Zeit, bis er verstand, daß es nur die Hälfte war. Stunden-

20

lang pflegte er dazusitzen und die Buchstaben des Alphabets zu Wörtern wie ›Bum‹ zusammenzusetzen und später zu englischen Wörtern, die er bereits aus den Geschichten kannte, die man sich, zugleich traurig und bewundernd, über die Weißen erzählte. Schwarz, weiß, Farbe, Eingeborener, Kaffer, Maisgrieß, Geruch, schlecht, schmutzig, dumm, Arbeit. Das waren einige der Wörter, die er sprechen konnte, noch ehe er sie zu lesen wußte. Nach langer Zeit vervollständigte er das Alphabet selbst. Es dauerte sehr lange – er brauchte über ein Jahr dazu, saß unter dem Baum und grübelte und grübelte, während die Dorfleute lachten und ihn faul nannten. Nachdem wieder einige Zeit vergangen war, versuchte er, die Buchstaben ohne Bilder zu lesen. Es war so schwer, als habe er überhaupt nichts gelernt. Monate vergingen. Langsam, sehr langsam, gewann das Blatt mit den schwarzen Buchstaben Bedeutung. Solange er lebt, wird Jabavu den Tag nicht vergessen, an dem er zum ersten Mal einen ganzen Satz entzifferte. Der Satz lautete: »Der Afrikaner muß neben Fleisch und Nüssen auch Bohnen und anderes Gemüse essen, damit er gesund bleibt.« Als er diesen langen, schweren Satz verstanden hatte, rollte er sich, vor Stolz lachend, auf dem Boden umher und sagte: »Die Weißen schreiben, daß wir all diese Dinge ständig essen müssen! Das werde ich essen, wenn ich in die Stadt der Weißen gehe.«

Einige der Wörter kann er nicht verstehen, soviel Mühe er sich auch gibt. »Jede Person, die gegen eine der Vorschriften verstößt, die in einer der bestehenden Verordnungen mit je fünfzig Bestimmungen enthalten sind, kann zu einer Geldstrafe bis zu 25 Pfund oder zu drei Monaten Gefängnis verurteilt werden.« Viele Stunden hat Jabavu über diesem Satz verbracht, und noch immer kann er seinen Sinn nicht begreifen. Einmal ging er fünf Meilen weit ins nächste Dorf, um einen klugen Mann, der englisch versteht, zu fragen, was das bedeute. Der wußte es auch nicht. Doch er lehrte Jabavu viel Englisch. Er kann es jetzt ganz gut aussprechen. Alle schwierigen Wörter in der Zeitung hat er mit Holzkohle angezeichnet, und wenn er jemand findet, der es weiß, wird er ihn fragen, was sie bedeuten. Vielleicht einen Reisenden, wenn er zu Besuch aus der Stadt kommt? Doch niemand wird erwartet. Einer der jungen Männer, der Sohn von Jabavus Onkel, sollte heimkommen, doch er ging statt dessen nach Johannesburg. Seit einem Jahr hat man nichts von ihm gehört. Im ganzen arbeiten sieben junge Männer aus diesem Ort in der Stadt, und zwei in den Minen von Johannesburg. Jeder von ihnen kann nächste Woche kommen oder vielleicht auch nächstes Jahr ... Der Hunger in Jabavu schwillt und drängt: Wann werde ich gehen, wann, wann, wann! Ich bin sechzehn Jahre alt, ich bin ein Mann. Ich kann englisch sprechen, ich kann die Zeitung lesen. Ich kann die Bilder verstehen – doch bei diesem Gedanken erinnert er sich daran, daß er nicht alle Bilder versteht. Geduldig wendet er das Blatt wieder um und kehrt zu der Geschichte von den kleinen gelben Männern zurück. Was haben sie getan, daß sie mit der Peitsche geschlagen werden? Warum sind manche Menschen gelb, manche weiß, manche schwarz oder bronzefarben, wie er selbst? Warum gibt es Krieg im Lande der kleinen gelben Männer? Warum werden sie Schlangen und Japse genannt? Warum, warum, warum? Doch Jabavu kann die Fragen, zu denen er die Antworten braucht, nicht formulieren, und die Enttäuschung darüber läßt den Hunger in ihm noch mehr anwachsen. Ich muß in die Stadt der Weißen gehen, dort werde ich es erfahren, dort werde ich lernen.

Er denkt ohne Begeisterung: Vielleicht sollte ich allein gehen? Das ist jedoch ein beängstigender Gedanke, dazu fehlt ihm der Mut. Lässig und lustlos sitzt er unter dem Baum, malt mit der Hand Muster in den Staub und denkt: Vielleicht wird bald jemand aus der Stadt kommen, und ich kann dann mit ihm zurückgehen? Oder vielleicht kann ich

Pavu überreden, mit mir zu kommen? Bei diesem Gedanken aber wird ihm schwer ums Herz: Bestimmt werden sein Vater und seine Mutter vor Kummer sterben, wenn beide Söhne sie gleichzeitig verlassen! Denn ihre Tochter ist schon vor drei Jahren von daheim fortgegangen und arbeitet als Kindermädchen zwanzig Meilen entfernt auf der Farm, so daß die Eltern sie nur zwei- oder dreimal im Jahre sehen, und dann nur für einen Tag.

Doch sein Hunger nach dem großen Leben schwillt an, bis er das Mitgefühl mit den Eltern verschlungen hat, und Jabavu denkt: Ich werde mit Pavu sprechen. Ich werde ihn bewegen, mit mir zu kommen.

Jabavu sitzt noch immer sinnend unter dem Baum, als die Männer von den Feldern heimkehren, unter ihnen sein Vater und sein Bruder. Als er sie sieht, steht er sofort auf und geht in die Hütte. Jetzt hungert er nach Nahrung, oder vielmehr danach, als erster bedient zu werden.

Die Mutter verteilt den weißen Brei auf die Teller. Sie sind von ihr selbst aus Ton hergestellt und mit schwarzen Mustern auf rotem Grund verziert. Sie sind wunderschön, doch Jabavu sehnt sich nach Blechtellern, wie er sie im Laden des Griechen gesehen hat. Die Löffel sind aus Blech, und er hat Freude daran, sie zu berühren.

Nachdem die Mutter den Brei auf die Teller ausgeteilt hat, glättet sie sorgfältig jede Portion mit dem Rücken des Löffels, damit es schön glänzend aussieht. Sie hat ein Gericht aus Wurzeln und Blättern aus dem Busch gekocht und gießt ein wenig davon über jedes der weißen Häufchen. Dann stellt sie die Teller auf eine Matte auf dem Fußboden. Jabavu beginnt sogleich zu essen. Sie sieht ihn an und möchte fragen: Warum wartest du nicht, wie es sich gehört, bis dein Vater zu essen anfängt? Aber sie spricht es nicht aus. Als der Vater und der Bruder hereinkommen und ihre Hacken und den Speer gegen die Wand lehnen, blickt der Vater Jabavu an, der in mürrischem Schweigen und mit gesenktem Blick ißt, und sagt: »Einer, der zu müde ist zu arbeiten, ist nicht zu müde, um zu essen.«

Jabavu antwortet nicht. Er hat seinen Brei fast aufgegessen und denkt, es sei genug da für einen weiteren großen Teller voll. Das Verlangen verzehrt ihn, zu essen und zu essen, bis er sich den Bauch vollgeschlagen hat. Hastig verschlingt er die letzten Reste und schiebt seiner Mutter den Teller zu. Sie nimmt ihn nicht sofort, um ihn wieder zu füllen, und Wut steigt in Jabavu auf; doch bevor ihm Worte entschlüpfen, beginnt der Vater, der es bemerkt hat, zu sprechen. Jabavu läßt die Hände herabfallen und hört zu.

Der alte Mann ist müde und spricht langsam. Er hat all das, was er vorbringt, schon sehr oft gesagt. Seine Familie nimmt seine Worte auf, ohne ihm dabei wirklich zuzuhören. Was er sagt, existiert schon, wie Worte auf einem Stück Papier, die man lesen kann oder auch nicht, denen man lauschen kann oder auch nicht.

»Was geschieht nur mit unserem Volk?« fragt er bekümmert. »Was geschieht mit unseren Kindern? Früher herrschten Frieden und Ordnung in unseren Krals. Jeder wußte, was er zu tun hatte und wie es zu tun sei. Die Sonne ging auf und ging wieder unter, der Mond wechselte, die Trockenzeit kam, und danach der Regen, ein Mann wurde geboren, lebte und starb. Damals wußten wir, was gut und was böse war.«

Seine Frau, die Mutter, denkt: Er sehnt sich so sehr nach den alten Zeiten, die er verstand, daß er vergessen hat, wie damals ein Stamm den anderen bekämpfte; er hat vergessen, daß wir in diesem Teil des Landes ständig in Angst vor den Stämmen des Südens lebten. Unser halbes Leben verbrachten wir wie Kaninchen in den Kopjes, und wir Frauen wurden wie Vieh davongetrieben, als Frauen für die Männer der anderen Stämme. Sie sagt nichts von dem, was sie denkt, sondern nur: »Jawohl, mein Gatte, das ist sehr wahr.« Sie nimmt noch Brei aus dem Topf und legt ihn auf seinen Teller, obwohl er das Essen kaum berührt hat. Jabavu sieht es; seine Muskeln spannen sich, und seine Augen, die er auf die Mutter richtet, sind hungrig und erzürnt.

Der alte Mann fährt fort: »Und jetzt ist es, als wüte ein großer Sturm unter unserem Volk. Die jungen Männer gehen in die Städte, in die Bergwerke und auf die Farmen, sie lernen dort Schlechtes, und wenn sie zu uns zurückkehren, sind sie Fremde, die keinen Respekt mehr vor den Alten haben. Die jungen Frauen werden in den Städten zu Prostituierten, sie ziehen sich an wie weiße Frauen, sie nehmen irgendeinen Mann zum Gatten, ohne sich um die Gesetze der Verwandtschaft zu kümmern. Und der weiße Mann benutzt uns als seine Diener, und die Zeit der Knechtschaft nimmt kein Ende.«

Pavu hat seinen Brei aufgegessen. Er sieht seine Mutter an. Sie tut Brei auf seinen Teller und gießt das gedämpfte Gemüse darüber. Jetzt, da sie die Männer bedient hat, die arbeiten, gibt sie dem, der nicht arbeitet. Sie gibt Jabavu das, was übriggeblieben ist, und das ist nicht viel. Dann kratzt sie die Reste des Gemüses aus dem Topf. Sie sieht ihn nicht an. Sie weiß, welcher Schmerz – ein kindlicher Schmerz – ihn verzehrt, weil sie ihn zuletzt bedient. Und Jabavu ißt nicht, nur weil ihm zuletzt aufgetan wurde. Sein Magen will es nicht haben. Trotzig sitzt er da und hört dem Vater zu. Was der alte Mann sagt, ist wahr, doch gibt es vieles, was er nicht sagt und niemals sagen kann, weil er alt ist und der Vergangenheit angehört. Jabavu blickt den Bruder an, er sieht seine nachdenklich gerunzelte Stirn und weiß, daß Pavu das gleiche denkt wie er.

»Was wird aus uns werden? Wenn ich in die Zukunft schaue, ist es, als sähe ich eine Nacht ohne Ende. Wenn ich die Erzählungen höre, die sie aus den Städten der Weißen mitbringen, dann ist mein Herz so dunkel wie ein Tal unter einer Regenwolke. Wenn ich höre, wie der weiße Mann unsere Kinder verdirbt, ist mir, als wäre mein Kopf mit einer

Pfütze schmutzigen Wassers gefüllt; ich kann an diese Dinge nicht denken, es fällt mir zu schwer.«

Jabavu sieht seinen Bruder an und macht eine kleine Kopfbewegung. Pavu entschuldigt sich höflich bei seinem Vater und seiner Mutter, und seine Höflichkeit muß für beide ausreichen, denn Jabavu sagt gar nichts.

Der alte Mann streckt sich auf seiner Matte aus, um eine halbe Stunde lang in der Sonne zu ruhen, bevor er wieder aufs Feld zurückkehrt. Die Mutter nimmt die Teller und den Topf auf, um sie abzuwaschen. Die jungen Männer gehen hinaus zu dem großen Baum.

Jabavu hört vorwurfsvolle Worte: »Die Arbeit war schwer ohne dich, mein Bruder.« Er hat es erwartet, doch er runzelt die Stirn und sagt: »Ich habe nachgedacht.« Nun möchte er, daß sein Bruder gespannt nach diesen wichtigen und wundervollen Gedanken fragt, doch Pavu fährt fort: »Ein halbes Feld muß noch fertiggemacht werden, und es ist nur billig, daß du heute nachmittag mit uns arbeitest.«

Jabavu fühlt jenen seltsamen Zorn wieder in sich aufsteigen, aber es gelingt ihm, ihn zu unterdrücken. Er versteht, daß er vernünftigerweise nicht erwarten kann, daß sein Bruder sieht, wie wichtig die Bilder auf dem Papier und die gedruckten Worte sind. Er sagt: »Ich habe über die Stadt der Weißen nachgedacht.« Er blickt seinen Bruder wichtigtuerisch an, doch alles, was Pavu antwortet, ist:

»Ja, wir wissen, daß es bald Zeit für dich sein wird, uns zu verlassen.«

Jabavu ist empört darüber, daß seine geheimen Gedanken so beiläufig ausgesprochen werden. »Niemand hat gesagt, daß ich fortgehen muß. Unser Vater und unsere Mutter sprechen die ganze Zeit, bis ihnen der Kiefer weh tut, darüber, daß die guten Söhne im Dorf bleiben.«

Pavu sagt leise, mit einem Lachen: »Ja, sie sprechen wie alle alten Leute, aber sie wissen, daß für uns beide die Zeit kommen wird zu gehen.«

Zuerst runzelt Jabavu die Stirn und starrt seinen Bruder an, dann frohlockt er: »Du wirst mit mir kommen!«

Doch Pavu läßt den Kopf hängen. »Wie kann ich mit dir kommen«, sagt er zögernd. »Du bist älter, es ist nur richtig, daß du gehst. Aber unser Vater kann die Felder nicht allein bestellen. Vielleicht komme ich später.«

»Es gibt noch mehr Väter, die keine Söhne haben. Unser Vater spricht von der Sitte, aber wenn Sitte etwas ist, das immerzu geschieht, dann ist es jetzt bei uns Sitte geworden, daß die jungen Männer die Dörfer verlassen und in die Stadt gehen.«

Pavu zögert. Seine Stirn ist kummervoll gerunzelt. Er möchte gern in die Stadt gehen, doch er fürchtet sich. Er weiß, daß Jabavu bald gehen wird, und mit diesem großen, starken, klugen Bruder zu wandern würde der Sache den Schrecken nehmen.

All dies kann Jabavu auf Pavus Gesicht lesen, und plötzlich wird er nervös, als triebe sich ein Dieb in seiner Nähe umher. Er fragt sich, ob wohl dieser sein Bruder die gleichen Träume hegt und die gleichen Pläne für die Stadt der Weißen schmiedet wie er, und bei diesem Gedanken streckt er den Arm aus und macht eine Bewegung, als wolle er etwas für sich allein behalten. Er hat das Gefühl, sein eigenes Verlangen sei so stark, daß ihm nur die ganze Stadt der Weißen genügen werde und auch nicht ein kleines bißchen für seinen Bruder übrigbleibe. Dann aber läßt er den Arm fallen und sagt berechnend: »Wir werden zusammen gehen. Wir werden einander helfen. Wir werden nicht allein sein an diesem Ort, von dem die Reisenden sagen, ein Fremder kann dort beraubt und gar getötet werden.«

Er blickt Pavu an, der aussieht, als lausche er einem Liebeswerben.

»Es ist richtig, wenn Brüder zusammenbleiben. Ein Mann, der allein geht, ist wie ein Mann, der sich allein in einem gefährlichen Gebiet auf die Jagd begibt. Wenn wir fort sind,

braucht unser Vater nicht mehr so viel Mais anzupflanzen,
denn er muß unsere Mägen ja nicht mehr füllen. Und wenn
unsere Schwester heiratet, wird er ihr Vieh und ihr Lobo-
la-Geld haben ...« Jabavu spricht und spricht und versucht,
seine Stimme möglichst weich und einschmeichelnd klingen
zu lassen, obwohl er sie in dem leidenschaftlichen Verlangen
nach all den guten Dingen der Stadt immer wieder erhebt.
Er versucht zu reden, wie ein vernünftiger Mann von ernsten Dingen spricht, doch seine Hände zucken, und er kann
die Füße nicht still halten.

Er ist noch immer dabei, viele Worte zu machen, während
Pavu ihm zuhört, als der Vater aus der Hütte kommt und
zu ihnen hinübersieht. Beide erheben sich und folgen ihm
aufs Feld. Jabavu geht, weil er Pavu für sich gewinnen will,
aus keinem anderen Grunde, und er spricht leise auf ihn ein,
während sie zwischen den Bäumen hindurchgehen.

Im Busch liegen zwei ärmliche Felder. Mais wächst darauf, und zwischen den Maisstengeln Kürbisse. Die Pflanzen
sind kümmerlich, die Kürbisse rar. Vor einiger Zeit kam ein
weißer Mann in einem Auto aus der Stadt gefahren und war
böse, als er diese Felder sah. Er sagte, sie bebauten das Land
wie gänzlich unwissende Menschen. In anderen Teilen des
Landes, wo die schwarzen Menschen dem Rat der Weißen
folgten, stünden die Pflanzen dicht und seien ertragreich. Ihr
Boden sei arm, weil sie zu viel Vieh darauf hielten. Als er
dies sagte, verschlossen sie ihre Ohren vor seinen Worten. In
den Dörfern ist es wohlbekannt, daß die weißen Männer
nur deshalb empfehlen, das Vieh einzuschränken, da das
dem Boden nütze, weil sie selbst dieses Vieh haben wollen.
Rinder sind Reichtum, sind Macht; der Gedankengang, eine
gute Kuh sei so viel wert wie zehn kümmerliche, ist etwas
ihnen völlig Fremdes. Wegen dieses Mißverständnisses über
die Rinder hegen die Leute des Dorfes Mißtrauen gegen alles, was sie von den Söhnen der Regierung, schwarzen wie
weißen, hören. Dieses Mißtrauen ist eine furchtbare Last,

wie eine dunkle Wolke beschattet es ihr Leben. Und jeder Reisende aus der Stadt verstärkt es noch. Man flüstert. Gerüchte von neuen Führern, neuen Gedanken, einem neuen Zorn gehen um. Junge Leute wie Jabavu, und selbst Pavu auf seine Art, hören zu, als sei dies nichts Schreckliches, doch die alten Leute haben Angst.

Als die drei das Feld erreichen, das sie hacken wollen, macht der Alte einen Scherz über den Rat, den ihnen der Mann aus der Stadt gegeben hat; Pavu lacht höflich, Jabavu sagt nichts. Seine Ungeduld mit dem Leben hier beruht zum Teil auch darauf, daß der Vater an den alten Landwirtschaftsmethoden festhält. Jabavu hat die neue Art in dem fünf Meilen entfernt liegenden Dorf gesehen. Er weiß, daß der weiße Mann recht hat mit dem, was er sagt.

Er arbeitet neben Pavu und murmelt: »Unser Vater ist dumm. Dies Feld würde doppelt soviel Ertrag bringen, wenn wir täten, was die Söhne der Regierung uns sagen.«

Pavu antwortet leise: »Still, er wird es hören. Laß ihn so handeln, wie er es gelernt hat. Ein alter Ochse geht den Weg zum Wasser, den er als Kalb gegangen ist.«

»Ach, halt den Mund«, murmelt Jabavu und arbeitet schneller, damit er allein ist. Wozu nützt es, ein Kind wie Pavu mit in die Stadt zu nehmen? fragt er sich ärgerlich. Doch er muß es tun, denn er fürchtet sich. Deshalb versucht er, wieder Frieden zu schließen und Pavus Aufmerksamkeit zu erregen, um mit ihm zusammen arbeiten zu können. Pavu tut, als bemerke er es nicht, und arbeitet ruhig neben seinem Vater weiter.

Jabavu hackt, als habe er einen Teufel im Leibe. Als die Sonne untergeht, hat er um ein Drittel mehr geschafft als die anderen. Der Vater sagt anerkennend: »Wenn du arbeitest, mein Sohn, dann schaffst du, als würdest du nur mit Fleisch genährt.«

Pavu schweigt. Er ärgert sich über Jabavu, doch er wartet auch, halb sehnsüchtig, halb furchtsam, auf den Augenblick, in dem sie das angenehme und dabei gefährliche Gespräch wieder aufnehmen werden. Nach dem Abendessen gehen die Brüder hinaus ins Dunkel, schlendern zwischen den Kochfeuern einher, und Jabavu redet und redet. So geht es eine lange Zeit hindurch, eine Woche verstreicht und schließlich ein Monat. Manchmal verliert Jabavu die Geduld, und Pavu schmollt. Dann kommt Jabavu zurück und läßt seine Worte ruhig und freundlich klingen. Manchmal sagt Pavu: »Ja«, dann sagt er wieder: »Nein«, und: »Wie können wir denn beide unseren Vater verlassen?« Und Jabavu, das Großmaul, spricht weiter, seine Augen blitzen ruhelos, und sein Körper ist vor Begierde gestrafft. Während dieser Zeit sind die Brüder mehr zusammen, als sie es sonst in Jahren gewesen sind. Man sieht sie des Abends unter dem Baum sitzen, zwischen den Behausungen umherwandern und vor der Hüttentür hocken. Viele Leute sagen: »Jabavu spricht, damit sein Bruder mit ihm geht.«

Doch Jabavu weiß nicht, daß es für andere Menschen offensichtlich ist, was er tut, denn er denkt niemals an die anderen – er sieht nur sich und Pavu.

Es kommt der Tag, an dem Pavu seine Zusage gibt, doch nur unter der Bedingung, daß sie zuerst ihre Eltern einweihen; er wünscht, daß etwas so Unangenehmes zumindest durch die Form der Höflichkeit gemildert werde. Jabavu will davon nichts hören. Warum? Er weiß es selber nicht, doch ihm scheint, als verliere diese Flucht ins neue Leben ihren Reiz, wenn sie nicht heimlich durchgeführt wird. Außerdem fürchtet er, der Kummer seines Vaters werde Pavus Entschluß ins Wanken bringen. Er vertritt seine Ansicht, Pavu vertritt die seine – sie streiten miteinander. Eine Woche lang herrscht ein häßliches Schweigen zwischen den beiden, das nur dann und wann von heftigen Worten unterbrochen wird. Und das ganze Dorf sagt: »Seht – Pavu, der gute Sohn, widersteht den Reden Jabavus, des Großmauls.« Der einzige Mensch, der nichts davon weiß, ist der

Vater, vielleicht, weil er etwas so Furchtbares nicht wissen will.

Am Abend des siebenten Tages kommt Jabavu zu Pavu und zeigt ihm ein Bündel, das er fertiggepackt hat. Darin sind sein Kamm, seine Papierfetzen mit den Wörtern und den Bildern darauf und ein Stück Seife. »Heute nacht gehe ich!« sagt er zu Pavu, und dieser antwortet: »Ich glaube es nicht.« Doch halb glaubt er es. Jabavu ist furchtlos, und wenn er sich allein auf den Weg macht, wird es vielleicht niemals wieder eine Gelegenheit für Pavu geben. Pavu setzt sich in den Hütteneingang, und sein Gesicht spiegelt quälende Unentschlossenheit. Jabavu sitzt neben ihm und sagt: »Und jetzt, mein Bruder, mußt du dich endlich entscheiden, denn ich kann nicht länger warten.«

In diesem Augenblick tritt die Mutter zu den beiden und sagt: »So geht ihr also in die Stadt, meine Söhne?« Sie spricht trauernd, und beim Ton ihrer Stimme möchte der jüngere Bruder ihr versichern, daß der Gedanke, das Dorf zu verlassen, ihm niemals in den Kopf gekommen sei. Doch Jabavu ruft ärgerlich: »Ja, ja, wir gehen fort. Wir können nicht länger in diesem Dorf leben, in dem es nur Kinder, Frauen und alte Männer gibt.«

Die Mutter blickt zum Vater hinüber, der mit einigen Freunden vor einer anderen Hütte am Feuer sitzt. Ihre Silhouetten heben sich vom roten Lichtschein ab, und die Flammen sprühen Funken in die Dunkelheit. Die Nacht ist schwarz und zum Davonlaufen gut geeignet. Sie sagt: »Euer Vater wird sicher sterben!« Sie denkt: Er wird nicht sterben, ebensowenig wie die anderen Väter, deren Söhne in die Städte gehen.

Jabavu schreit: »Deshalb müssen wir hier bis zu unserem Tode in diesem Dorf gefangensitzen – nur wegen der Narrheit eines alten Mannes, der vom Leben der Weißen nur das Schlechte sieht!«

Ruhig antwortet sie: »Ich kann euch nicht daran hindern,

uns zu verlassen, meine Söhne. Doch wenn ihr gehen wollt, geht jetzt, ich kann es nicht länger ertragen zuzusehen, wie ihr euch Tag für Tag streitet und miteinander zürnt.«

Dann ergreift sie schnell einen Krug, weil ihr der Kummer in die Kehle steigt, und schreitet davon, als müsse sie Wasser zum Kochen holen. Aber sie geht nicht weiter als bis zu den ersten tiefen Schatten unter dem großen Baum. Dort steht sie und blickt auf die trüben, flackernden Lichter der vielen Feuer, auf die Hütten, die sich scharf und schwarz von ihnen abheben, und auf den fernen Glanz der Sterne. Sie denkt an ihre Tochter. Als das Mädel ging, weinte die Mutter, bis sie zu sterben vermeinte. Und jetzt ist sie froh, daß die Tochter fortgegangen ist. Sie arbeitet bei einer freundlichen weißen Frau, die ihr Kleider schenkt, und hofft, den Koch zu heiraten, der gut verdient. Das Leben ihres Kindes ist weit über das der Mutter hinausgewachsen, und sie weiß, daß sie ebenfalls in die Stadt ginge, wenn sie jünger wäre. Und doch möchte sie vor Kummer und Einsamkeit weinen. Aber sie weint nicht. Ihre Kehle schmerzt von den zurückgehaltenen Tränen.

Sie sieht die Söhne an, die ihre Köpfe zusammengesteckt haben und schnell und leise miteinander sprechen.

Jabavu bittet: »Laß uns gehen. Tun wir es jetzt nicht, wird die Mutter unserem Vater Bescheid sagen, und er wird uns daran hindern.« Pavu erhebt sich langsam und seufzt: »Ach, Jabavu, mein Herz ist schwach davon.«

Jabavu weiß, daß dies der Augenblick der endgültigen Entscheidung ist. Er sagt: »Bedenke doch, unsere Mutter weiß, daß wir fortgehen, und ist nicht böse: wir können Geld aus der Stadt schicken, um unseren Eltern das Alter zu erleichtern.«

Pavu tritt in die Hütte ein. Aus dem Grasdach holt er seine Mundharmonika und nimmt die Hacke vom Lehmfach. Er ist bereit. Sie stehen in der Hütte und sehen einander besorgt an: Jabavu in seiner zerrissenen kurzen Hose, vom

Gürtel aufwärts nackt; Pavu in seinem Lendentuch und seinem durchlöcherten Unterhemd. Sie denken daran, daß sie den Spott der Leute erregen werden, wenn sie in die Stadt kommen. Sämtliche Erzählungen, die sie über die Matsotsis, die stehlen und morden, gehört haben, die Geschichten von den Werbern für die Minen, die Berichte über die Frauen der Stadt, die anders sind als alle Frauen, denen sie je begegneten – all dies geht ihnen wie ein Mühlrad im Kopf herum, und sie können sich nicht rühren. Dann sagt Jabavu munter: »Komm jetzt, mein Bruder. Dies wird unsere Füße nicht voranbringen.« Und sie verlassen die Hütte.

Sie sehen nicht zu dem Baum hinüber, an dem ihre Mutter steht. Wie große Männer gehen sie vorbei und lassen die Arme schwingen. Dann hören sie schnelle Schritte, ihre Mutter läuft ihnen nach und sagt: »Wartet, meine Söhne.« Sie fühlen, wie sie nach ihren Händen tastet, und spüren etwas Hartes und Kaltes darin. Sie hat jedem einen Shilling gegeben. »Dies ist für die Reise. Und wartet ...« Jetzt liegt in jeder Hand ein kleines Bündel, und sie wissen, daß die Mutter ihnen Nahrung für den Weg gebacken und für diesen Augenblick aufbewahrt hat.

Der Bruder wendet vor Scham und Kummer das Gesicht ab. Dann umarmt er die Mutter und eilt davon. Jabavu ist zuerst von Dankbarkeit erfüllt, dann von Verdruß. Wieder hat ihn die Mutter nur allzu gut verstanden, und er trägt es ihr nach. Wie festgenagelt bleibt er auf dem Fleck stehen. Er weiß, wenn er nur ein Wort spricht, wird er wie ein Kind weinen. Leise sagt seine Mutter in der Dunkelheit: »Laß deinen Bruder nicht zu Schaden kommen. Du bist eigenwillig und furchtlos und kannst dich in Gefahr begeben, wo er es nicht kann.« Jabavu ruft: »Mein Bruder ist mein Bruder, doch er ist auch ein Mann ...« Sanft schimmern ihre Augen vor ihm aus der Dunkelheit, und dann hört er sie, gleichsam entschuldigend, sagen: »Und dein Vater wird gewiß sterben, wenn er nichts von euch hört. Ihr dürft es nicht machen wie so viele Kinder – sendet uns durch den Eingeborenenkommissar Nachricht, was aus euch geworden ist.« Jabavu schreit: »Der Eingeborenenkommissar ist für Unwissende und Dummköpfe. Ich kann schreiben, und ihr werdet zwei-, nein, dreimal in der Woche Briefe von mir erhalten!« Bei dieser Prahlerei seufzt die Mutter, und Jabavu ergreift ihre Hand, obwohl er gar nicht die Absicht hatte, das zu tun, klammert sich daran und stößt sie dann ein wenig von sich fort, als wäre es ihre Absicht, seine Hand festzuhalten – dann geht er pfeifend durch die Schatten der Bäume davon.

Die Mutter blickt ihm nach, bis sie ihre beiden Söhne zusammen gehen sieht, dann wartet sie ein wenig und wendet sich dem Licht der Feuer zu. Zuerst klagt sie leise, dann, als ihr Kummer wächst, da sie ihm freien Lauf läßt, immer lauter. Sie klagt, weil ihre Söhne den Kral verlassen haben und in die böse Stadt gegangen sind. Sie klagt für ihren Mann; mit ihm gemeinsam wird sie viele Tage lang trauern. Sie sah die Rücken der Söhne, als sie sich mit ihren Bündeln davonschlichen – so wird sie sprechen, und ihre Stimme wird voller Vorwurf und Qual sein. Denn ebenso wie sie Mutter ist, ist sie auch Gattin, und eine Frau empfindet auf die eine Weise als Mutter und auf die andere als Gattin, und beide Gefühle können echt sein und von Herzen kommen.

Jabavu und Pavu schreiten schweigend und in Furcht dahin, weil es so dunkel ist im Busch – bis sie am äußersten Ende des Dorfes eine verlassene Hütte sehen. Sie gehen nicht gerne in der Nacht, ihr Plan war, sich im Morgengrauen aufzumachen; deshalb kriechen sie jetzt in die Hütte und liegen dort ohne Schlaf, bis das Licht zuerst grau und dann gelb aufsteigt.

Vor ihnen erstreckt sich die Straße fünfzig Meilen weit bis zur Stadt; zur Nacht wollen sie dort sein, doch die Kälte hemmt ihre Schritte. Sie wandern, Schultern und Lenden eingezogen und verkrampft und die Zähne zusammengebissen, um ihr Klappern nicht zu verraten. Rings um sie ist das

Gras hoch und gelb, Reihen von glitzernden Diamanten hängen daran und trocknen langsam aus, bis sie schließlich gänzlich verschwinden. Jetzt scheint die Sonne heiß auf ihre Körper hernieder. Sie richten sich auf, die Haut ihrer Schultern lockert sich und atmet. Nun gehen sie mit leichtem Schwung, doch noch immer schweigend dahin. Pavu wendet sein schmales Gesicht vorsichtig erst nach einer Seite, dann nach der anderen, um sein Auge und sein Ohr neue Eindrücke aufnehmen zu lassen. Er wappnet seinen Mut, um diesen Eindrücken zu begegnen, denn er fürchtet sich. Schon wenden sich seine Gedanken zum Dorf zurück, um darin Trost zu suchen: Jetzt geht der Vater allein auf die Felder, langsam, weil das Gewicht des Kummers ihm die Beine lähmt; jetzt stellt meine Mutter das Wasser für den Brei auf das Feuer ...

Jabavu schreitet zuversichtlich voran. Er denkt nur an die große Stadt. Jabavu! hört er, seht, Jabavu ist in die Stadt gekommen!

In ihren Ohren donnert ein Dröhnen, sie müssen beiseite springen, um einem großen Lastwagen auszuweichen. Sie landen auf Händen und Knien im dichten Gras, so plötzlich mußten sie springen. Mit offenen Mündern sehen sie auf, der weiße Fahrer lehnt sich heraus und grinst sie an. Sie verstehen nicht, daß er mit seinem Wagen absichtlich einen Bogen gemacht hat, damit sie zu seiner Unterhaltung springen müssen. Sie wissen nicht, daß er jetzt lacht, weil er findet, sie sehen sehr komisch aus, wie sie dort im Gras hocken und ihn wie Bauerntölpel anstarren. Sie stehen auf und sehen zu, wie der Lastwagen in einer Wolke von hellem Staub verschwindet. Hinten ist er mit schwarzen Männern vollgeladen, von denen einige rufen, andere winken und lachen. Jabavu sagt: »Ho! Das war aber ein großer Lastwagen.« Seine Brust und seine Kehle sind von Verlangen erfüllt. Er möchte den Wagen berühren, das Wunder seiner Konstruktion betrachten, vielleicht sogar damit fahren ... Dort steht er mit angespanntem und sehnsüchtigem Gesicht, als von neuem ein Dröhnen ertönt, ein schrilles Kreischen, wie das Krähen eines Hahns – und wieder springen die Brüder beiseite und landen diesmal auf den Füßen, während die Staubwolken sie einhüllen.

Sie sehen einander an, dann lassen sie den Blick sinken, um nicht zugeben zu müssen, daß sie nicht wissen, was sie denken sollen. Doch sie fragen sich: Versuchen diese Lastwagen absichtlich, uns zu erschrecken? Warum nur? Die beiden begreifen es nicht. Sie haben schon Geschichten darüber gehört, wie häufig ein unangenehmer Weißer einen schwarzen Mann zum Narren hält, damit er über ihn lachen kann, aber das ist etwas ganz anderes als das, was eben geschehen ist. Sie denken: Wir wandern einfach dahin, wir wollen niemand etwas Böses tun und sind ziemlich ängstlich; warum also ängstigt man uns noch mehr? Jetzt gehen sie langsam weiter und blicken über die Schulter zurück, um nicht wieder überrascht zu werden; und wenn ein Auto oder ein Lastwagen von hinten herankommt, treten sie beiseite ins Gras und warten dort, bis der Wagen vorbei ist. Es kommen nur wenige Personenwagen, aber viele Lastautos, und diese sind mit schwarzen Männern beladen. Jabavu denkt: Bald, vielleicht schon morgen, wenn ich Arbeit habe, werde ich in solch einem Lastauto gefahren werden ... Er wartet so ungeduldig darauf, daß dieses wunderbare Ereignis eintreffen möge, daß er schnell vorwärtsschreitet und wieder einmal einen plötzlichen Sprung machen muß, als hinter ihm die Bremsen eines Lastwagens kreischen.

Nachdem sie ungefähr eine Stunde gegangen sind, überholen sie einen Mann, der mit seiner Frau und seinen Kindern wandert. Der Mann geht voran, mit einem Speer und einer Axt in der Hand, die Frau läuft hinterdrein und trägt Kochtöpfe und einen Säugling auf dem Rücken; ein zweites Kind hält sich an ihrem Rock fest. Jabavu weiß, daß diese Leute nicht aus der Stadt kommen, sondern von einem Dorf ins andere wandern, und deshalb fürchtet er sich nicht vor ihnen. Er grüßt, sie erwidern seinen Gruß, und zusammen gehen sie weiter und unterhalten sich.

Als Jabavu erzählt, daß er den weiten Weg bis zur Stadt macht, fragt der Mann: »Bist du noch nie dort gewesen?« Jabavu, der es nicht über sich bringt, seine Unwissenheit einzugestehen, antwortet: »Doch, schon oft«, worauf der Mann entgegnet: »Nun, dann brauche ich dich ja nicht zu warnen vor der Verderbnis, die dort herrscht.« Jabavu schweigt und bedauert, daß er nicht die Wahrheit gesagt hat. Doch jetzt ist es zu spät, denn ein Weg zweigt von der Straße ab, und in diesen biegt die Familie ein. Während sie sich voneinander verabschieden, rast wieder ein Lastauto vorüber, und rings um sie wirbelt der Staub auf. Der Mann blickt dem Wagen nach und schüttelt den Kopf. »Das sind die Lastautos, die unsere Brüder zu den Bergwerken bringen«, sagt er, wischt sich den Staub aus dem Gesicht und klopft ihn von seiner Decke. »Es ist gut, daß ihr die Gefahren der Straße kennt, sonst wäret ihr schon in einem der Wagen, würdet ehrlichen Leuten den Staub in den Mund treiben und lachten, wenn sie aus Angst vor dem lauten Gehupe zittern.« Er hat die Decke wieder über seine Schulter gelegt und wendet sich jetzt zum Gehen, gefolgt von Frau und Kindern.

Jabavu und Pavu wandern langsam weiter und denken darüber nach. Wie oft haben sie nicht schon von den Werbern für die Bergwerke gehört! Aber diese Geschichten, von Mund zu Mund weitergegeben, ähneln den häßlichen Bildern, wie sie durch die Träume eines schlecht und unruhig Schlafenden huschen. Es ist schwer, jetzt beim hellen Sonnenschein daran zu denken. Doch dieser Wandergenosse sprach mit Schrecken von den Lastwagen. Jabavu gerät in Versuchung; er denkt: Dieser Mann ist ein Dörfler und sieht, wie mein Vater, nur das Schlechte. Vielleicht können ich und mein Bruder auf einem dieser Autos zur Stadt fahren? Doch dann steigt die Furcht in ihm auf, und die Unentschlossenheit lähmt seine Füße, und als wieder ein Wagen vorüberrast, steht er ganz am Rande der Straße und sieht ihm mit großen Augen nach, als wünschte er, das Auto hielte an. Als es wirklich die Fahrt verlangsamt, klopft Jabavus Herz so heftig, daß er nicht weiß, ist es aus Furcht, Erregung oder aus Hoffnung. Pavu zupft ihn am Arm und sagt: »Laß uns schnell davonlaufen!« Er antwortet: »Du fürchtest dich vor allem wie ein Kind, das die Milch seiner Mutter riecht.«

Der weiße Mann, der den Wagen fährt, steckt den Kopf heraus und blickt nach ihnen zurück. Er sieht Jabavu und seinen Bruder lange an, dann verschwindet sein Gesicht. Darauf steigt ein schwarzer Mann aus dem Vordersitz und schlendert herbei. Als Jabavu diesen feschen Kerl sieht, denkt er an seine eigene zerrissene Hose und preßt die Ellbogen gegen die Hüften, um sie zu verbergen. Doch der fesche Bursche kommt herbei, grinst und sagt: »Ja, ja, ihr Jungens dort! Wollt ihr mitfahren?«

Jabavu macht einen Schritt vorwärts und fühlt, wie Pavu ihm von hinten den Ellbogen umklammert. Er nimmt keine Notiz davon, doch es ist wie ein Warnsignal, er bleibt stehen und stemmt die Füße fest auf den Boden, wie ein Ochse, der sich gegen das Joch wehrt.

»Wieviel?« fragt er, und der fesche Bursche lacht und sagt: »Du kluger Junge, du! Kostet kein Geld. Freie Fahrt zur Stadt. Und du kannst deinen Namen auf ein Stück Papier setzen wie ein weißer Mann, darfst auf dem großen Lastauto reisen und bekommst eine gute Stellung.« Er lacht und brüstet sich; seine weißen Zähne blitzen. Es ist wirklich ein sehr fescher Bursche, und wie eine Hand umklammert Jabavus Lebenshunger sein Herz, als er denkt, daß auch er sein wird wie dieser Mann.

»Ja«, sagt er eifrig, »ich kann meinen Namen unterzeichnen, ich kann schreiben und lesen – auch das mit den Bildern.«

»So«, sagt der fesche Kerl und lacht noch mehr. »Dann bist du ein sehr, sehr kluger Junge. Und wirst eine gute Arbeit bekommen, schreiben in einem Büro, bei nettem weißem Mann, und viel Geld – zehn Pfund, vielleicht fünfzehn im Monat!«

Jabavus Hirn setzt aus, ihm ist, als plumpsten seine Gedanken ins Wasser. Vor seinen Augen flimmert es. Er hat noch einen Schritt nach vorn gemacht und sieht, daß der fesche Bursche ein Blatt Papier vor sich hält, das ganz mit Buchstaben bedeckt ist. Jabavu nimmt es und versucht, die Wörter zu entziffern. Einige kennt er, andere hat er noch nie gesehen. So steht er lange und sieht auf das Papier.

Der fesche Kerl sagt: »Nun, du kluger Junge, willst du das alles auf einmal verstehen? Während das Lastauto wartet? Mach jetzt nur dein Kreuz darunter und komm schnell auf den Wagen.«

Jabavu antwortet entrüstet: »Ich kann meinen Namen schreiben wie ein weißer Mann und brauche kein Kreuz zu machen. Mein Bruder wird eins machen, und ich werde meinen Namen darunter setzen: Jabavu.« Er kniet auf dem Boden nieder, legt das Papier auf einen Stein, nimmt den Bleistiftstummel, den der fesche Mann ihm hinhält, und überlegt, wohin er den ersten Buchstaben seines Namens schreiben soll. Da hört er, wie der Mann sagt: »Dein Bruder ist nicht stark genug für diese Arbeit.« Jabavu wendet sich um und sieht, daß Pavus Gesicht gelb vor Angst, doch auch voller Zorn ist. Er sieht Jabavu mit Entsetzen an. Jabavu läßt den Bleistift sinken und denkt: Warum ist mein Bruder nicht stark genug? Viele von uns gehen in die Stadt, wenn sie noch Kinder sind, und arbeiten. Eine Erinnerung blitzt in ihm auf: Jemand hat ihm einmal erzählt, daß sie nur starke Männer mit gutgebauten Schultern nehmen, wenn sie für die Bergwerke rekrutieren. Er, Jabavu, ist so stark wie ein junger Stier. Stolz schwellt seine Brust: Jawohl, er wird in die Minen gehen, warum nicht? Doch, wie kann er denn den

Bruder verlassen? Er sieht zu dem feschen Burschen auf, der jetzt sehr ungeduldig ist und es deutlich zeigt, dann blickt er zu den schwarzen Männern hinten auf dem Lastwagen hinüber. Er sieht, wie einer von ihnen den Kopf schüttelt, als wolle er ihn warnen. Doch andere lachen. Jabavu scheint dieses Lachen grausam. Plötzlich steht er auf den Füßen, gibt dem feschen Burschen das Papier zurück und sagt: »Mein Bruder und ich, wir reisen zusammen. Du hast auch versucht, mich zu betrügen. Warum hast du mir nicht gesagt, daß dieses Lastauto für die Bergwerke bestimmt ist?«

Jetzt wird der fesche Kerl sehr böse. Seine weißen Zähne sind hinter den zusammengepreßten Lippen verborgen. Seine Augen blitzen. »Du dämlicher Nigger«, sagt er, »du verschwendest meine Zeit und die meines Chefs – ich werde die Polizei auf dich hetzen!« Er macht einen großen Schritt vorwärts und hebt die Fäuste. Jabavu und sein Bruder drehen sich um, als gehörten ihre vier Beine zu einem einzigen Körper, und rennen davon, zwischen die Bäume. Während sie laufen, hören sie, wie die Männer auf dem Lastwagen in brüllendes Gelächter ausbrechen, und sehen, daß der fesche Mensch zum Lastwagen zurückgeht. Er ist sehr ärgerlich – die Brüder verstehen, daß die Männer ihn auslachen, nicht sie. Die beiden hocken gut versteckt unter den Büschen und denken darüber nach, was all dies wohl bedeutet. Als das Auto hinter einer Staubwolke verschwunden ist, sagt Jabavu: »Er hat uns Nigger genannt, und dabei ist seine Haut wie die unsere. Das ist nicht so leicht zu verstehen.«

Erst jetzt spricht Pavu: »Er sagte, ich sei nicht stark genug für die Arbeit!« Jabavu blickt ihn überrascht an. Er sieht, daß sein Bruder beleidigt ist. »Ich bin fünfzehn Jahre alt, hat der Eingeborenenkommissar gesagt, seit fünf Jahren arbeite ich schon für meinen Vater. Und dieser Mann sagt, ich sei nicht stark genug!« Jabavu sieht, daß Furcht und Ärger in seinem Bruder miteinander streiten, und es ist keineswegs sicher, was von beiden den Sieg davontragen wird. Er sagt:

40

»Hast du verstanden, mein Bruder, daß dies ein Werber für die Bergwerke in Johannesburg war?«

Pavu schweigt. Jawohl, er hat es verstanden, doch sein Stolz spricht so laut, daß er jede andere Stimme übertönt. Jabavu beschließt, nichts zu sagen. Seine eigenen Gedanken arbeiten zu schnell. Zuerst denkt er: Das war ein fescher Bursche mit seinem feinen weißen Anzug! Dann sagt er sich: Bin ich denn verrückt, an die Minen zu denken? Die Stadt, in die wir gehen, ist schon hart und gefährlich, und dabei ist sie klein im Vergleich zu Johannesburg, wie uns die Reisenden erzählt haben – und jetzt ist mein Bruder, der doch das Herz eines Hasen hat, so in seiner Ehre gekränkt, daß er bereit ist, nicht nur in die kleine Stadt zu gehen, sondern sogar nach Johannesburg!

Die Brüder verweilen unter den Büschen, obwohl die Straße leer ist. Die Sonne steht senkrecht über ihren Köpfen, und ihre Mägen beginnen nach Essen zu rufen. Sie öffnen die Bündel, die ihre Mutter für sie gemacht hat, und finden kleine, flache, in der Asche gebackene Maiskuchen darin. Sie essen die Kuchen, und ihre Mägen sind nur halb gefüllt. Von der Stadt und vom richtigen Essen sind sie noch weit entfernt, doch sie bleiben in der Sicherheit der Büsche sitzen. Die Sonne ist weitergewandert und scheint auf ihre rechte Schulter hernieder, als sie schließlich aus dem Gebüsch kommen. Langsam gehen sie weiter, und jedesmal, wenn ein Lastauto vorüberfährt, wenden sie das Gesicht ab, während sie durch das Gras am Straßenrand gehen. Sie blicken so entschlossen zur anderen Seite, daß sie überrascht sind, als sie bemerken, daß schon wieder ein Wagen angehalten hat. Vorsichtig wenden sie sich um und sehen eben solch einen feschen Burschen wie vorhin, der sie angrinst.

»Willst du eine schöne Arbeit haben?« fragt er, höflich lächelnd. »Wir wollen nicht in die Bergwerke gehen«, antwortet Jabavu. »Wer spricht denn von den Bergwerken?« lacht der Mann. »Arbeit im Büro, mit sieben Pfund Verdienst im

41

Monat, vielleicht sogar zehn, wer weiß?« Sein Lachen ist nicht derart, daß man ihm trauen kann; von den schönen schwarzen Schuhen, die dieser Geck trägt, wandern Jabavus Blicke aufwärts, und gerade will er »Nein« sagen, als Pavu plötzlich fragt: »Ist für mich auch Arbeit da?«

Der Mann zögert eine Zeitlang, die genügen würde, mehrmals hintereinander »Ja« zu sagen. Jabavu kann sehen, wie stark der Stolz ist, der sich auf Pavus Gesicht ausdrückt.

Dann sagt der Bursche: »Ja, ja, für dich ist auch Arbeit da. Mit der Zeit wirst du wachsen und so stark werden wie dein Bruder.« Er blickt auf Jabavus Schultern und kräftige Beine, nimmt ein Blatt Papier heraus und gibt es dem Bruder, nicht Jabavu. Und Pavu schämt sich, weil er noch nie einen Bleistift gehalten hat; das Papier ist sehr leicht, er findet es schwer, damit umzugehen, und umklammert es mit den Fingern, als könne es davonfliegen. Jabavu glüht vor Zorn. Ihn hätte man fragen müssen; er ist der Ältere und der Führer, und er kann schreiben. »Was steht auf diesem Papier?« will er wissen.

»Die Arbeit ist darauf niedergeschrieben«, bemerkt der Bursche, als sei dies gänzlich bedeutungslos.

»Bevor wir unseren Namen unter dieses Papier setzen, werden wir nachsehen, was es für eine Arbeit ist«, erwidert Jabavu, und die Augen des Burschen weichen seinem Blick aus. Dann sagt er: »Dein Bruder hat schon sein Kreuz gemacht. Setz du jetzt auch deinen Namen darunter, sonst werdet ihr getrennt.« Jabavu sieht Pavu an, der halb stolz, halb kläglich lächelt, und sagt leise: »Das war töricht, mein Bruder, die Weißen nehmen solche Kreuze sehr wichtig.«

Pavu blickt angstvoll auf das Papier, unter das er sein Kreuz gemacht hat. Der fesche Kerl wiegt sich vor Lachen hin und her und sagt: »Das ist wahr. Du hast dieses Papier unterschrieben und dich damit verpflichtet, zwei Jahre lang in den Bergwerken zu arbeiten, und wenn du das nicht tust, so ist das ein Vertragsbruch, und darauf steht Gefängnis.

Und jetzt« – dies sagt er zu Jabavu – »unterschreib du ebenfalls, denn wir werden deinen Bruder im Lastwagen mitnehmen, da er das Papier unterzeichnet hat.«

Jabavu sieht, wie der fesche Mensch die Hand ausstreckt, um Pavus Schulter zu packen. Blitzschnell rennt er mit dem Kopf gegen den Bauch des Burschen und stößt Pavu beiseite, dann drehen sich beide auf den Fersen um und rennen davon. Sie springen durch die Büsche, bis sie weit fort sind. Furchtsam blicken sie über die Schulter zurück und sehen, daß der fesche Bursche keinen Versuch macht, hinter ihnen herzujagen. Er ist stehengeblieben und sieht ihnen nach; der Stoß in den Magen hat ihm den Atem geraubt und den Blick getrübt. Nach einer Weile hören sie das Lastauto brummen, dann rattert es davon, und schließlich verliert sich sein Summen in der Ferne.

Nachdem er lange nachgedacht hat, sagt Jabavu: »Es ist wahr, in der Stadt verändern sich unsere Leute so, daß ihre eigenen Familien sie nicht wiedererkennen würden. Wäre dieser Mann, der uns belogen hat, in seinem Dorf ein solcher Skellum* gewesen?« Pavu antwortet nicht, und Jabavu verfolgt seine Gedanken weiter, bis er zu lachen beginnt. »Aber wir waren schlauer als er!« sagt er, und als er daran denkt, wie er mit dem Kopf gegen den Magen des Burschen gerannt ist, wälzt er sich vor Lachen auf der Erde. Dann setzt er sich wieder auf – denn Pavu lacht nicht mit, und auf seinem Gesicht steht ein Ausdruck, den Jabavu wohl kennt. Pavu hat noch immer solche Angst, daß er am ganzen Körper zittert; er hält das Gesicht abgewandt, damit Jabavu es nicht sehen kann. Jabavu spricht sanft auf ihn ein, so wie ein junger Mann auf ein Mädchen. Doch Pavu hat genug. Er beabsichtigt, nach Hause zurückzukehren, und Jabavu weiß es. Er redet ihm gut zu, bis die Dunkelheit durch die Bäume herabsinkt und die Brüder einen Platz zum Schlafen finden müssen. Diesen Teil des Landes kennen sie nicht, da sie mehr als

---

* Afrikaans für ›Schelm, Betrüger‹

sechs Stunden Fußweg von zu Hause entfernt sind. Sie möchten nicht auf dem offenen Gelände übernachten, wo der Schein ihres Feuers gesehen werden könnte, deshalb suchen sie sich ein paar große Felsen mit einer Spalte dazwischen, und hier zünden sie sich ein Feuer an, wie ihre Vorväter es zu tun pflegten. Dort legen sie sich zum Schlafen nieder. Sie frieren, mit ihren nackten Schultern und Beinen; sie haben großen Hunger und keine Aussicht, beim Erwachen einen guten warmen Brei vorzufinden. Jabavu schläft mit dem Gedanken ein, Pavu werde seinen Mut wiedergefunden und den Werber vergessen haben, wenn sie am Morgen erwachen und die Sonne freundlich durch die Bäume scheint. Doch als Jabavu die Augen wieder aufschlägt, ist er allein. Pavu hat sich in aller Frühe davongemacht, kaum daß sich das Licht zeigte, denn er hat ebensoviel Angst vor der klugen Zunge Jabavus, des Großmauls, wie vor den Werbern. Jetzt wird er schon die Hälfte des Heimwegs zurückgelegt haben. Jabavu ist so wütend, daß er Steine gegen die Bäume, die er Pavu nennt, schleudert. Er ist so zornig, daß er umhertanzt und schreit, bis er ganz erschöpft ist. Schließlich beruhigt er sich und denkt darüber nach, ob er dem Bruder wohl nachrennen soll, um ihn zur Umkehr zu bewegen. Dann sagt er sich, es sei bereits zu spät und Pavu ja auf jeden Fall nur ein verängstigtes Kind, keinesfalls aber eine Hilfe für einen tapferen Mann wie ihn. Einen Augenblick lang denkt er daran, ebenfalls nach Hause zurückzukehren, weil er große Angst hat, allein in die Stadt zu gehen. Dann aber beschließt er, sich doch auf den Weg zu machen, und zwar sogleich: er, Jabavu, fürchtet sich vor nichts!

Es ist jedoch gar nicht leicht, den Schutz der Bäume zu verlassen und die Straße zu betreten. Noch zögert er und macht sich Mut, indem er sich sagt, gestern habe er die Werber überlistet, was doch so vielen nicht gelingt. Ich bin Jabavu, denkt er, ich bin Jabavu, der zu klug ist für die Schliche der bösen weißen und der bösen schwarzen Männer. Er schlägt sich auf die Brust, tanzt ein wenig und stößt mit den Füßen nach den Blättern im Grase, bis sie um ihn herumwirbeln. »Ich bin Jabavu, das Großmaul ...« Es wird ein Lied daraus:

»Hier ist Jabavu,
Hier ist das Großmaul mit den klugen und wahren Worten,
Ich komme in die Stadt,
In die große Stadt des weißen Mannes.
Ich gehe allein, ho! ho!
Ich fürchte keinen Werber,
Ich vertraue niemandem, nicht einmal meinem Bruder.
Ich bin Jabavu, der allein geht.«

Damit verläßt er den Busch und wandert auf der Straße dahin, und wenn er ein Lastauto hört, läuft er ins Gestrüpp und wartet dort, bis es vorbei ist.

Da er sich so oft im Gebüsch verstecken muß, kommt er nur langsam voran, und als die Sonne am Abend rot wird, hat er die Stadt noch immer nicht erreicht. Vielleicht ist er einen falschen Weg gegangen? Er wagt niemand zu fragen. Wenn jemand die Straße entlangkommt und ihn grüßt, schweigt er aus Angst vor einer Falle. Er ist so hungrig, daß es schon nicht mehr Hunger genannt werden kann. Sein Magen hat es aufgegeben, ihm von seiner Leere zu sprechen, und ist jetzt stumm und verdrießlich; seine Beine zittern, als seien die Knochen darin weich geworden, und sein Kopf fühlt sich so groß und leicht an, als wäre der Wind hineingeraten. Er kriecht in den Busch, um nach Wurzeln und Blättern zu suchen, und nagt an ihnen, während sein Magen brummt: He, Jabavu, Blätter bietest du mir an nach so langem Fasten? Dann hockt er unter einem Baum nieder und läßt den Kopf sinken, seine Hände hängen kraftlos herab, und zum erstenmal durchbohrt ihn wieder und wieder wie ein Speer die Angst vor dem, was er in der großen Stadt finden wird, und er wünscht, er wäre nicht von zu Hause fortgegangen. Pavu wird jetzt schon beim Feuer sitzen und das Nachtmahl essen ... Die Dämmerung sinkt herab, die Bäume erheben sich zuerst riesig und schwarz vor ihm, dann verschwimmen sie mit der Dunkelheit ringsum, und ganz in der Nähe sieht Jabavu den Schein eines Feuers. Das Mißtrauen läßt seine Glieder erstarren. Dann rafft er sich auf und geht so vorsichtig auf den Lichtschein zu, als beschleiche er einen Hasen. In sicherer Entfernung kniet er nieder und lugt durch die Blätter zum Feuer. Drei Menschen, zwei Männer und eine Frau, sitzen dort und essen. Jabavus Mund füllt sich mit Wasser wie ein Napf, der im dichten Regen steht. Er spuckt aus. Sein Herz hämmert ihm zu: Trau niemandem! Trau niemandem! Dann drängt der Hunger in ihm, und er denkt: Bei uns ist es immer so gewesen, daß ein Wanderer um Gastfreundschaft an einem Feuer bitten konnte. Es ist doch nicht möglich, daß alle Menschen kalt und unfreundlich geworden sind! Er tritt vor, sein Hunger zwingt ihn vorwärts, während seine Furcht ihn zurückhält. Als die drei Leute ihn erblicken, fahren sie zusammen, starren ihn an und sprechen miteinander. Jabavu versteht, daß sie fürchten, er komme, um ihnen Böses zu tun. Dann sehen sie auf seine zerrissene Hose, die jetzt nicht mehr so eng sitzt, und begrüßen ihn freundlich als einen aus den Dörfern. Jabavu erwidert ihren Gruß und sagt bittend: »Meine Brüder, ich bin sehr hungrig.«

Sofort legt die Frau ihm weiße, flache Kuchen vor, dazu einige Stücke einer gelblichen Masse. Jabavu verschlingt alles wie ein hungriger Hund, und als der wütendste Hunger in ihm gestillt ist, fragt er, was das war. Sie sagen ihm, dies sei städtische Nahrung, er habe Fisch und Brötchen gegessen. Jetzt betrachtet Jabavu die Leute und sieht, daß sie gut angezogen sind; sie tragen Schuhe – sogar die Frau – und richtige Hemden und Hosen. Die Frau hat ein rotes Kleid an und eine gelbe gehäkelte Kappe auf dem Kopf. Einen

Augenblick lang kehrt Jabavus Furcht zurück – dies sind Menschen aus der Stadt, vielleicht sind sie Skellums? Seine Muskeln spannen sich, seine Augen starren die drei an, doch sie sprechen mit ihm, lachen und erklären, daß sie anständige Leute sind. Jabavu schweigt, denn er wundert sich, warum sie wie Dörfler zu Fuß reisen, anstatt mit dem Zug oder dem Lastwagen, wie Stadtmenschen dies gewöhnlich tun. Auch ärgert er sich darüber, daß sie so schnell verstanden haben, was er denkt. Doch sein Stolz wird besänftigt, als sie sagen: »Wenn die Leute aus dem Dorf in die Stadt kommen, sehen sie zuerst einen Skellum in jedem Menschen; aber das ist bedeutend weiser, als jedem zu trauen. Du tust gut daran, vorsichtig zu sein.«

Das übriggebliebene Essen packen sie in einen viereckigen braunen Kasten mit einem glänzenden Metallschloß. Jabavu ist fasziniert, als er sieht, wie es geöffnet wird, und fragt, ob er das ebenfalls einmal versuchen dürfe. Sie lächeln und gestatten es ihm. Dann legen sie noch Holz aufs Feuer und sprechen leise miteinander, während Jabavu zuhört. Er versteht nur halb, was sie sagen. Sie sprechen von der Stadt und den Weißen; nicht wie die Dorfleute davon reden, in traurigem, bewunderndem und ängstlichem Ton. Sie sprechen auch nicht so, wie Jabavu darüber denkt, der alles als eine Straße zu einem aufregenden neuen Land betrachtet, in dem alles nur Denkbare möglich ist. Nein, sie wägen ihre Worte, und eine ruhige Bitterkeit liegt darin, die Jabavu wehtut, weil ihm daraus entgegenklingt: Was bist du für ein Narr mit deinen großen Hoffnungen und Träumen.

Er versteht, daß die Frau die Gattin von Mr. Samu, dem einen der Männer, und die Schwester des anderen ist. Sie gleicht keiner der Frauen, die er je gesehen oder von denen er je gehört hat. Er versucht zu ergründen, weshalb sie so anders ist, aber das gelingt ihm wegen seiner Unerfahrenheit nicht. Sie trägt elegante Kleider, aber sie ist keine Kokotte, was doch alle Frauen in der Stadt sind, wie er gehört hat.

Sie ist jung und neuvermählt, doch sie ist ernst und spricht, als wäre das, was sie sagt, ebenso wichtig wie die Worte der Männer. Sie gebraucht keine Redewendungen wie Jabavus Mutter: Ja, mein Gatte; das ist wahr, mein Gatte; nein, mein Gatte. Sie ist Krankenschwester im Frauenkrankenhaus des Eingeborenenviertels in der Stadt. Jabavu reißt die Augen auf, als er das hört. Sie ist gebildet! Sie kann lesen und schreiben! Sie kennt die Medizin der Weißen! Und Mr. Samu und der andere sind ebenfalls gebildet. Sie können nicht nur Wörter lesen wie *ja, nein, gut, schlecht, schwarz* und *weiß*, sondern auch lange Wörter wie *Bestimmungen* und *Dokument*. Wenn sie sprechen, strömen ihnen Ausdrücke wie diese von den Lippen, und Jabavu beschließt, sie um Aufklärung zu bitten, was die Worte auf dem Papier in seinem Bündel bedeuten, die er mit Holzkohle angezeichnet hat. Doch er schämt sich zu fragen und hört ihnen weiter zu. Mr. Samu spricht am meisten, aber alles, was er sagt, ist so schwierig zu verstehen, daß Jabavu das Hirn davon schwer wird, er stochert mit einem grünen Zweig am Rande des Feuers herum, lauscht dem Zischen des Harzes und sieht zu, wie die Funken aufsprühen und im Dunkel vergehen. Droben am Himmel glänzen die Sterne. Schläfrig denkt Jabavu, daß Sterne vielleicht Funken aus den Feuern sind, die alle Menschen angezündet haben – sie werden höher und höher getrieben, bis sie gegen den Himmel stoßen, und dort müssen sie bleiben, wie Fliegen, die sich zusammendrängen, um nach einem Ausweg zu suchen...

Er zwingt sich, wach zu bleiben und schwatzt drauf los: »Herr, würden Sie mir bitte erklären...« Er hat das gefaltete, fleckige Stück Papier aus dem Bündel gezogen und breitet es, vor Mr. Samu kniend, aus. Dieser hat in seiner Rede innegehalten und ist vielleicht etwas ärgerlich, so respektlos unterbrochen zu werden.

Er liest die schwierigen Worte und sieht Jabavu an. Dann, ehe er sie erklärt, stellt er Fragen. Wie hat Jabavu lesen gelernt? War er ganz allein? So, das war er? Warum wollte er denn lesen und schreiben? Was hält er von dem, was er liest? Jabavu antwortet ungeschickt und fürchtet, diese klugen Leute werden ihn auslachen. Sie lachen jedoch nicht. Auf ihre Ellbogen gelehnt, sehen sie ihn an, und ihre Blicke sind sanft. Er erzählt ihnen von dem zerrissenen Alphabet, wie er es selber ergänzt hat, wie er die Wörter gelernt hat, die die Geschichten erklären, und schließlich die Wörter, die allein und ohne Bilder stehen. Während er spricht, formt seine Zunge englische Worte, weil ihn das, was er sagt, mitreißt; er erzählt von den Stunden, den Wochen und Monaten, die er Jahre hindurch unter dem großen Baum verbracht hat, sich selbst lehrend, nachdenkend, fragend.

Die drei klugen Leute blicken einander an, und in ihren Augen steht etwas, das Jabavu nicht sogleich versteht. Dann beugt sich Mrs. Samu vor und erklärt sehr geduldig in einfachen Worten, was der schwierige Satz bedeutet, und daß es Zeitungen für weiße und andere für schwarze Menschen gibt. Sie erklärt die Bilder von den kleinen gelben Leuten und sagt ihm, welch bösartige Geschichte das ist, und Jabavu scheint es, daß er in wenigen Minuten von dieser Frau mehr über die Welt lernt, in der er lebt, als er in seinem ganzen bisherigen Leben erfahren hat. Er möchte zu ihr sagen: Halt, lassen Sie mich über das nachdenken, was Sie gesagt haben, sonst werde ich es vergessen. Doch jetzt wird sie von Mr. Samu unterbrochen. Er lehnt sich vor und spricht zu Jabavu. Nachdem er einige Augenblicke geredet hat, scheint es Jabavu, als sehe Mr. Samu nicht nur ihn, sondern noch viele andere Menschen – er hat die Stimme erhoben und spricht immer lauter, und seine Sätze schwingen auf und nieder, als habe er sie schon oft in genau der gleichen Form ausgesprochen. Jabavu empfindet dies so stark, daß er über die Schulter zurückblickt, um zu sehen, ob vielleicht noch Leute hinter ihm sind, aber nein, nichts ist da als die Dunkelheit und die Bäume, auf deren Blättern das Sternenlicht schimmert.

»Wir leben in einer traurigen, einer furchtbaren Zeit für die Menschen Afrikas«, sagt Mr. Samu. »Die Weißen haben sich wie ein Heuschreckenschwarm auf unserem Erdteil niedergelassen, und wie die Heuschrecken am frühen Morgen können sie sich nicht erheben und weiterfliegen, weil der Tau so schwer auf ihren Flügeln liegt. Der Tau, der den weißen Mann beschwert, ist das Geld, das er aus unserer Arbeit zieht. Die Weißen sind dumm oder klug, tapfer oder feige, freundlich oder grausam, doch alle, alle sagen nur eines, wenn sie es auch mit verschiedenen Worten sagen. Manche erklären, Gott habe den schwarzen Mann ausgewählt, um als Wasserträger und Holzhacker bis zum Ende aller Zeiten zu dienen, andere sagen, der weiße Mann schütze den schwarzen vor seiner eigenen Unwissenheit – solange, bis diese überwunden sei, in zweihundert, fünfhundert oder tausend Jahren –, und die Freiheit werde ihm erst dann gewährt werden, wenn er gelernt habe, auf seinen eigenen Füßen zu stehen, wie ein Kind, das sich vom Rock der Mutter löst. Doch was auch immer sie sagen, ihre Handlungen sind stets die gleichen. Sie nehmen uns, Männer wie Frauen, in ihre Häuser, damit wir für sie kochen, saubermachen und ihre Kinder warten; sie holen uns in ihre Fabriken und Bergwerke; ihr Leben ist auf unserer Arbeit aufgebaut, und doch beleidigen sie uns jeden Tag und jede Stunde des Tages – sie nennen uns Schweine und Kaffern oder Kinder, sie schimpfen uns faul, dumm und unwissend. Sie haben so viele häßliche Namen für uns, wie jener Baum dort Blätter hat, und jeden Tag werden die Weißen reicher und die schwarzen Menschen ärmer. Dies ist wahrlich eine böse Zeit, und viele der Unseren werden böse, sie lernen stehlen und morden, sie lernen hemmungslos hassen und werden tatsächlich zu den Schweinen, die sie nach der Behauptung des weißen Mannes stets waren. Doch, obwohl dies eine schreckliche Zeit ist, sollten wir stolz darauf sein, jetzt zu leben, denn unsere Kinder und Kindeskinder werden auf uns zurückblicken und sagen: Wären sie nicht gewesen, die Menschen, die in dieser furchtbaren Zeit lebten und Mut und Weisheit bewiesen, so lebten wir heute noch als Sklaven. Ihnen verdanken wir es, daß wir frei sind.«

Jabavu hat den ersten Teil dieser Rede sehr gut verstanden, denn das hat er schon oft gehört. So spricht sein Vater, so alle Reisenden, die aus der Stadt kommen. Mit solchen Worten in den Ohren wurde er geboren. Dann aber wird die Rede schwer verständlich. Mr. Samu fährt in einem anderen Ton fort, seine Hand geht auf und nieder, er spricht von Gewerkschaften, Organisation, Politik, Komitees, Fortschritt, Gesellschaft, Geduld, Erziehung. Und an jedem dieser neuen gewichtigen Wörter, die auf Jabavu eindringen, klammert sich Jabavu fest, er untersucht es und bemüht sich zu begreifen – und inzwischen sind schon ein Dutzend anderer solcher Wörter an seinen Ohren vorübergerauscht, und er ist gänzlich in Verwirrung geraten. Betäubt blickt er Mr. Samu an, der sich vornüberbeugt, er sieht auf seine Hand, die sich hebt und senkt, auf seine fest und aufmerksam blickenden Augen, die auf ihn gerichtet sind; und ihm scheint, als dringen diese Augen in sein Inneres, um seine geheimsten Gedanken zu erforschen. Er wendet den Blick ab, denn er möchte, daß seine Gedanken geheim bleiben: Im Kral hungerte ich immer danach und konnte es kaum erwarten, zu dem Überfluß, der in der Stadt der Weißen herrscht, zu gelangen. Mein ganzes Leben lang hat mein Körper mit der Stimme dieses Hungers gesprochen: Ich will, ich will, ich will. Ich will Erregung, ich will Kleidung und solch ein Essen wie den Fisch und die Brötchen, die ich heute abend gegessen habe; ein Rad will ich haben und die Frauen der Stadt; ich will, ich will... Und wenn ich diesen klugen Menschen zuhören, wird mein Leben sofort an ihres gebunden sein, es wird nicht aus Tanz, Musik und schönen Kleidern bestehen, sondern aus Arbeit, Arbeit, Arbeit – aus Verdruß, Gefahren und Angst. Denn Jabavu hat eben erst verstanden, daß diese Leute nachts zu Fuß durch den Busch reisen, weil sie mit Büchern, in denen von solchen Dingen wie Komitees und Organisationen die Rede ist, in eine andere Stadt gehen, und die Polizei liebt solche Bücher nicht.

Diese klugen, reichen und guten Menschen, die Kleider auf dem Leibe und gutes Essen im Magen haben, reisen zu Fuß wie Eingeborene aus den Dörfern. – Der Hunger nach dem großen Leben erhebt sich in Jabavu und sagt mit lauter Stimme: Nein, nichts für Jabavu.

Mr. Samu sieht den Ausdruck dieses Gesichts und hält inne. Mrs. Samu sagt scherzend: »Mein Mann ist so daran gewöhnt, Reden zu halten, daß er gar nicht mehr damit aufhören kann.« Die drei lachen, und Jabavu lacht mit ihnen. Dann bemerkt Mr. Samu, es sei sehr spät und sie müßten schlafen. Doch zuerst schreibt er noch etwas auf ein Stück Papier und gibt es Jabavu, wobei er erklärt: »Ich habe hier den Namen eines Freundes, Mr. Mizi, aufgeschrieben, der dir helfen wird, wenn du in die Stadt kommst. Es wird ihn sehr beeindrucken, wenn du ihm erzählst, daß du ganz allein im Kral lesen und schreiben gelernt hast.« Jabavu dankt ihm und steckt das Papier in sein Bündel; dann legen sich alle vier um das Feuer zum Schlafen nieder. Die anderen haben Decken. Jabavu friert, die Haut auf seinem Rücken und seiner Brust ist gespannt vor Kälte. Selbst seine Knochen scheinen zu zittern. Seine Augenlider, die schwer vor Müdigkeit sind, öffnen sich aus Protest gegen die Kälte. Er legt mehr Holz auf das Feuer und sieht die Frau an, die unter ihrer Decke zusammengekrümmt liegt. Plötzlich begehrt er sie. Das ist eine törichte Frau, denkt er. Sie braucht einen Mann wie mich und nicht einen, der nur redet. Doch er glaubt diesem Gedanken nicht, und als die Frau sich bewegt, wendet er eiligst seine Augen ab, damit sie nicht sieht, was darin steht, und ärgerlich wird. Er betrachtet den braunen Koffer, der auf der anderen Seite des Feuers im Grase liegt. Das Metallschloß glänzt und blinkt im flackernden roten

Feuerschein. Es blendet Jabavu. Seine Lider schließen sich. Er schläft und träumt:

Jabavu ist Polizist und hat eine feine Uniform mit glänzenden Messingknöpfen an. Er geht die Straße hinunter und schwingt eine Peitsche. Er sieht die drei Leute vor sich; die Frau trägt den Koffer. Er läuft ihnen nach, packt die Frau an der Schulter und sagt: »Sie haben diesen Koffer also gestohlen. Öffnen Sie ihn, ich will sehen, was darin ist.« Sie hat große Angst. Die beiden Männer sind davongerannt. Sie öffnet den Koffer. Darin sind Fisch und Brötchen sowie ein großes schwarzes Buch, auf dem *Jabavu* steht. Jabavu sagt: »Sie haben mein Buch gestohlen. Sie sind eine Diebin.« Er nimmt sie mit zum Eingeborenenkommissar, und der bestraft sie.

Jabavu erwacht. Das Feuer ist niedergebrannt, unter einem grauen Aschenhaufen glüht es rot. Das Schloß des Koffers glänzt nicht mehr. Jabavu kriecht auf dem Bauch durch das Gras, bis er den Koffer erreicht. Er legt die Hand darauf und sieht sich um. Niemand hat sich bewegt. Da nimmt er den Koffer, erhebt sich lautlos und stiehlt sich den Pfad hinunter ins Dunkel davon. Dann rennt er, doch bald bleibt er stehen; denn es ist sehr dunkel, und er fürchtet sich vor der Dunkelheit. Plötzlich fragt er sich: Jabavu, warum hast du diesen Kasten gestohlen? Das sind doch gute Menschen, die dir helfen wollen. Sie haben dir zu essen gegeben, als du krank vor Hunger warst! Doch seine Hand umklammert den Griff des Koffers, als verstünde sie seine Sprache nicht. Reglos steht er im Dunkel, sein ganzes Wesen verlangt nach dem Koffer, während ihm die Angst die Gedanken hurtig durch den Kopf jagt. Die Sonne wird erst um vier oder fünf Uhr aufgehen, und bis dahin wird er ganz allein im Busch sein. Er zittert vor Furcht. Bald ist sein Körper ganz steif vor Angst und Kälte. Er wünscht, er läge noch neben dem Feuer und hätte niemals den Kasten berührt. Jabavu kniet im Dunkel nieder, seine Knie schmerzen von dem rauhen Gras. Er öffnet den Koffer, um zu ertasten, was darin ist, und berührt die feuchten, weichen Lebensmittel und die harten Bücher. Es ist zu dunkel, um etwas zu sehen, er kann es nur fühlen. Lange kniet er dort. Dann schließt er den Koffer und kriecht zurück, bis er den schwachen Schein des Feuers und die drei Gestalten sehen kann, die völlig reglos daliegen. Wie eine Wildkatze schleicht er sich über den Boden, stellt den Koffer auf seinen alten Platz und legt sich dann nieder. »Jabavu ist kein Dieb«, sagt er stolz. »Jabavu ist ein guter Junge.« Er schläft und träumt, doch er weiß nicht, was er träumt, und plötzlich ist er hellwach, als wäre ein Feind in der Nähe. Graues Licht dringt durch die Bäume und fällt auf den grauen Aschenhaufen und die drei Schläfer. Jabavus ganzer Körper schmerzt vor Kälte, und seine Haut ist so rauh wie der Boden. Langsam erhebt er sich und steht einen Augenblick lang in der Haltung eines Läufers da, der zum ersten großen Sprung ansetzt. Jetzt sagt der Hunger nach dem großen Leben in ihm: »Schnell, mach, daß du fortkommst, Jabavu, bevor du wie diese hier wirst und deine Tage in Angst vor der Polizei verbringst.« In großen federnden Sprüngen setzt er durch die Büsche, und beißend kalt netzt ihn der Tau. Er läuft, bis er die Straße erreicht hat, die verlassen daliegt, weil es noch so früh ist. Und als dann viel später die ersten Personenautos und Lastwagen kommen, hält er sich ein wenig abseits von der Straße im Busch und wandert so ungesehen. Heute wird er die Stadt erreichen. Jedesmal, wenn er eine Höhe ersteigt, hält er nach ihr Ausschau: Bestimmt wird sie jetzt jenseits des Hügels erscheinen, so strahlend und prächtig wie ein Traum! Etwa um die Mitte des Vormittags sieht er ein Haus, dann noch ein Haus. Eine halbe Stunde lang folgen die Häuser einander, verstreut und in kleinen Abständen. Dann steigt er auf einen Hügel, und drüben auf der anderen Seite sieht er – Jabavu steht still und sperrt den Mund auf.

Oh, wie schön! Wie schön ist sie, die Stadt der Weißen!

Sieh doch, welche Muster die Häuser bilden und wie dazwischen die glatten grauen Straßen verlaufen, als habe sie ein kluger Finger gezeichnet. Sieh, wie sich die Häuser erheben, weiße und farbige, wie die Sonne darauf scheint, und wie sie das Auge blenden! Ach, wie groß sie sind, mit ihnen verglichen ist das Haus des Griechen eine Hundehütte. Hier recken sich die Häuser empor, als stünden drei oder vier davon übereinander. Und jedes ist von einem Garten umgeben mit roten, lila und goldenen Blumen, und in den Gärten gibt es dunkel glänzendes Wasser, und darauf schwimmen Blüten. Und wie sich diese Stadt durch das Tal hinunter- und sogar auf der anderen Seite den Hügel wieder hinaufzieht! Jabavu wandert weiter, seine Füße setzen sich einer vor den anderen, ohne daß seine Augen ihnen dabei helfen, er schlendert hierhin und dorthin, bis das warnende Kreischen eines Autos ertönt. Wieder einmal springt er zur Seite, steht und starrt dem Wagen nach; doch diesmal ist kein Staub da, sondern nur glatter, warmer Asphalt. Langsam geht er weiter, den Abhang hinunter, auf der anderen Seite wieder hinauf, und dann ist er auf der nächsten Höhe. Jetzt bleibt er lange stehen, denn die Häuser breiten sich vor ihm aus, so weit er sehen kann, und nach beiden Seiten hin; sie nehmen kein Ende. Ein neues Gefühl bemächtigt sich seiner. Er sagt sich nicht, daß er Angst hat, doch sein Magen liegt schwer in ihm, und er hat ein Gefühl der Kälte darin. Seine Gedanken wandern zurück ins Dorf, und Jabavu, der sich so viele Jahre lang nach eben diesem Augenblick gesehnt hat, der glaubte, er gehöre nicht in das Dorf, vernimmt jetzt, wie es leise in ihm spricht: Jabavu, Jabavu, ich habe dich geschaffen, mir gehörst du; was wirst du in dieser großen verwirrenden Stadt tun, die gewiß größer ist als alle anderen Städte? Jetzt hat er vergessen, daß dies nichts ist im Vergleich zu Johannesburg und anderen Städten des Südens, oder vielmehr wagt er nicht, sich daran zu erinnern – es ist allzu beängstigend.

Die Häuser hier sind anders, einige groß, andere so winzig wie das Haus des Griechen. Es gibt verschiedene Arten von Weißen, meldet Jabavus Gehirn, doch es fällt ihm schwer, diese Idee gleich zu verarbeiten. Bisher hat er sie alle für gleich reich, machtvoll und klug gehalten.

Jabavu befiehlt nun seinen Füßen: Geht jetzt weiter, geht! Doch seine Füße gehorchen nicht. Er bleibt dort stehen, während seine Augen über die Straßen mit all den Häusern wandern – wie die Augen eines kleinen Kindes. Dann hört er ein scharrendes Geräusch – Räder mit Gummireifen, deren Fahrt gebremst wird –, und neben ihm hält ein afrikanischer Polizist mit seinem Fahrrad. Er stellt einen Fuß auf die Straße und blickt Jabavu an. Er sieht auf die alte, zerrissene Hose und in Jabavus unglückliches Gesicht. Freundlich fragt er: »Hast du dich verlaufen?« Er spricht englisch.

Zuerst. sagt Jabavu nein, weil es ihm selbst in diesem Augenblick gegen den Strich geht, nicht alles zu wissen. Dann meint er mürrisch: »Ja, ich weiß nicht, wohin ich gehen soll.«

»Und du suchst Arbeit?«

»Ja, Sohn der Regierung, ich suche Arbeit.« Jabavu spricht in seiner eigenen Sprache. Der Polizist, der aus einem anderen Distrikt stammt, versteht ihn nicht, und Jabavu spricht wieder englisch.

»Dann mußt du in das Paßbüro und dir einen Paß holen, um Arbeit zu suchen.«

»Und wo ist dieses Büro?«

Der Polizist steigt vom Rad, nimmt Jabavus Arm und spricht lange auf ihn ein. »Jetzt mußt du eine halbe Meile weit geradeaus gehen, und dann, wo die fünf Straßen zusammentreffen, gehst du nach links, dann biegst du noch einmal um, gehst geradeaus weiter und ...« Jabavu hört zu, nickt, sagt ja und danke schön; der Polizist radelt davon, und Jabavu bleibt hilflos stehen, denn er hat nichts verstanden. Schließlich geht er weiter und weiß nicht, ob seine Beine vor Angst oder vor Hunger zittern. Als er den Polizisten traf,

schien ihm die Sonne in den Rücken, und als seine Füße vor
Schwäche endlich selbständig stehenbleiben, scheint sie senkrecht über seinem Kopf. Er ist von Häusern umgeben, weiße
Frauen sitzen mit ihren Kindern auf den Veranden, schwarze Männer arbeiten in den Gärten, und andere sieht er in
den ›Müllwegen‹* miteinander schwatzen und lachen. Manchmal versteht er, was sie sagen, manchmal nicht. In dieser
Stadt gibt es Menschen aus Njassaland, Nord-Rhodesien und
aus dem Portugiesischen; er versteht kein Wort ihrer Sprache
und fürchtet sich vor ihnen. Doch als er seine eigene Sprache
hört, weiß er, daß diese Leute einander auf seine zerrissene
Hose und sein Bündel aufmerksam machen, darüber lachen
und sagen: »Seht doch den Neuling aus dem Kral!«
    Nun steht er an einer Straßenkreuzung und blickt nach al-
len Seiten. Er hat keine Ahnung, wohin ihn der Schutzmann
gewiesen hat. Als er noch ein wenig weitergeht, sieht er, gegen einen Baum gelehnt, ein Fahrrad stehen. Am Hinterrad
ist ein Korb befestigt, und darin liegen Brotlaibe und Brötchen, wie er sie am Abend vorher gegessen hat. Er betrachtet
sie, und das Wasser läuft ihm im Munde zusammen. Plötzlich streckt sich seine Hand aus und greift ein Brötchen. Er
blickt um sich, niemand hat es gesehen. Dann steckt er das
Brötchen in die Tasche und geht weiter. Kaum hat er die
Straße verlassen, nimmt er es heraus, verzehrt es im Gehen,
und als es aufgegessen ist, scheint ihm sein Magen zu sagen:
Was, nur ein kleines Brötchen, nachdem ich den ganzen Morgen leer war? Es wäre besser, du gäbest mir gar nichts!
    Jabavu geht weiter und hält Ausschau nach einem Korb
an einem Rad. Mehrmals biegt er in eine Straße ein, weil er
einen Korb sieht, der dem ersten gleicht, aber es ist nicht der
gewünschte. Es dauert lange, bis er findet, was er sucht. Und
jetzt ist es nicht so leicht wie vorher. Da streckte sich seine
Hand von selbst aus und nahm das Brötchen, während ihn

---

* engl. ›Sanatory, Lane‹; das sind Heckenwege zwischen den Gärten, auf denen
die Mülltonnen stehen.

57

jetzt sein Hirn warnt: Sei vorsichtig, Jabavu, vorsichtig! Er steht neben dem Korb und blickt sich um, und plötzlich schreit ihn eine weiße Frau, die in ihrem Garten steht, über die Hecke hinweg an; er rennt, bis er um die Ecke ist und sich in einer anderen Straße befindet. Dort lehnt er sich zitternd gegen einen Baum. Die Straße ist eng, voller Bäume, ruhig und schattig. Er kann niemanden sehen. Dann tritt ein Kindermädchen mit einem Arm voller Kleidungsstücke aus einem Haus; sie hängt sie über eine Leine und sieht über die Hecke hinweg Jabavu an. »He, Kraljunge, was willst du?« schreit sie ihn an und lacht. »Sieh mal einer den blöden Kraljungen an!« »Ich bin kein Kraljunge!« sagt er trotzig, und sie antwortet: »Guck dir doch deine Hose an – ahhhh, was ich da sehen kann!« Mit einem höhnischen Blick geht sie ins Haus. Jabavu bleibt an den Baum gelehnt stehen und betrachtet seine Hose. Es stimmt, sie fällt beinahe von ihm ab. Aber sie ist immer noch anständig.

Nichts ist zu sehen. Die Straßen sind leer. Jabavu sieht zu den Sachen auf der Leine hinüber. Es sind viele: Kleider, Hemden, Hosen, Unterhemden. Er denkt: Das Mädchen war frech ... Er ist peinlich berührt von dem, was sie gesagt hat. Er beugt sich vor und preßt wieder die Ellbogen gegen die Hüften, um seine Hose zu verbergen. Seine Augen sind auf die Kleidungsstücke gerichtet – da ist Jabavu schon über die Hecke gesprungen und zerrt an einer Hose. Sie läßt sich nicht von der Leine nehmen, ein kleiner hölzerner Stock hält sie fest. Er zieht, der Stock fällt herunter, und er hat die Hose in der Hand. Sie ist heiß und glatt, da sie gerade erst geplättet worden ist. Er zieht an einem gelben Hemd; der Stoff zerreißt unter der hölzernen Klammer, doch er bekommt das Hemd frei. Im Handumdrehen ist Jabavu über die Hecke zurückgesprungen und läuft davon. An der Straßenbiegung sieht er sich um. Der Garten liegt still und verlassen da, anscheinend hat ihn niemand gesehen. Jabavu geht ruhig die Straße hinunter und befühlt den feinen warmen

Stoff des Hemdes und der Hose. Sein Herz klopft zuerst schwach wie bei einem Küken, das gerade aus der Eierschale gekrochen ist, und dann kräftiger, wie ein starker Wind, der gegen eine Wand anstürmt. Sein Herz klopft jetzt so heftig, daß Jabavu erschöpft an einem Baum stehenbleibt, um sich auszuruhen. Auf einem Fahrrad fährt langsam ein Polizist vorüber. Er blickt Jabavu prüfend an. Dann sieht er nochmals zu ihm hin, macht einen großen Bogen und hält neben ihm. Jabavu sagt nichts, er starrt ihn mit großen Augen an.

»Woher hast du diese Kleidungsstücke?« fragt der Schutzmann.

Jabavus Gehirn arbeitet wie rasend, und aus seinem Mund kommen die Worte: »Ich trage sie für meinen Herrn.«

Der Polizist betrachtet Jabavus zerrissene Hose und sein Bündel. »Wo wohnt denn dein Herr?« fragt er schlau. Jabavu deutet nach vorn. Die Blicke des Schutzmanns folgen Jabavus Finger, dann sieht er ihm ins Gesicht. »Welche Nummer hat denn das Haus deines Herrn?«

Wieder versagt Jabavus Hirn zuerst und arbeitet dann fieberhaft. »Nummer drei«, sagt er.

»Und wie heißt die Straße?«

Doch jetzt kommt nichts aus Jabavus Mund. Der Polizist steigt vom Rad, um sich Jabavus Papiere anzusehen, und plötzlich entsteht Lärm in der Straße, aus der Jabavu gekommen ist. Der Diebstahl ist entdeckt. Man hört eine hohe, schrille Stimme schelten, es ist die Herrin, die dem Kindermädchen befiehlt, die fehlenden Sachen herbeizuschaffen; das Kindermädchen weint, und das Wort ›Polizei‹ wird mehrmals wiederholt. Der Polizist zögert, er sieht Jabavu an, er blickt zu der anderen Straße zurück, und da erinnert sich Jabavu an den Werber. Er rennt dem Polizisten den Kopf in den Bauch, das Rad fällt um und auf den Schutzmann, Jabavu springt davon, in einen Müllweg hinein, setzt erst über einen, dann über noch einen Müllkasten, rast durch einen verlassenen Garten, dann durch einen, in dem Leute sitzen, die ihm erschreckt nachstarren, dann in einen anderen Müllweg und bleibt endlich zwischen einem Müllkasten und einer Mauer stehen. Dort streift er schnell die Shorts ab und zieht die Hose an. Sie ist lang, grau und aus feinem Stoff, wie er ihn noch nie gesehen hat. Er will das gelbe Hemd anziehen; doch das ist schwierig, da er noch nie eines getragen hat, er verfängt sich in den Ärmeln, bis er das richtige Loch gefunden hat, in das er den Kopf stecken muß. Er stopft das Hemd, das zu klein für ihn ist, in die Hose, die ihm etwas zu lang ist, und denkt traurig an das Loch im Hemd, das nur durch seine Unkenntnis über die kleinen hölzernen Klammern entstanden ist. Schnell steckt er seine alte, zerrissene Hose unter den Deckel eines Müllkastens und geht den Müllweg hinunter. Er achtet darauf, daß er nicht läuft, obwohl ihm die Füße danach jucken zu rennen. Er geht, bis dieser Teil der Stadt weit hinter ihm liegt. Dann denkt er: Jetzt bin ich sicher, bei so vielen Menschen wird niemand graue Hosen und ein gelbes Hemd bemerken. Er erinnert sich, wie der Polizist sein Bündel angesehen hat und steckt die Seife und den Kamm in die Tasche, zusammen mit seinen Papieren; dann stopft er den Lumpen, in den das Bündel gewickelt war, zwischen die untersten Zweige einer Hecke. Und jetzt denkt er: Ich bin erst heute morgen in die Stadt gekommen, und schon trage ich eine graue Hose, wie ein Weißer, und ein gelbes Hemd, und ich habe ein Brötchen gegessen. Den Shilling, den meine Mutter mir mitgegeben hat, habe ich nicht ausgegeben. Wahrhaftig, man kann in der Stadt der Weißen gut leben! Liebevoll betastet er den harten Shilling. In diesem Augenblick steigt in seinem Kopf, ohne daß er versteht warum, die Erinnerung an die drei Menschen auf, die er letzte Nacht kennengelernt hat, und plötzlich murmelt Jabavu: Skellums! Schlechte Leute! Verdammt, Hölle, gottverflucht! Das sind die Flüche der Weißen, die er kennt, und er hält sie für sehr verrucht. Er sagt sie immer wieder vor sich hin, bis er sich als großer

Mann fühlt und nicht mehr der kleine Junge zu sein glaubt, den die Mutter anzusehen und dem sie kummervoll zu sagen pflegte: »Ach, Jabavu, mein Großmaul, welcher weiße Teufel ist in dich gefahren!«

Jabavu wirft sich in die Brust, bis er einen solchen Zustand des Stolzes erreicht hat, daß er nicht sogleich aufhören kann, sich zu brüsten, als ein Polizist ihn anhält und seine Aufenthaltsbescheinigung von ihm fordert. Hochtrabend sagt er: »Ich bin Jabavu!«

»So, du bist also Jabavu«, antwortet der Polizist und stellt sich sogleich vor ihn hin, »so, mein feiner, kluger Junge. Und wer ist Jabavu? Und wo ist seine Aufenthaltsgenehmigung?«

Jabavus toller Stolz sinkt in sich zusammen, und demütig erwidert er: »Ich habe noch keine Aufenthaltsgenehmigung. Ich bin gekommen, um Arbeit zu suchen.«

Der Schutzmann sieht ihn mißtrauischer an als vorher. Jabavu trägt feine Kleider, obwohl ein kleiner Riß in seinem Hemd ist, und spricht gut englisch. Wie kann er also gerade erst aus dem Kral gekommen sein? Er sieht sich Jabavus ›Situpa‹ an, ein Papier, das jeder afrikanische Eingeborene stets bei sich tragen muß, und liest: Eingeborener Jabavu. Distrikt soundso. Kral soundso. Registrierschein Nr. X078910312. Er notiert sich das in ein kleines Buch, gibt Jabavu den ›Situpa‹ zurück und sagt: »Jetzt beschreibe ich dir den Weg zum Paßbüro, und wenn du morgen um diese Zeit noch keinen Erlaubnisschein hast, um Arbeit zu suchen, wird es große Unannehmlichkeiten für dich geben.« Damit geht er.

Jabavu folgt den Straßen, die ihm der Polizist gewiesen hat, und bald gelangt er in einen ärmlichen Teil der Stadt, in dem Häuser wie die des Griechen stehen. Darin leben Menschen gemischten Bluts, von denen er gehört, die er aber noch nie gesehen hat und die man in diesem Lande die Farbigen nennt. Endlich gelangt er zu einem großen Gebäude, und das ist das Paßbüro. Viele schwarze Menschen warten in langen Schlangen, die zu den Fenstern und Türen des Gebäudes führen. Jabavu reiht sich in eine dieser Schlangen ein und denkt, die Leute seien wie Rinder, die sich drängen, um in die Hürde zu kommen; und dann wartet auch er. Die Schlange bewegt sich sehr langsam vorwärts. Der Mann vor ihm und die Frau hinter ihm verstehen seine Fragen nicht, bis er englisch spricht, und dann wird ihm gesagt, daß er in der falschen Reihe steht und in eine andere gehen muß. Jetzt tritt er höflich zu einem Polizisten, der dabeisteht und darauf achtet, daß es keinen Streit und keine Schlägereien gibt; er bittet ihn um Hilfe und wird zur richtigen Schlange gewiesen. Nun wartet er wieder, und weil er stillstehen muß, hat er Zeit, die Stimmen seines Hungers zu hören, besonders seines hungrigen Magens, und bald scheint es ihm, als fluteten Dunkelheit und helles Licht wie rinnendes Wasser durch sein Gehirn, sein Magen sagt ihm wieder, er habe sehr wenig gegessen, seit er vor drei Tagen von daheim fortging, und Jabavu versucht, die Schmerzen in seinem Magen zu beruhigen, indem er sagt: Ich werde bald essen, ich werde bald essen. Doch das Licht flimmert heftig vor seinen Augen und wird schließlich von tiefer Dunkelheit verschluckt, ihm wird übel; und dann liegt er auf einem harten kalten Fußboden und Gesichter beugen sich über ihn, weiße und dunkle.

Er ist ohnmächtig geworden, und man hat ihn ins Paßbüro getragen. Die Gesichter sind freundlich, doch Jabavu erschrickt und erhebt sich schnell. Mehrere Arme stützen ihn, man bringt ihn in einen der inneren Räume, wo er darauf warten muß, von einem Arzt untersucht zu werden, bevor er eine Genehmigung erhalten kann, Arbeit zu suchen. Dort stehen viele andere Afrikaner, und sie haben keinerlei Kleidung an. Er wird aufgefordert, sich auszuziehen, und alle wenden sich um und sehen ihn erstaunt an, als er die Arme über die Brust preßt, um seine Sachen zu schützen, denn er bildet sich ein, man wolle sie ihm fortnehmen. Verzweifelt rollt er die Augen, und es dauert einige Zeit, bis er versteht und sich auszieht. Dann wartet er nackt in einer Reihe mit den anderen. Ihm ist kalt vor Hunger, obgleich draußen die Sonne scheint, so heiß sie nur kann. Einer nach dem anderen treten die Afrikaner vor, um untersucht zu werden, und der Doktor setzt ihnen ein langes schwarzes Ding auf die Brust und faßt ihre Körper an. Jabavus ganzes Wesen wehrt sich voller Empörung. Er vermeint, viele Stimmen zu hören, die in ihm aufbegehren. Eine sagt: Bin ich denn ein Ochse, um betastet zu werden, wie es der weiße Doktor mit uns macht? Eine andere ruft ängstlich: Wenn ich nicht gehört hätte, daß die Weißen viele seltsame und wunderbare Dinge in ihrer Medizin haben, würde ich denken, das schwarze Ding, durch das er horcht, sei ein Zauber. Und die Stimme seines Magens sagt immer wieder, ohne sich abweisen zu lassen, er sei hungrig und werde bald wieder ohnmächtig werden, wenn es keine Nahrung gäbe.

Endlich erreicht Jabavu den Arzt, der seine Brust abhorcht, ihn beklopft, ihm in den Hals, in die Augen, unter die Achselhöhlen und auf die Leisten sieht und den geheimen Teil von Jabavus Körper auf eine Weise betrachtet, daß der Zorn wie Donner in ihm grollt. Er möchte den weißen Doktor töten, weil er ihn berührt und so ansieht. Doch wächst auch eine Geduld in ihm, die erste Gabe der Stadt der Weißen an den schwarzen Mann – eine Geduld, die ihn gegen den Zorn wappnet. Und nachdem der Doktor gesagt hat, Jabavu sei so stark wie ein Ochse und arbeitsfähig, darf er gehen. Der Doktor hat auch gesagt, Jabavus Milz sei vergrößert. Das bedeutet, daß er Malaria hatte und wieder haben wird, daß er vermutlich Bilharzia hat und Verdacht auf Hakenwurm besteht. Doch all dies ist so verbreitet, daß sich eine Bemerkung darüber nicht lohnt, und die Krankheiten, nach denen der Arzt sucht, sind solche, die weiße Leute anstecken könnten, wenn Jabavu bei ihnen im Haus arbeitet.

Als Jabavu sich umdreht, fragt ihn der Doktor, warum die Dunkelheit über ihn kam, so daß er hinfiel, und Jabavu sagt einfach, er habe Hunger. Darauf tritt ein Polizist hinzu und will wissen, warum er hungrig sei. Jabavu antwortet, daß er nichts zu essen gehabt habe. Jetzt fragt der Polizist ungeduldig: »Ja, freilich, aber hast du kein Geld?« Denn wenn er keins hat, wird Jabavu in ein Lager geschickt werden, wo er eine Mahlzeit und Unterkunft für die Nacht erhält. Doch Jabavu sagt, er habe einen Shilling. »Warum kaufst du denn dann nichts zu essen?« »Weil ich den Shilling behalten muß, um zu kaufen, was ich brauche.« »Brauchst du denn kein Essen?«

Die Leute amüsieren sich darüber, daß ein Mann, der einen Shilling in der Tasche hat, vor Hunger umfällt, doch Jabavu schweigt.

»Und jetzt mußt du von hier fortgehen und dir etwas zu essen kaufen. Hast du für heute nacht eine Unterkunft, wo du schlafen kannst?«

»Ja«, sagt Jabavu, der diese Frage fürchtet.

Nun gibt der Polizist Jabavu einen Schein mit der Erlaubnis, vierzehn Tage lang Arbeit zu suchen. Jabavu hat sich wieder angezogen und nimmt jetzt die Rolle mit den Papieren, unter denen sich auch sein ›Situpa‹ befindet, aus der Tasche, um den neuen Schein dazuzulegen. Während er sich damit zu schaffen macht, flattert ein Stück Papier auf den Boden. Schnell bückt sich der Polizist, hebt es auf und betrachtet es. Auf dem Zettel steht geschrieben: Mizi, Baumstraße 33, Eingeborenenviertel. Der Schutzmann sieht Jabavu mißtrauisch an. »Mr. Mizi ist also ein Freund von dir?«

»Nein«, sagt Jabavu.

»Warum hast du dann ein Stück Papier mit seinem Namen drauf?«

Jabavus Zunge ist wie gelähmt. Als er noch einmal gefragt wird, murmelt er: »Ich weiß nicht!«

»So, du weißt also nicht, warum du den Zettel hast? Du weißt nichts von Mr. Mizi?« Der Polizist stellt noch viele ähnliche sarkastische Fragen, und Jabavu senkt den Blick und wartet geduldig, bis er damit aufhört. Der Polizist nimmt ein kleines Buch heraus, schreibt eine lange Notiz über Jabavu hinein und sagt ihm, er täte gut daran, das Lager für Neuankömmlinge aufzusuchen. Jabavu lehnt dies noch einmal ab und wiederholt, er habe Freunde, bei denen er schlafen könne. Der Polizist sagt, jawohl, er könne sehen, was das für Freunde seien – eine Bemerkung, die Jabavu nicht versteht –, und endlich ist er frei und kann gehen.

Jabavu verläßt das Paßbüro und ist sehr glücklich über den neuen Schein, der ihm erlaubt, sich in der Stadt aufzuhalten. Er ahnt nicht, daß der erste Polizist, der seinen Namen notiert hat, ihn an das zuständige Büro geben wird mit der Bemerkung, Jabavu sei vermutlich ein Dieb, und daß der Schutzmann im Paßbüro seinen Namen und seine Nummer als die eines Freundes des gefährlichen Agitators Mizi weiterleiten wird. Jawohl, bereits nach einem halben Tag ist Jabavu in dieser Stadt wohlbekannt, und dabei fühlt er sich, als er auf die Straße hinaustritt, so einsam und verlassen wie ein Ochse, der seine Herde verloren hat. Er steht an einer Ecke und sieht zu, wie zahllose Afrikaner zu Fuß und auf Fahrrädern schwatzend, lachend, singend durch die Straße zum Eingeborenenviertel drängen. Jabavu nimmt sich vor, zu gehen und Mr. Mizi zu suchen. Er reiht sich in die Menge ein und kommt sehr langsam voran, weil es so viel Neues zu sehen gibt. Alles starrt er an, besonders die Mädchen, die ihm in ihren feschen Kleidern unwahrscheinlich schön erscheinen, und nach einer Weile glaubt er zu bemerken, daß eins von ihnen ihn aufmerksam betrachtet. Doch es sind so viele da, daß er seine Gedanken nicht auf ein bestimmtes Mädchen konzentriert. Tatsächlich blicken ihn viele an, denn in seinem guten Hemd und den neuen Hosen sieht er sehr hübsch aus. Mehrere Frauen rufen ihn sogar an, aber er kann nicht glauben, daß er gemeint ist und sieht fort.

Nach einiger Zeit ist er sicher, daß ein Mädchen an ihm

vorübergegangen und dann zurückgekehrt ist, jetzt überholt es ihn von neuem. Er ist sicher, weil er das Kleid erkennt. Es ist leuchtend gelb mit großen roten Blumen darauf. Er sieht sich um und kann nirgends ein zweites solches Kleid erblicken, also muß es dasselbe Mädchen sein. Zum drittenmal schlendert es ganz dicht an ihm vorüber, und er sieht, daß es elegante grüne Schuhe anhat und eine gehäkelte Mütze aus rosa Wolle trägt; es hat auch eine Handtasche – wie eine weiße Frau. Schüchtern sieht er dieses fesche Mädchen an, doch es wirft ihm Blicke zu, die nicht mißzuverstehen sind. Unschlüssig fragt er sich: Soll ich sie ansprechen? Doch alle haben mir erzählt, wie schamlos diese städtischen Frauen sind, lieber warte ich, bis ich weiß, wie ich mich ihr gegenüber verhalten muß. Soll ich lächeln, damit sie zu mir herankommt? Aber kein Lächeln will auf seinem Gesicht erscheinen. Gefalle ich ihr? Der Hunger nach dem großen Leben steigt in Jabavu auf, und seine Augen verschleiern sich. Aber sie wird Geld verlangen, und ich habe nur einen Shilling.

Die Frau geht jetzt neben ihm, um Armeslänge von ihm entfernt. Leise fragt sie: »Magst du mich, Hübscher, ja?« Sie spricht englisch und er antwortet: »Ja, sehr, ich mag.«

»Warum runzelst du dann die Stirn und siehst so ärgerlich aus?«

»Das tue ich gar nicht«, sagt Jabavu.

»Wo wohnst du denn?« – und jetzt ist sie ihm so nahe, daß er fühlen kann, wie ihr Kleid ihn berührt.

»Ich weiß nicht«, meint er verlegen.

Hierüber lacht und lacht sie und rollt die Augen: »Du bist ein komischer, kluger Mensch, nein wirklich!« Und sie lacht noch weiter, auf eine laute, harte Art, die ihn überrascht, denn es klingt gar nicht wie Lachen.

»Wo kann ich einen Platz zum Schlafen finden, denn ich möchte nicht in das Lager gehen, das dem Eingeborenenkommissar untersteht«, fragt er höflich und unterbricht ihr Gelächter. Sie hält inne und sieht ihn sehr überrascht an.

»Bist du vom Lande?« fragt sie nach langer Zeit zurück und betrachtet seine Kleidung.

»Ich bin heute aus meinem Dorf gekommen, ich habe einen Paß, um Arbeit zu suchen, bin sehr hungrig und weiß gar nichts«, sagt er in so bescheidenem Ton, daß er sich ärgert, denn er möchte vor diesem Mädchen gern den großen Mann spielen, und jetzt spricht er wie ein Kind. Der Ärger, den er über sich selbst fühlt, nagt noch ein wenig in ihm und gibt dann Ruhe – Jabavu ist zu hungrig und verloren. Sie hat sich bis zum Rinnstein von ihm entfernt und geht dort schweigend und mit gerunzelter Stirn. Dann sagt sie: »Hast du in einer Missionsschule Englisch gelernt?«

»Nein«, antwortet Jabavu, »in meinem Kral.«

Wieder schweigt sie. Sie glaubt ihm nicht. »Und woher hast du dieses elegante gute Hemd und diese fast neue Hose, wie sie wohl ein weißer Mann trägt?«

Jabavu zögert, dann sagt er prahlend: »Ich hab sie heute morgen aus einem Garten genommen, an dem ich vorüberging.«

Jetzt lacht die Frau wieder, sie rollt die Augen und sagt: »He, he, was für ein kluger Bursche, kommt direkt aus seinem Kral und stiehlt so geschickt!« Sie unterbricht ihr Gelächter sofort wieder, denn sie hat dies nur gesagt, um Zeit zu gewinnen, sie glaubt ihm nicht. Im Weitergehen denkt sie nach. Sie ist Mitglied einer Bande, die solchen ungehobelten Landjungen auflauert, sie bestiehlt und zu ihrer Arbeit ausnützt. Doch sie hat ihn angesprochen, weil er ihr gefiel – es war eine Erholung von ihrer Arbeit. Was soll sie jetzt aber tun? Wie es scheint, ist Jabavu Mitglied einer anderen Bande, oder vielleicht arbeitet er allein, und wenn das so ist, müßte ihre eigene Bande davon erfahren.

Sie wirft ihm einen Blick zu und sieht, daß er mit ernstem Gesicht weitergeht und anscheinend gleichgültig gegen sie ist. Schnell holt sie ihn ein – ihre Augen und ihre Zähne blitzen: »Du lügst! In Wirklichkeit erzählst du mir 'ne große Lüge!«

Jabavu zuckt zurück – Ho! Was sind das für Frauen! »Ich lüge nicht«, sagt er ärgerlich, »es ist so, wie ich gesagt habe.« Er beschleunigt seinen Schritt, um von ihr fortzukommen und denkt: Ich war ein Narr, mit ihr zu sprechen, ich kenne die Art und Weise dieser Mädchen nicht.

Sie beobachtet ihn und bemerkt seine nackten Füße, die gewiß niemals Schuhe getragen haben – er sagt die Wahrheit. In diesem Fall – sie entscheidet sich blitzschnell. Ein Neuling, der in die Stadt kommt und so geschickt stehlen kann, ohne gefaßt zu werden – das ist ja ein Talent, was man brauchen kann! Sie geht ihm nach und sagt höflich: »Erzähl mir, wie du das gestohlen hast, das hast du sehr klug angestellt.«

Jabavus Eitelkeit treibt ihn, die Geschichte genauso zu erzählen, wie sie geschah, während das Mädchen gedankenvoll zuhört. Schließlich sagt sie: »Du solltest diese Kleidungsstücke jetzt nicht tragen, denn die weiße Frau hat es bestimmt der Polizei gemeldet, und sie werden die Jungen beobachten, die neu in der Stadt sind, ob einer die Sachen hat.«

Jabavu fragt überrascht: »Wie können sie denn eine Hose und ein Hemd in einer Stadt voller Hemden und Hosen finden?«

Sie lacht und erwidert: »Du hast keine Ahnung – es gibt so viele Polizisten, die uns beobachten, wie Fliegen um den Brei; komm du nur mit mir, ich werde diese Sachen nehmen und dir andere, ebenso gute, geben, die aber anders sind.« Jabavu dankt ihr höflich, doch er rückt von ihr ab. Er hat verstanden, daß sie eine Diebin ist. Er hält sich selbst nicht für einen Dieb – zwar hat er heute gestohlen, doch nennt er es kaum so. Vielmehr hat er das Gefühl, sich Brosamen vom Tische der Reichen genommen zu haben. Nach einer Pause fragt er: »Kennst du Mr. Mizi, Baumstraße 33?«

Zum zweitenmal ist sie so überrascht, daß es ihr die Sprache verschlägt; dann wird sie mißtrauisch und denkt: Entweder weiß dieser Mann gar nichts, oder er ist sehr gerissen. Sie antwortet sarkastisch in dem gleichen Ton wie der Polizist im Paßbüro: »Du hast ja feine Freunde. Woher soll ich denn einen so großen Mann wie Mr. Mizi kennen?«

Doch Jabavu berichtet ihr von der nächtlichen Begegnung im Busch, von Mr. und Mrs. Samu und dem anderen, was sie sagten und wie sie ihn bewunderten, weil er ganz allein lesen und schreiben gelernt hat, und daß sie ihm Mr. Mizis Adresse gaben.

Endlich glaubt ihm die Frau; sie versteht und denkt: Ich darf ihn mir nicht entwischen lassen. Er wird sehr nützlich für unsere Arbeit sein. Und ihr zweiter Gedanke ist noch mächtiger: He, wie ist er hübsch!

Jabavu fragt höflich: »Magst du diese Leute, Mr. und Mrs. Samu und Mr. Mizi?«

Sie lacht verächtlich und voller Enttäuschung, denn sie möchte, daß er nur an sie denkt. »Bist du verrückt? Denkst du, ich bin auch verrückt? Diese Leute sind dumm. Sie nennen sich Führer des afrikanischen Volkes, sie reden und reden, sie schreiben Briefe an die Regierung: bitte, Herr, bitte: Geben Sie uns zu essen, geben Sie uns Häuser, lassen Sie uns nicht ständig Pässe mit uns herumtragen. Und nachdem sie jahrelang darum gebeten haben, wirft ihnen die Regierung einen Shilling hin, und sie sagen: danke schön, Herr. Es sind Narren.« Dann schmiegt sie sich an ihn, legt ihre Hand in seinen Arm und fährt fort: »Außerdem sind sie Skellums – hast du das nicht gesehen? Komm du nur mit mir, ich helfe dir.«

Jabavu fühlt ihre warme Hand auf seinem nackten Arm, sie wiegt die Hüften und macht ihm schöne Augen. »Gefall ich dir, Hübscher?« Jabavu sagt: »Ja, sehr«, und so gehen sie zusammen die Straße zum Eingeborenenviertel hinunter, und sie erzählt ihm von den schönen Dingen, die man unternehmen kann, von den Filmen, den Tanzvergnügen und den Trinkgelagen. Sie achtet darauf, nicht vom Stehlen und von der Bande zu sprechen, um ihn nicht zu erschrecken. Es gibt auch noch einen anderen Grund dafür: Die Bande wird von einem Mann angeführt, vor dem sie sich fürchtet. Sie denkt: Wenn dieser neue kluge Mensch mich gern hat, werde ich ihn dazu bringen, mich zu heiraten, ich werde die Bande verlassen und mit ihm allein arbeiten.

Weil sie anders spricht, als sie denkt, liegt etwas in ihrem Gebaren, das Jabavu verwirrt, er traut ihr nicht; außerdem überkommen ihn die Schwindelanfälle wieder, es gibt Augenblicke, in denen er nicht hört, was sie sagt.

»Was ist los?« fragt sie endlich, als er stehenbleibt und die Augen schließt.

»Ich habe dir doch gesagt, daß ich hungrig bin«, erwidert er aus der Dunkelheit, die ihn umfängt.

»Aber du mußt Geduld haben«, sagt sie leichthin, denn es ist so lange her, seit sie hungrig war, daß sie vergessen hat, wie es ist. Sie wird ungeduldig, wenn er langsam geht, und denkt sogar: Dieser Mann taugt nichts, er ist nicht stark genug für ein Mädchen wie mich – und dann sieht sie, wie Jabavu das Rad mit dem Korb anstarrt, und als er den Arm ausstreckt, um ein Brot daraus zu nehmen, schlägt sie ihm die Hand nieder.

»Bist du verrückt?« fragt sie ängstlich mit hoher Stimme und sieht sich um. Viele Menschen sind in ihrer Nähe. »Ich habe Hunger!« sagt er wieder und starrt die Brote an. Schnell holt sie etwas Geld vorn aus ihrem Kleid, gibt es dem Verkäufer und reicht Jabavu einen Laib Brot. Er beginnt ihn gleich im Stehen gierig vor Hunger zu verschlingen, so daß die Leute sich nach ihm umwenden und lachen. Entgeistert sieht sie ihn an und sagt: »Du benimmst dich wie ein Schwein und bist kein fescher Junge für mich.« Sie entfernt sich und geht vor ihm her. Dabei denkt sie: Er ist nichts als ein ungehobelter Kraljunge. Ich bin ja verrückt, ihn gern zu haben. Jabavu aber kümmert dies überhaupt nicht. Er ißt das Brot und fühlt, wie er seine Kraft zurückgewinnt und daß sein Hirn wieder vernünftige Gedanken fassen kann. Als er das Brot aufgegessen hat, sieht er sich nach dem Mädchen um, doch alles, was er sehen kann, ist weit vor ihm auf der Straße ein gelbes Kleid, dessen Rock aufreizend schwingt und ihn an den Hohn ihrer Worte erinnert: du bist ein Schwein ... Jabavu geht schnell, um sie einzuholen, und als er sie erreicht hat, sagt er: »Danke schön, meine Freundin, für das Brot. Ich war sehr hungrig.« Ohne sich umzusehen antwortet sie: »Schwein, Hund – unmanierlicher!« Er widerspricht: »Das ist nicht wahr. Wenn ein Mann solchen Hunger hat, kann man nicht von Manieren sprechen.«

»Kraljunge«, bemerkt sie, wiegt sich in den Hüften und denkt dabei: Es kann nicht schaden, ihm zu zeigen, daß ich mehr weiß als er. Da sagt Jabavu, vom Brot gesättigt und mit neuer Kraft erfüllt: »Du bist nichts anderes als eine Dirne. Es gibt viele fesche Frauen in dieser Stadt, die ebenso hübsch sind wie du!« Damit geht er weiter und sieht sich nach einem anderen hübschen Mädchen um, doch sie läuft ihm nach.

»Wo gehst du denn hin?« fragt sie lächelnd. »Habe ich nicht gesagt, ich würde dir helfen?«

»Du sollst mich nicht Kraljunge nennen!« sagt Jabavu würdevoll und mit großem Nachdruck, denn er macht sich tatsächlich nicht mehr aus ihr als aus den anderen, die er ringsumher sieht. Sie wirft ihm einen raschen erstaunten Blick zu und schweigt.

Jetzt, da sein Magen gefüllt ist, blickt Jabavu wieder mit Interesse um sich und stellt immerfort Fragen. Sie antwortet ihm bereitwillig. »Was sind dies für große Häuser, aus denen Rauch aufsteigt?« »Das sind Fabriken.« »Was ist das für ein Ort, mit den kleinen Gartenfleckchen, den Kreuzen und den Steinen, die wie Kinder mit Flügeln aussehen?« »Das ist der Friedhof für die weißen Leute.« Nachdem sie lange so gegangen sind, biegen sie von der Hauptstraße ab ins Eingeborenenviertel. Das erste, was Jabavu auffällt, ist, daß vom

Boden, den in der Stadt der Weißen Gras, Gärten oder Asphalt verbergen, hier dichte rote Staubwolken aufsteigen, die das Gesicht der Sonne matt und trübe erscheinen lassen. So reglos und staubbeladen stehen die Bäume da, daß es aussieht, als sei ein Heuschreckenschwarm vorübergezogen. Ein Strom von Afrikanern umgibt ihn jetzt, so daß er sich stark machen muß wie ein Felsen inmitten eines reißenden Flusses. Jabavu fährt fort, Fragen zu stellen, und erfährt, daß dieser große, leere Platz dem Fußballspiel dient, jener dort den Ringkämpfen, und dann kommen sie zu den Wohnhäusern. Die sind klein, häßlich und nackt wie das des Griechen. Aber es sind sehr viele, und sie stehen eng beieinander. Das Mädchen schlendert dahin und grüßt die Vorübergehenden mit ihrer hohen, schrillen Stimme. Es fällt Jabavu auf, daß sie manchmal Betty, manchmal Nada oder Eliza genannt wird. Er fragt: »Warum hast du so viele Namen?« Sie lacht und sagt: »Wer weiß, vielleicht bin ich nicht ein Mädchen, sondern mehrere Mädchen?« Jetzt lacht er zum erstenmal in so hartem Ton wie sie; er krümmt sich vor Lachen, denn er hält das für einen sehr guten Witz. Dann richtet er sich wieder auf und meint: »Ich werde dich Nada nennen.« Schnell antwortet sie: »Mein Dorfname ist nur für einen Dorfjungen!« Sofort erwidert er: »Nein, mir gefällt Betty.« Sie preßt ihre Hüfte gegen die seine und sagt: »Meine guten Freunde nennen mich Betty.«

Jabavu wünscht sich, diese ganze Stadt noch zu sehen, ehe es dunkel wird. Betty antwortet, dazu brauche man nicht lange. »Die Stadt der Weißen ist sehr groß, und man benötigt viele Tage, um alles zu sehen. Doch unsere Stadt ist klein, obwohl wir zehn-, zwanzig-, hundertmal so viele sind.« Dann fügt sie hinzu: »Das nennen sie Gerechtigkeit!« und blickt ihn an, um die Wirkung dieser Worte abzuschätzen. Doch Jabavu erinnert sich, daß sie einen ganz anderen Klang hatten, als Mr. Samu dasselbe sagte, und runzelt die Stirn. Als sie das sieht, führt sie ihn weiter und spricht von etwas anderem. Er kann sie nicht verstehen, sie aber begreift, daß das, was die Männer des Lichts – so werden sie genannt – ihm gesagt haben, einen tiefen Eindruck auf ihn gemacht hat. Sie denkt: Wenn ich nicht vorsichtig bin, wird er zu Mr. Mizi gehen; ich werde ihn verlieren, und die Bande wird sehr ärgerlich sein.

Als sie an Mr. Mizis Haus in der Baumstraße 33 vorüberkommen, macht sie deshalb einige grobe Scherze, doch Jabavu schweigt. Da denkt Betty: Vielleicht sollte ich ihn zu Mr. Mizi gehen lassen? Wenn er später geht, kann es gefährlich werden. Doch sie bringt es nicht über sich, ihn fortzulassen, denn schon sehnt sich ihr Herz nach Jabavu. Sehr freundlich und höflich führt sie ihn durch die Straßen, beantwortet alle seine Fragen, obwohl sie oft so töricht sind, daß sie ungeduldig wird. Sie erklärt ihm, daß die besseren Häuser, die zwei Zimmer und eine Küche haben, für die reichen Afrikaner sind. Die großen, seltsam geformten Häuser heißen Nissenhütten, darin schlafen zwanzig alleinstehende Männer; und diese alten Hütten dort werden ›Alte Ziegel‹ genannt, sie sind für die bestimmt, die nur wenig verdienen; und das dort ist die Halle für Versammlungen und Tanzveranstaltungen. Dann erreichen sie einen großen, offenen Platz, den Markt, der voller Menschen ist. Überall gehen Polizisten mit Reitpeitschen in der Hand umher. Jabavu denkt, ein kleiner Laib Brot, so weiß und wohlschmeckend er auch war, sei nicht viel für einen Magen, der so lange fasten mußte wie der seine. Als er sich nach den verschiedenen Lebensmitteln umsieht, sagt das Mädchen: »Warte, wir werden nachher etwas Besseres essen als dies.« Jabavu sieht die Leute an, die ein paar Erdnüsse oder einige gekochte Maiskolben kauen, und fühlt sich ihnen durch das, was Betty gesagt hat, bereits überlegen.

Bald aber zieht sie ihn fort, denn sie lebt hier schon so lange, daß es sie nicht mehr, wie ihn, interessiert, die Menschen zu beobachten. Sie verlassen das Zentrum des Viertels,

73

und Betty sagt: »Jetzt gehen wir nach Polen.« Ihr Gesicht drückt Bereitschaft zum Lachen aus, Jabavu sieht ihr an, daß es ein Scherz ist, und fragt: »Was ist denn ulkig in Polen?«

Schnell, bevor sie von Lachen überwältigt wird, antwortet sie: »Im Krieg der Weißen, der gerade beendet ist, gab es ein Land, das Polen genannt wird. Dort fanden furchtbare Kämpfe mit vielen Bombardierungen statt, und wir nennen das Viertel, in das wir jetzt kommen, Polen, weil es darin so viele Kämpfe und Unruhen gibt.« Nun läßt sie ihrem Gelächter freien Lauf, doch als sie sieht, daß Jabavu streng und schweigsam bleibt, hört sie auf zu lachen. Er denkt: Ich will keine Kämpfe und Unruhen. Betty schwatzt weiter, sie ahmt jetzt ein Kind nach und piepst mit hoher, albern klingender Stimme: »Und jetzt gehen wir nach Johannesburg!« Da er nicht ängstlich erscheinen will, fragt er: »Und was gibt es dort Komisches?« Sie antwortet: »Dieses Viertel wird Johannesburg genannt, weil es in den Eingeborenenvierteln von Johannesburg ebenfalls Unruhen und Kämpfe gibt.« Jetzt krümmt sie sich vor Lachen, und Jabavu lacht aus Höflichkeit mit. Als sie sieht, daß er es nur aus Höflichkeit tut, sagt sie, um ihn zu beeindrucken, mit einem tiefen, wichtig klingenden Seufzer: »Ach ja, diese Weißen. Uns sagen sie: Seht, wir haben euch von den schrecklichen Fehden befreit, die die Stämme untereinander führten, wir haben euch den Frieden gebracht; und sieh dir nur an, wie sie Krieg führen und so viele Menschen töten, daß man die Zahl gar nicht erfassen kann, wenn man sie in der Zeitung liest.« Sie hat einmal gehört, wie Mr. Mizi dies in einer Versammlung sagte. Als sie sieht, daß es auf Jabavu Eindruck macht, fährt sie stolz fort: »Ja, und das nennen sie Zivilisation!« Jetzt fragt Jabavu: »Ich verstehe nicht, was ist Zivilisation?« Wie eine Lehrerin erklärt sie: »Das ist, wie die Weißen leben, mit Häusern, Fotoapparaten, Cowboys, Lebensmitteln und Fahrrädern.« »Dann gefällt mir die Zivilisation«, sagt Jabavu aus tiefstem Herzen, von seinem großen Hunger nach dem Leben getrieben. Betty lacht freundschaftlich und sagt: »He, was bist du doch für ein großer Narr, mein Freund – aber ich mag dich gern.«

Sie haben jetzt einen übelaussehenden Ort erreicht, wo Reihen von hohen Backsteinbauten eng zusammengedrängt stehen neben Hütten aus flachgeklopften Benzinkanistern, Säcken und Holzkisten. Ein widerlicher Gestank herrscht hier. »Dies ist Polen-Johannesburg«, sagt Betty und geht vorsichtig mit ihren hübschen Schuhen durch den Schmutz und den Abfall. Entsetzt starrt Jabavu auf einen Mann, der zusammengekrümmt im Gras liegt. »Hat der denn keine Unterkunft zum Schlafen?« fragt er blöde. Sie zieht ihn am Arm fort und sagt: »Dummkopf, laß ihn, er ist vom Trinken krank.« Nun, da er sich auf ihrem Gebiet befindet, ist er ängstlich. Und sie spricht in einem gleichgültigeren Ton mit ihm, denn jetzt ist sie ihm überlegen. Jabavu folgt ihr, doch seine Augen können sich nicht von dem Mann losreißen, der aussieht, als wäre er tot. Während er Betty folgt, ist sein Herz schwer und bekümmert. Dieser Ort gefällt ihm nicht, er fürchtet sich.

Doch als sie ein kleines Haus betreten, das etwas abseits steht, fühlt er sich wieder sicherer. Sie kommen in ein Zimmer aus nacktem roten Backstein. Rings um die Wand läuft eine Bank, und an einem Ende sind einige Stühle aufgestellt. Der Fußboden ist aus rotem Zement, und bunte Papierschlangen hängen an Nägeln von den Dachsparren. Der Raum hat zwei Türen. Eine davon öffnet sich, und eine Frau tritt ein. Sie ist sehr fett, hat ein breites, glänzendes schwarzes Gesicht und kleine, bewegliche Augen. Um den Kopf gebunden trägt sie ein weißes Tuch, ihr Kleid ist aus rosa Baumwolle und sehr sauber. Sie hält einen netten, sauberen kleinen Jungen an der Hand. Fragend blickt sie Betty an. Diese sagt: »Ich bringe hier Jabavu, meinen Freund. Er wird heute Nacht hier schlafen.« Die Frau nickt und sieht Jabavu an. Er lächelt ihr zu, denn sie gefällt ihm, und er denkt:

Dies ist eine nette Frau vom alten Schlag, anständig und ehrbar, und das ist ein netter kleiner Junge.

Er geht mit Betty in ein Zimmer, dessen Tür auf den großen Raum hinausführt. Es ist gut, daß er nicht sagt, was er denkt, wahrscheinlich hätte sie ihn sonst als unbelehrbaren Dummkopf aufgegeben. Zwar ist diese Mrs. Kambusi wirklich in ihrer Art gutmütig und ehrbar, Tatsache ist jedoch, daß ihre Klugheit sie befähigt hat, seit vielen Jahren die einträglichste illegale Kneipe in der Stadt zu führen. Nur ein einziges Mal ist sie vor Gericht geladen worden – und das auch nur als Zeuge. Sie hat vier Kinder, alle von verschiedenen Vätern. Die drei älteren sind von dieser klugen und weisen Frau in eine römisch-katholische Internatsschule gesandt worden, wo sie Bildung erhalten und aufwachsen, ohne den Ort zu kennen, von dem das Geld für ihre Erziehung stammt. Nächstes Jahr wird dieser kleine Junge ebenfalls dorthingehen, ehe er alt genug ist zu verstehen, was Mrs. Kambusi tut. Sie plant, ihre Kinder später nach England zu schicken, wo sie Ärzte oder Rechtsanwälte werden sollen, denn sie ist sehr, sehr reich.

Das Zimmer, in dem er steht, bedrückt Jabavu und macht ihn unruhig. Es ist so klein, daß darin gerade Platz genug für ein schmales Bett ist – ein Bett auf Beinen, und ringsum ein schmaler Gang. Einige Kleider hängen an einem Nagel an der Wand aus Holzstäben. Betty sitzt auf dem Bett und sieht Jabavu herausfordernd an. Doch er bleibt unbeweglich, rollt nur die Augen, um die niedrige Decke und die engen Wände zu betrachten, und denkt: Ihr meine Väter! Wie kann ich denn wie ein Huhn in einem Kasten leben!

Da sie sieht, daß er in Gedanken abwesend ist, fragt sie leise: »Vielleicht möchtest du jetzt essen?« Seine Augen kehren zu ihr zurück, und er antwortet: »Danke, ich bin immer noch sehr hungrig.« »Ich werde Mrs. Kambusi Bescheid sagen«, erwidert sie in einem demütigen Ton, der ihm nicht recht gefällt, und geht hinaus. Nach kurzer Zeit ruft sie ihm zu, ihr zu folgen. Er verläßt die winzige Kammer, geht durch das große Zimmer und betritt durch die zweite Tür einen Raum, der ihn vor Bewunderung den Mund aufsperren läßt. Ein Tisch mit einem richtigen Tischtuch darauf, und viele Stühle ringsherum stehen darin, und auch ein großer Herd, wie ihn die Weißen haben. Noch nie hat Jabavu auf einem Stuhl gesessen, doch jetzt tut er es und denkt: Bald werde auch ich solche Stühle haben, um meinen Körper bequem zu ruhen.

Mrs. Kambusi macht sich am Herd zu schaffen, und wunderbare Gerüche entströmen den Töpfen darauf. Betty legt Messer und Gabeln auf den Tisch, und Jabavu fragt sich, wie er sie wohl benutzen wird, ohne unwissend zu erscheinen. Der kleine Junge sitzt ihm gegenüber und sieht ihn mit großen, ernsten Augen an. Jabavu fühlt sich sogar diesem Kinde unterlegen, das mit Stühlen, Messern und Gabeln umzugehen versteht.

Als das Mahl bereitet ist, essen sie. Jabavu benutzt mit seinen dicken Fingern Messer und Gabel, wie er es die anderen tun sieht, und bald hat sein Unbehagen dem Entzücken über diese wunderbaren neuen Speisen Platz gemacht. Es gibt Fisch, der von weit her aus den großen Seen in Njassaland kommt, dazu Gemüse in einer dicken, wohlschmeckenden Flüssigkeit, und danach süße, weiche Kuchen mit rosa Zucker darauf. Jabavu ißt und ißt, bis sein Magen voll ist und sich behaglich fühlt, und dann bemerkt er, daß Mrs. Kambusi ihn beobachtet. »Du warst sehr hungrig«, meint sie freundlich und spricht in seiner Sprache. Jabavu scheint es, als habe er diese seit vielen Monaten nicht gehört, dabei ist es nur drei Tage her. Dankbar fragt er: »Ah, meine Freundin, du gehörst zu meinem Volk?«

»Ich gehörte«, sagt Mrs. Kambusi mit einem etwas seltsamen Lächeln, und wieder ist er von Unruhe erfüllt. Sie spricht mit einer gewissen Härte, die sich aber nicht gegen ihn richtet. Ihre Augen sind beweglich und schlau und leuchten wie schwarze Funken. Sie fährt fort: »Jetzt will ich dir eine kleine Lehre erteilen, hör zu. In unseren Dörfern können wir in eine Hütte treten, unsere Brüder begrüßen und mit dem Recht der Blutsverwandtschaft von ihnen Gastfreundschaft annehmen. Hier ist jedermann ein Fremdling, bis er sich als Freund erwiesen hat. Und jede Frau ebenfalls«, fügt sie hinzu und blickt zu Betty hinüber.

»Ich habe es gehört, meine Mutter«, sagt Jabavu voll Dankbarkeit.

»Was habe ich dir eben gesagt? Ich bin nicht deine Mutter.«

»Und doch«, meint Jabavu, »ich komme in die Stadt, und wer stellt Essen vor mich hin? Eine Frau aus meinem eigenen Volk.«

Ins Englische übergehend, erwidert sie ruhig: »Du wirst für dein Essen zahlen, und du bist auch als Bettys Freund hierhergekommen, nicht als der meine.«

Vor dieser Kälte sinkt Jabavus Mut – und auch, weil er kein Geld hat, um das Essen zu bezahlen. Dann sieht er wieder in die klugen Augen dieser Frau und weiß, daß es freundlich gemeint war.

In ihrer beider Heimatsprache fährt sie fort: »Und jetzt hör mir zu. Dieses Mädchen hier, dessen Namen ich nicht erwähnen will, damit es nicht weiß, daß wir von ihm sprechen, hat mir deine Geschichte erzählt. Es hat mir von deiner nächtlichen Begegnung im Busch mit den Männern des Lichts berichtet, und daß sie an dir Gefallen gefunden und dir den Namen ihres Freundes von hier gegeben haben – ich will ihn nicht nennen, denn die Freunde dieses Mädchens, das hier sitzt und versucht zu verstehen, was wir sagen, können die Männer des Lichts nicht leiden. Wenn du etwas länger in der Stadt bist, wirst du begreifen, warum nicht. Doch was ich dir sagen möchte, ist folgendes: Wahrscheinlich hast du, wie die meisten Jungen, die neu hier in die Stadt kommen, viele großartige Vorstellungen über das Leben hier und das, was du tun wirst. Aber es ist ein hartes Leben, viel härter, als du denkst. Auch mein Leben ist schwer gewesen und ist es noch immer, obwohl ich Erfolg hatte, weil ich meinen Kopf benutze. Wenn ich Gelegenheit hätte, von vorn zu beginnen, und wüßte, was ich jetzt weiß, würde ich nicht leichtsinnig den Zettel mit dem Namen darauf fortwerfen. Es bedeutet sehr viel, jenes Haus als Freund zu betreten, ein Freund jenes Mannes zu sein – denk daran.«

Jabavu hört mit gesenkten Lidern zu. Zwei verschiedene Stimmen melden sich in ihm. Die eine sagt: Dies ist eine sehr erfahrene Frau, tu, was sie sagt, sie meint es gut mir dir. Die andere sagt: So! Schon wieder jemand, der sich in deine Angelegenheiten mischt und dir gute Ratschläge geben will; eine alte Frau, die die Freuden der Jugend vergessen hat, die möchte, daß du so ruhig und schläfrig bist, wie sie selbst!

Sich zu ihm vorbeugend fährt sie fort, die Augen unverwandt auf die seinen gerichtet: »Hör jetzt zu. Als ich erfuhr, daß du Anschluß an die Männer des Lichts gewonnen hast, noch ehe du in die Stadt gekommen bist, fragte ich mich, was das wohl für ein Glück ist, das du mit dir herumträgst! Und dann dachte ich daran, daß du aus deren Händen in die gefallen bist, die wir hier auf dem Tisch liegen und ärgerlich zucken sehen, weil ihrer Besitzerin das, was wir sagen, unverständlich ist. Dein Glück ist sehr gemischt, mein Freund. Und doch ist es sehr groß, denn Tausende unseres Volkes kommen in diese Stadt und wissen weder etwas von den Männern des Lichts noch von denen der Dunkelheit, für die dieses sehr schlechte Mädchen, das hier sitzt, arbeitet – außer, was sie von anderen gehört haben. Da es sich aber so ergeben hat, daß du deine Wahl treffen mußt, möchte ich dir als eine aus deinem Volk und deine Mutter sagen, daß du ein Dummkopf bist, wenn du dieses Mädchen nicht verläßt und sofort in das Haus gehst, dessen Nummer du kennst.«

Sie hört zu sprechen auf, erhebt sich und sagt: »Und jetzt

werden wir Tee trinken.« Dann gießt sie sehr starken, süßen Tee in Tassen, und zum erstenmal versucht ihn Jabavu. Er schmeckt ihm sehr gut. Er trinkt, und aus Angst, Bettys Blicken zu begegnen, hält er die Augen gesenkt. Er fühlt, daß sie ärgerlich ist. Auch will er nicht, daß Mrs. Kambusi ihm ansieht, was er denkt – daß er Betty nicht verlassen möchte; später vielleicht – doch nicht gleich. Denn jetzt, da sein Körper gesättigt und ausgeruht ist, spürt er Verlangen nach dem Mädchen. Als sie sich beide erheben, hält er den Blick noch immer gesenkt und sieht so, wie Betty Geld für das Essen auf den Tisch legt. Und wieviel Geld! Vier Shilling sind es für jeden. Er wundert sich über diese Frauen, die solche Summen so gleichgültig ausgeben. Als er Mrs. Kambusi kurz einen Blick zuwirft, sieht er, daß sie ihn mit einem wissenden, ironischen Ausdruck in den Augen beobachtet, als verstünde sie recht gut, was in ihm vorgeht. »Danke sehr für alles, was du mir geraten hast«, sagt er, denn er möchte ihre Gunst nicht verlieren. Sie antwortet: »Du wirst noch Zeit haben, mir zu danken, wenn du Lehren daraus gezogen hast.« Ohne ihn noch einmal anzusehen, langt sie nach einem Buch und hebt ihr Kind auf den Schoß. So sitzt sie und lehrt das Kind aus dem Buch, während die jungen Leute hinausgehen und gute Nacht wünschen.

»Was hat sie zu dir gesagt?« fragt Betty, sobald die Tür hinter ihnen geschlossen ist.

»Sie hat mir gute Ratschläge für die Stadt gegeben«, sagt Jabavu, und da er mehr von ihr wissen möchte, setzt er hinzu: »Sie ist eine freundliche, kluge Frau.« Betty lacht verächtlich. »Sie ist der größte Skellum in der Stadt.« »Wieso das?« fragt er bestürzt. Sie wiegt die Hüften ein wenig und antwortet: »Du wirst schon sehen.« Jabavu glaubt ihr nicht. Sie erreichen ihr Zimmer, und jetzt stößt er sie aufs Bett und legt den Arm um sie, so daß seine Hand auf ihrer Brust ruht.

»Wieviel denn?« fragt sie mit einer Verachtung, die darauf berechnet ist, ihn anzureizen.

Jabavu sieht, wie verschleiert ihre Augen sind, und sagt einfach: »Du weißt aus meinem eigenen Munde, daß ich kein Geld habe.«

Sie liegt leicht in seinem Arm und sagt lachend, um ihn zu necken: »Ich will fünf Shilling haben, vielleicht fünfzehn.«

Jabavu antwortet höhnend: »Warum nicht gar fünfzehn Pfund!«

»Für dich, ohne Geld«, sagt sie seufzend, und Jabavu nimmt sie zu seinem eigenen Vergnügen und verläßt sich darauf, daß ihres von selber kommt, bis er genug hat und halbnackt ausgestreckt auf dem Bett liegt. Er denkt: Dies ist mein erster Tag in der Stadt, und was habe ich nicht alles schon vollbracht! Mrs. Kambusi hat wahrhaft recht, wenn sie sagt, ich trage ein mächtiges Glück mit mir herum. Ich habe sogar schon eins von diesen feschen Stadtmädchen gehabt, und ohne dafür zu zahlen. Seine Worte werden zu einem Lied:

> Hier ist Jabavu in der Stadt,
> Er hat ein gelbes Hemd und eine neue Hose,
> Er hat ein Mahl gegessen wie ein Löwe,
> Er hat eine Stadtfrau mit seiner Kraft gefüllt.
> Jabavu ist stärker als die Stadt.
> Er ist stärker als ein Löwe.
> Er ist stärker als die Frauen der Stadt.

Schläfrig geht ihm das Lied durch den Kopf und verliert sich im Schlaf. Als er aufwacht, sitzt das Mädchen am Fußende des Bettes, sieht ihn ungeduldig an und sagt: »Du gehst bei Sonnenuntergang schlafen, wie die Hühner!« Träge erwidert er: »Ich bin müde von der Reise aus meinem Kral.«

»Aber ich bin nicht müde«, meint Betty leichthin und setzt hinzu: »Ich werde heute abend tanzen, wenn nicht mit dir, dann mit jemand anderem.« Doch Jabavu antwortet nicht. Er gähnt nur und denkt: Diese Frau ist wie jede andere.

Jetzt, wo ich sie gehabt habe, kümmert es mich nicht. Es gibt noch viele in der Stadt.

Nach einer Weile sagt sie in sanftem, demütigem Ton: »Ich hab dich nur geneckt. Steh jetzt auf, du Faulpelz. Willst du nicht zusehen beim Tanzen?« Listig fügt sie hinzu: »Und kennenlernen, wie die kluge Mrs. Kambusi eine illegale Kneipe führt?«

Doch Mrs. Kambusi und das, was sie gesagt hat, scheint ihm jetzt unwichtig. Er gähnt, steht vom Bett auf, zieht die Hose an und kämmt sich das Haar. Voller Bewunderung und Bitterkeit sieht sie ihm zu. »Kraljunge«, sagt sie leise, »bist erst einen halben Tag lang in der Stadt und schon tust du, als wärest du ihrer müde.« Das gefällt ihm, und darauf war es berechnet. Er streichelt ihre Brust und dann ihr Hinterteil ein wenig, bis sie ihm vergnügt einen Klaps gibt und lacht. Zusammen gehen sie ins andere Zimmer. Es ist jetzt voller Leute, die rings an den Wänden auf den Bänken sitzen, während einige Männer mit Musikinstrumenten in einer Ecke Platz genommen haben. Durch die offene Tür sieht die schwarze Nacht herein. Fortwährend kommen mehr Leute dazu.

»Das also ist eine illegale Kneipe?« fragt Jabavu zweifelnd, denn alles sieht sehr ehrbar aus. Sie antwortet: »Du wirst schon sehen, was es ist.« Die Musik beginnt. Die Kapelle besteht aus einem Saxophon, einer Guitarre, einem Benzinfaß als Trommel, einer Trompete und zwei Blechkanistern, die zusammengeschlagen werden. Jabavu kennt diese Musik nicht. Anfangs tanzt niemand. Alle Leute sitzen da mit Blechbechern in den Händen, und wenn der Rhythmus sie erfaßt, bewegen sich ihre Glieder, ihre Köpfe beginnen zu nicken, und ihre Schultern zucken.

Dann öffnet sich die andere Tür, und Mrs. Kambusi tritt ein. Sie sieht genauso aus wie vorhin, sauber und adrett in ihrem rosa Kleid. In der Hand trägt sie eine sehr große Kanne. Sie geht von einem der hingehaltenen Becher zum nächsten, gießt aus der Kanne Schnaps hinein und streckt die freie Hand aus, um das Geld in Empfang zu nehmen. Ein kleiner Junge folgt ihr. Es ist nicht ihr eigenes Kind – das schläft im Zimmer nebenan, denn ihm ist es verboten, jemals zu sehen, was in diesem Raum geschieht. Nein, dies ist ein Kind, das Mrs. Kambusi von einer armen Familie gemietet hat. Seine Arbeit besteht darin, hinauszulaufen in die Dunkelheit, wo ein Faß Skokian vergraben liegt, und Vorrat zu bringen, sobald er gebraucht wird, so daß nichts im Haus gefunden wird, falls die Polizei kommt. Der Junge nimmt auch das Geld und legt es an einen sicheren Ort unter die Mauer.

Skokian, ein bösartiges und gefährliches Getränk, ist gesetzwidrig. Er wird schnell, an einem Tag, hergestellt und kann die verschiedensten Substanzen enthalten. An diesem Abend sind Maisgrieß, Zucker, Tabak, Brennspiritus, Schuhwichse und Hefe darin. Einige Skokianköniginnen benutzen Zaubermittel, etwa ein Glied von einer Leiche. Aber Mrs. Kambusi glaubt nicht an Zauber. Sie verdient auch so genügend Geld.

Als sie bei Jabavu angelangt ist, fragt sie leise in ihrer Heimatsprache: »Du willst also trinken?«

»Ja, meine Mutter«, antwortet er demütig, »ich möchte es versuchen.«

Sie sagt: »Ich habe dies noch nie getrunken, obgleich ich es jeden Tag herstelle. Aber ich werde dir davon geben.« Sie gießt ihm den Becher nur halb voll, anstatt ihn zu füllen. Aus Jabavu spricht die Stimme seiner stürmischen, heißhungrigen, ungeduldigen Jugend: »Ich will ihn voll haben.« Sie wollte sich gerade abwenden, hält aber inne, um ihm einen Blick voll bitterer Verachtung zuzuwerfen. »Du bist ein Narr«, sagt sie. »Kluge Leute machen dieses Gift für Narren, die es trinken. Und du bist einer der Narren.« Doch sie gießt ihm soviel Skokian ein, daß der Becher überläuft. Dabei lächelt sie, damit niemand merkt, wie ärgerlich sie ist. Dann geht sie weiter, die Reihe der sitzenden Männer und Frauen entlang, macht Scherze und lacht, und der kleine Junge hinter ihr hält ein Tablett mit Süßigkeiten, Nüssen, Fisch und den Kuchen mit dem Zucker darauf.

Betty fragt eifersüchtig: »Was hat sie dir gesagt?«

Jabavu antwortet: »Sie gibt mir das Getränk umsonst, weil wir aus demselben Distrikt sind.« Tatsächlich hat sie vergessen, ihm Geld abzunehmen.

»Sie mag dich«, sagt Betty, und er freut sich zu sehen, daß sie eifersüchtig ist. Nun, denkt er, diese klugen Stadtfrauen sind ebenso einfach wie die Dorfmädchen. In diesem Gedanken lächelt er Mrs. Kambusi durch den Raum anzüglich zu, doch sie blickt ihn nur verächtlich an, und Betty lacht ihn aus. Jabavu springt auf die Füße, um seine Verlegenheit zu verbergen, und beginnt zu tanzen. Er ist schon immer ein guter Tänzer gewesen.

Einladend tänzelt er um das Mädchen herum und bewegt die Beine, bis es lachend aufsteht und ebenfalls zu tanzen beginnt. Im Nu ist der Raum voller Menschen, die sich winden, stampfen und schreien, die Luft ist staubig, das Dach wackelt, und selbst die Wände scheinen zu zittern. Jabavu ist bald durstig geworden und stürzt sich auf seinen Becher, der auf der Bank steht. Er nimmt einen großen Schluck – und es ist, als habe er Feuer im Munde. Er hustet und erstickt fast, während Betty lacht. »Kraljunge«, sagt sie, doch es klingt weich und bewundernd. Jabavu, der sich verspottet glaubt, hebt den Becher und leert ihn. Das Zeug durchrieselt ihn und entfacht Wahnsinn in seinen Gliedern, seinem Leib und seinem Hirn. Jetzt tanzt er erst richtig, zuerst wie ein Bulle, mit vorgestrecktem Kopf und nach vorn gekrümmten Schultern über die Frau gebeugt, ihre Brüste beschnuppernd, die sie vor ihm schüttelt; dann wie ein Hahn – auf den Zehenspitzen und mit ausgestreckten Armen; er hebt die Knie und scharrt mit den Hacken, und sie windet und schüttelt sich unterdessen ununterbrochen vor ihm; sie wiegt sich in den Hüften, ihre Brüste beben, und der Schweiß rinnt an ihr herab. Jabavu packt sie; durch die Tänzer schwingt er sie ins andere Zimmer, und dort wirft er sie aufs Bett. Nachher kehren sie zurück und tanzen weiter.

Später macht Mrs. Kambusi wieder die Runde mit der großen weißen Kanne, und als er seinen Becher hinhält, füllt sie ihn von neuem und sagt mit einem heiteren, harten Lächeln: »So ist's richtig, mein kluger Freund, trink, trink soviel du kannst.« Diesmal hält sie die Hand nach Geld auf, und Betty legt etwas hinein. Er gießt alles in einem Zug hinunter, so daß er von der starken Wirkung des Getränks taumelt und sich der Raum um ihn dreht. Dann tanzt er in der dicht zusammengedrängten Menge schwitzender, springender Menschen wie ein Teufel, und auf seinem Gesicht glüht der Wahnsinn. Später, er weiß nicht, wie lange danach, hört er Mrs. Kambusi rufen: »Polizei!« Betty packt ihn und zieht ihn zur Bank. Sie setzen sich. Durch einen Schleier der Trunkenheit und von Übelkeit befallen, sieht er, daß alle ihre Becher leergetrunken haben, und das Kind sie schnell wieder mit Limonade füllt. Auf ein Signal von Mrs. Kambusi erheben sich drei Paare und tanzen, aber auf eine andere Art als vorher. Als zwei schwarze Polizisten den Raum betreten, gibt es dort keinen Skokian, es wird ruhig getanzt, und die Musikanten spielen eine Melodie ohne Feuer.

So ruhig, als mahle sie Mais in ihrem Dorf, lächelt Mrs. Kambusi die Polizisten an. Sie gehen herum, blicken in die Becher und wissen, daß sie keinen Skokian finden werden, denn sie haben hier schon oft Razzia gehalten. Es ist beinahe, als wären alte Freunde gekommen. Dann, als sie damit fertig sind, nach Skokian zu suchen, sehen sie sich nach Leuten um, die keine Aufenthaltsgenehmigung haben. In diesem Augenblick springen zwei Männer unter den Armen der Polizisten hindurch und zur Tür hinaus. Mrs. Kambusi lächelt und zuckt die Achseln, als wolle sie sagen: Nun, ist es meine Schuld, daß sie keine Pässe haben?

Als die Polizisten zu Jabavu kommen, zeigt er ihnen den

Schein mit der Genehmigung, sich Arbeit zu suchen, und seinen ›Situpa‹. Sie fragen, wann er in die Stadt gekommen sei, und als er antwortet: »Heute morgen«, sehen die beiden einander an. Dann fragt der eine: »Woher hast du denn die feinen Kleider?« Jabavu blickt hilfesuchend umher, seine Füße spannen sich, und gerade will er zur Tür springen, um zu fliehen, als Mrs. Kambusi vortritt und erklärt, sie habe ihm die Sachen gegeben. Die Polizisten zucken die Achseln, und einer sagt zu Jabavu: »Für einen Tag in der Stadt hast du es ja schon weit gebracht!« Das klingt unfreundlich, und Jabavu fühlt Bettys Hand auf dem Arm, die ihn warnt: Sei ruhig, sprich nicht.

Er schweigt. Als die Polizisten gehen, nehmen sie vier Männer und eine Frau mit, die keine gültigen Pässe haben. Mrs. Kambusi folgt ihnen vor die Tür und drückt jedem der Polizisten eine Pfundnote in die Hand; damit sind die üblichen Formalitäten von den Beteiligten in bester Stimmung durchgeführt, und Mrs. Kambusi kehrt lächelnd zurück.

Sie hat nämlich diese illegale Kneipe nicht nur deshalb schon so lange und gewinnbringend geführt, weil sie geschickt dafür sorgt, daß der Skokian und die großen Geldsummen niemals im Hause gefunden werden, sondern auch wegen des Geldes, das sie den Polizisten zahlt. Sie macht es ihnen leicht, sie in Ruhe zu lassen. Soweit ein solches Unternehmen ordentlich genannt werden kann, ist es das ihre. Wenn die Polizei nach einem Verbrecher sucht, tut sie es zuerst bei den anderen Skokianköniginnen. Oft sendet Mrs. Kambusi der Polizei auch eine Botschaft: Ihr sucht soundso, der sich letzte Nacht geschlagen hat? Nun, ihr findet ihn da und da. Dieses Übereinkommen ist für alle Teile nützlich, außer vielleicht für die Leute, die den Skokian trinken; aber es ist nicht Mrs. Kambusis Schuld, daß es so viele Dummköpfe gibt.

Nach einigen Minuten der Ruhe, die die Vorsicht gebietet, nickt Mrs. Kambusi der Kapelle zu; der Rhythmus der Mu-

sik ändert sich wieder, und der Tanz geht weiter. Doch jetzt
weiß Jabavu nicht mehr, was er tut. Andere Leute sehen ihn
tanzen, schreien und trinken, bei ihm aber bleibt keine Erinnerung an das, was geschah, nachdem die Polizei fortging.
Als er erwacht, liegt er auf dem Bett. Richtung und Farbe
des Lichts sagen ihm, daß es Mittag ist. Jabavu hebt den
Kopf. Er stöhnt und läßt ihn zurückfallen. Noch nie hat er
sich so elend gefühlt wie jetzt. Ihm ist, als liege etwas
Schweres, Loses in seinem Kopf und rolle darin umher,
wenn er ihn dreht, und bei jeder Bewegung durchströmt ihn
eine Welle entsetzlicher Übelkeit. Es ist, als löse sich sein
Fleisch von den Knochen und wehre sich – scharf wie ein
Messer schneidet der Schmerz, und die Gliedmaßen, in denen
dieser Schmerz wütet, sind schwer und kraftlos. So liegt er,
leidet und wünscht, er wäre tot. Manchmal wird ihm dunkel
vor den Augen und dann wieder blendend hell. Nach langer
Zeit fühlt er ein schweres Gewicht auf seinem Arm und erinnert sich daran, daß auch ein Mädchen da ist. Es liegt neben
ihm, leidet und stöhnt wie er, und so verweilen sie lange
Zeit. Als sie sich endlich aufsetzen und einander betrachten,
ist es schon spät am Nachmittag. Vor ihren Augen flimmert
es noch, deshalb können sie nicht sogleich richtig sehen. Jabavu denkt: Diese Frau ist sehr häßlich. Sie denkt dasselbe von
ihm, taumelt vom Bett auf zum Fenster und lehnt sich
schwankend dagegen.

»Trinkst du dieses Zeug oft?« fragt Jabavu verwundert.

»Man gewöhnt sich daran«, sagt sie mürrisch.

»Wie oft denn?«

Anstatt direkt darauf zu antworten, erwidert sie: »Was
sollen wir denn tun? Es gibt nur eine Halle für uns, und wir
sind viele Tausende. In der Halle haben vielleicht drei- bis
vierhundert Personen Platz. Dort verkaufen sie schlechtes
Bier, von Weißen hergestellt, die unser Bier nicht brauen
können. Und die Polizei gibt dort auf uns acht wie auf Kinder. Was erwartet man also?«

Diese bitteren Worte machen gar keinen Eindruck auf Jabavu, da sie nicht ausdrücken, was sie in Wahrheit empfindet, sondern Äußerungen sind, die sie von den anderen aufgeschnappt hat. Außerdem wundert er sich darüber, daß sie dieses Zeug des öfteren trinkt und dennoch am Leben bleibt. Er stützt den Kopf auf die Hand und wiegt sich unter Stöhnen langsam vor und zurück. Davon wird ihm übel, und er hält inne. Wieder vergeht eine Zeit, und draußen beginnt es dunkel zu werden.

»Laß uns ein bißchen spazierengehen«, sagt sie, »dann wird uns besser werden.«

Jabavu taumelt vom Bett auf und in das andere Zimmer hinüber; sie folgt ihm. Als Mrs. Kambusi die beiden hört, steckt sie den Kopf durch ihre Tür und erkundigt sich sanft, höflich und verächtlich: »Nun, mein feiner Freund, und wie gefällt dir der Skokian?« Jabavu senkt den Blick und sagt: »Meine Mutter, ich werde dieses schlechte Getränk nie mehr anrühren.« Sie sieht ihn an, als wolle sie sagen: Wir werden ja sehen! Dann fragt sie: »Wollt ihr essen?« Jabavu schaudert es, und er antwortet, von Übelkeit befallen: »Meine Mutter, ich werde nie wieder essen!« Doch das Mädchen sagt: »Du hast ja keine Ahnung. Freilich, wir werden essen. Danach wird uns nicht mehr so übel sein.«

Mrs. Kambusi nickt und verschwindet wieder hinter der Tür; die beiden treten ins Freie und gehen spazieren. Wie kranke Hennen schleichen sie zwischen den Hütten aus Blech und Säcken hindurch, hinaus auf das kümmerliche, schmutzige Gras.

»Es ist ein schlechtes Getränk«, sagt Betty gleichgültig, »aber wenn du es nicht jeden Tag trinkst, schadet es nicht. Ich lebe hier jetzt seit etwa vier Jahren und trinke vielleicht zwei- oder dreimal im Monat. Ich mag den Schnaps der Weißen, aber es ist verboten, ihn zu kaufen; sie sagen, wir könnten dadurch schlechte Gewohnheiten annehmen, und deshalb müssen wir den Farbigen, die ihn für uns besorgen, sehr viel Geld zahlen.«

Und nun fühlen sie, daß ihre Beine sie nicht weiter tragen, deshalb bleiben sie stehen. Der Abendwind, der von weit her über den Busch und die Kopjes kommt, die sich drüben, viele Meilen entfernt, dunkel gegen die aufgehenden Sterne abheben, weht ihnen ins Gesicht. Der Wind ist frisch, ihre Übelkeit läßt nach, und so kehren die zwei, noch immer langsam, aber gestärkt, zurück. Im Eingang einer der Backsteinhütten liegt bewegungslos ein Mann, und Jabavu braucht nun nicht mehr zu fragen, was ihm fehlt. Trotzdem bleibt er stehen, von dem impulsiven Wunsch, ihm zu helfen, getrieben, denn an den Kleidern des Menschen klebt Blut. Das Mädchen wirft ihm einen schnellen, ängstlichen Blick zu und fragt: »Bist du verrückt? Laß ihn liegen!« Sie zieht ihn fort. Jabavu folgt ihr und sieht sich nach dem Verletzten um. Er sagt: »Es ist wahr – in dieser Stadt sind wir alle Fremde!« Er spricht leise und gequält, und da Betty weiß, daß er sich schämt, antwortet sie schnell: »Ist es denn meine Schuld? Wenn uns die Leute bei diesem Mann beobachten, könnten sie denken, wir hätten ihm etwas getan ...« Da sie sieht, daß Jabavu noch immer unglücklich und trotzig dreinblickt, sagt sie traurig und mit veränderter Stimme: »Ach, meine Mutter! Manchmal frage ich mich, was ich hier tue; und wie mir mit Narren und Skellums das Leben entgleitet. Ich bin in einer Missionsschule bei den römischen Schwestern erzogen worden, und was tue ich jetzt?« Sie sieht Jabavu an, um festzustellen, wie er ihre Traurigkeit aufnimmt, doch er ist nicht davon beeindruckt. Sein Lächeln erzürnt sie, und sie schreit: »Jawohl, weil die Männer solche Lügner und Betrüger sind, jeder einzelne. Fünfmal hat mir ein Mann versprochen, mich zu heiraten, damit ich anständig in einem der Häuser leben kann, die an verheiratete Leute vermietet werden. Fünfmal ist der Mann davongegangen, nachdem ich ihm Kleidung und Nahrung gekauft und viel Geld für ihn ausgegeben hatte!« Jabavu geht schweigend weiter und runzelt die Stirn. Erbost fährt sie fort: »Na, und du, Kraljunge, wirst du mich heiraten? Du hast nicht nur einmal, sondern sechs- oder siebenmal in einer einzigen Nacht mit mir geschlafen, du hast nicht einen Penny dafür bezahlt, obwohl ich weiß, daß du einen Shilling in der Tasche hast – ich habe nachgesehen, während du schliefst –, und ich hab dir zu essen und zu trinken gegeben und hab dir geholfen!« Sie ist ganz nahe an ihn herangetreten. Ihre Augen sind schmal und dunkel vor Haß, und jetzt sperrt Jabavu vor Erstaunen den Mund auf, denn sie hat ihre Handtasche geöffnet und ein Messer herausgenommen. Geschickt bewegt sie es hin und her, so daß ein heller Abglanz des Himmels darauf schimmert. Ho! denkt Jabavu, ich habe die ganze Nacht neben einer Frau gelegen, die meine Taschen durchsucht und ein Messer in der Handtasche trägt. Doch er schweigt, während sie ihm so nahe kommt, daß ihre Schultern seine Brust berühren und er spürt, wie sie die Messerspitze gegen seinen Magen preßt. »Du wirst mich heiraten, oder ich töte dich!« sagt sie, und Jabavu werden die Knie weich. Dann gibt ihm seine Verachtung für sie den Mut zurück. Er nimmt ihre Handgelenke und dreht sie um, bis das Messer zu Boden fällt. »Du bist ein schlechtes Mädchen«, erwidert er, »und ein schlechtes Mädchen mit einem Messer und einer häßlichen Zunge heirate ich nicht.«

Jetzt beginnt sie zu weinen. Sie kniet im Staub und tastet nach dem Messer. Dann erhebt sie sich, legt das Messer sorgfältig in ihre Tasche zurück und sagt: »Dies ist eine schlechte Stadt, und das Leben hier ist schlecht und schwer.« Jabavu aber läßt sich nicht erweichen, da eine Stimme in ihm das gleiche spricht, der er nicht glauben möchte; denn sein Hunger nach den guten Dingen der Stadt ist größer denn je.

Zum zweiten Mal sitzt er an Mrs. Kambusis Tisch und ißt. Es gibt Kartoffeln, mit Fett und Salz gebraten, danach gekochte Maiskolben mit Salz und Öl, dann wieder die kleinen Kuchen mit dem rosa Zucker, die er so gern ißt, und schließlich heißen, süßen Tee. Hinterher bemerkt er: »Was du gesagt hast, stimmt – die Übelkeit ist verschwunden.«

»Und bist du nun bereit, wieder Skokian zu trinken?« fragt Mrs. Kambusi höflich. Jabavu blickt schnell zu ihr hinüber, denn diese Höflichkeit hat einen anderen Klang als zuvor. Ihm scheint, ihre Augen sind angsteinflößend, weil sie mit kühlem, ruhigem, bitterem Ausdruck sagen: Also, mein Freund, du kannst dich mit Skokian umbringen, du kannst deine ganze Kraft auf dieses Mädchen vergeuden, bis du keine mehr hast, mich kümmert es nicht. Du kannst Vernunft annehmen und einer der Männer des Lichts werden – auch das kümmert mich nicht. Es ist mir einfach gleichgültig. Ich habe zu viel gesehen. Sie lehnt ihren schweren Körper gegen die Stuhllehne, rührt ihren Tee mit einem feinen, glänzenden Löffel um und lächelt mit ihren kühlen, schlauen Augen, bis Jabavu aufsteht und sagt: »Laß uns gehen.« Betty erhebt sich ebenfalls, zahlt acht Shilling, wie am Abend zuvor, und nachdem sie »gute Nacht« gesagt haben, gehen sie hinaus.

»Ich hab nicht nur viel Geld für dein Essen ausgegeben«, sagt Betty bitter, »du schläfst auch in meinem Zimmer, und die nette Mrs. Kambusi, die du deine Mutter nennst, nimmt mir eine schöne Miete dafür ab, das kann ich dir sagen!«

»Was machst du denn in deinem Zimmer?« fragt Jabavu lachend, und Betty schlägt nach ihm. Er hält ihre Handgelenke mit einer Hand fest und legt die andere auf ihre Brust. Sie erklärt: »Ich mag dich nicht.« Lachend läßt er sie los und meint: »Das sehe ich!« Dann geht er in ihr Zimmer und legt sich aufs Bett, als sei dies sein gutes Recht; kleinlaut folgt sie ihm und legt sich neben ihn. Er grübelt, und außerdem schmerzen ihn alle Knochen vor Müdigkeit, doch sie möchte ihn umarmen und beginnt, ihn mit der Hand zu streicheln. Er stößt sie fort und sagt: »Ich möchte nur schlafen.« Ärgerlich erhebt sie sich vom Bett und antwortet: »Du willst ein Mann sein? Nein, du bist nur ein Kraljunge.« Das kann er nicht ertragen, deshalb steht er auf, wirft sie nieder und umarmt sie, bis sie sich nicht mehr bewegt und auch nicht mehr spricht; dann sagt er mit prahlerischer Verachtung: »Na, nun bist du verstummt!« Aber obwohl er stolz auf seine Kenntnisse der Natur der Frau ist, verbringt Jabavu unangenehme Augenblicke, und der Schlaf flieht ihn. In seinem Innern findet ein Kampf statt. Er denkt an den Rat, den Mrs. Kambusi ihm gegeben hat, und da es ihm schwerfällt, ihn zu befolgen, sagt er sich, sie sei nur ein Skellum und eine Skokiankönigin. Er denkt an Mr. und Mrs. Samu und ihren Freund, und wie gut er ihnen gefallen hat, und daß sie ihn gescheit fanden; doch als er sich schon entschließen will, zu ihnen zu gehen, stöhnt er bei dem Gedanken, welch hartes Leben sie führen. Er denkt an dieses Mädchen, das schlecht, schamlos und ohne Sittsamkeit ist, und deren Schönheit nur im Tragen von eleganten Kleidern besteht; und nun meldet sich Stolz in ihm, und seine Gedanken fügen sich zu einem Lied: Ich bin Jabavu, ich habe die Kraft eines Stiers, mit meiner Kraft kann ich eine lärmende Frau zur Ruhe bringen, jawohl, das kann ich . . .

Dann denkt er daran, daß er nur einen Shilling besitzt und etwas verdienen muß. Denn Jabavu ist immer noch der Meinung, er werde anständige Arbeit für sein Geld verrichten, er denkt nicht ans Stehlen. Deshalb rüttelt er jetzt die Frau wach, obwohl er sie erst vor einer halben Stunde zum Schlafen gebracht hat. Unwillig wacht sie auf und kneift vor dem blendenden Licht der schirmlosen gelben Birne, die vom Blechdach herabhängt, die Lider zusammen. »Ich möchte wissen, welche Arbeit in dieser Stadt am besten bezahlt wird?« fragt er.

Zuerst macht sie ein dummes Gesicht, und als sie ihn versteht, lacht sie höhnisch und fragt: »Weißt du noch immer nicht, welche Arbeit am meisten einbringt?« Sie schließt die Augen und wendet sich um. Er schüttelt sie wieder, und jetzt ist sie ärgerlich. »Ach, sei still, Kraljunge, ich werde es dir am Morgen zeigen.«

»Welche Arbeit bringt das meiste Geld?« dringt er in sie. Jetzt dreht sie sich wieder zurück, stützt sich auf den Ellbogen und sieht ihn an. Ihr Gesicht hat einen bitteren Ausdruck. Es ist nicht die harte, ehrliche Bitterkeit, wie sie Mrs. Kambusis Gesicht zeigt, sondern vielmehr die Bitterkeit einer Frau, die sich selbst bemitleidet. Nach einer Weile sagt sie: »Nun gut, mein großer Narr, du kannst in den Häusern der Weißen arbeiten, und wenn du dich gut beträgst und viele Jahre dort schuftest, kannst du zwei oder drei Pfund im Monat verdienen.« Sie lacht, weil die Summe so klein ist. Jabavu aber hält es für sehr viel. Einen Augenblick lang erinnert er sich daran, daß die Mahlzeiten, die er bei Mrs. Kambusi eingenommen hat, vier Shilling gekostet haben, aber er denkt: Sie ist eben doch ein Skellum, und wahrscheinlich betrügt sie mich. In Wirklichkeit macht er sich so falsche Vorstellungen, weil er nicht zu glauben vermag, daß er, Jabavu, nicht das haben wird, was er gerne möchte, indem er nur die Hand auszustrecken und es sich einfach zu nehmen braucht. Er hat so lange und so sehnsüchtig von dieser Stadt geträumt; und schließlich ist es ja das Wesen eines Traumes, daß einem darin die Dinge verändert und strahlend erscheinen und ihre Schattenseite verbergen, auf der geschrieben steht: Dies mußt du dafür zahlen ...

»Und in den Fabriken?« fragt Jabavu.

»Vielleicht ein Pfund im Monat und dein Essen.«

»Dann gehe ich morgen zu den Häusern der Weißen, drei Pfund ist besser als eins.«

»Dummkopf, du mußt monate- oder sogar jahrelang arbeiten, bis du drei Pfund verdienst!«

Da Jabavu aber nun seinen Entschluß gefaßt hat, schläft er sogleich ein. Jetzt liegt Betty schlaflos da und denkt, sie sei eine Närrin, sich mit einem Mann aus dem Kral einzulassen, der von der Stadt nichts weiß; und dann überkommt sie eine altgewohnte Traurigkeit, denn es liegt in ihrer Natur, die Gleichgültigkeit in den Männern zu lieben, und nicht zum erstenmal liegt sie schlaflos neben einem schlummernden Mann und denkt daran, daß er sie verlassen wird. Sie fürchtet sich, denn bald muß sie ihrer Bande von Jabavu berichten, und da gibt es einen Menschen, Jerry genannt, der klug genug ist, um zu sehen, daß ihr Interesse für Jabavu weit mehr als beruflicher Art ist.

Da sie keinen Ausweg aus ihren Sorgen sieht, verfällt sie schließlich in eine Bitterkeit, die nicht in ihr gewachsen, sondern angelernt ist; sie spricht nach, was andere sagen – die Weißen seien böse und brächten die schwarzen Menschen dahin, wie Schweine zu leben; es gäbe keine Gerechtigkeit und sei nicht ihre Schuld, wenn sie ein verdorbenes Mädchen ist –, und noch vieles dieser Art, bis sie das Interesse daran verliert und endlich einschläft. Als sie am Morgen erwacht, fällt ihr Blick auf Jabavu, der sein Haar kämmt und in seinem gelben Hemd sehr hübsch aussieht. Hämisch denkt sie: Die Polizei wird nach diesem Hemd Ausschau halten, und er wird Unannehmlichkeiten bekommen. Ihr Wunsch, ihm zu schaden, ist aber nicht so stark, wie sie glaubt, denn sie zieht einen Koffer unter ihrem Bett hervor, nimmt ein rosa Hemd heraus und wirft es ihm mit den Worten zu: »Trag dies, sonst wirst du geschnappt werden.«

Jabavu dankt ihr zwar, doch es klingt, als halte er eine solche Aufmerksamkeit für selbstverständlich. Gleich darauf bestimmt er: »Jetzt wirst du mir zeigen, wohin ich gehen muß, um eine gute Arbeit zu finden.«

Sie antwortet: »Ich werde nicht mit dir kommen. Heute muß ich selbst Geld verdienen. Ich habe so viel für dich ausgegeben, daß ich nichts mehr besitze.«

»Ich hab dich nicht gebeten, Geld für mich auszugeben«, sagt Jabavu kalt. Blitzschnell zieht sie wieder ihr Messer heraus und bedroht ihn damit. Doch er sagt: »Hör auf mit den Albernheiten. Ich hab keine Angst vor deinem Messer.« Sie beginnt zu weinen. Und Jabavus mit Stolz genährte Männlichkeit, die ihn glauben macht, es gäbe nichts, was er nicht fertig brächte, befiehlt ihm jetzt, sie zu trösten. Er legt den Arm um sie und sagt: »Weine nicht«, und: »Du bist ein nettes Mädchen, wenn du auch albern bist«, und sogar: »Ich liebe dich.« Sie antwortet weinend: »Ich kenne die Männer, du wirst nie mehr zu mir zurückkehren.« Lächelnd erwidert er: »Vielleicht komme ich, vielleicht auch nicht.« Damit steht er auf und geht hinaus, und das letzte, was sie an diesem Morgen von ihm sieht, sind seine weißen Zähne, die er in einem fröhlichen Lächeln entblößt. Eine Zeitlang weint sie, dann wird sie zornig und geht, um Jerry und die Bande zu suchen. Sie denkt immerzu an dieses freche Lächeln und will mit ihnen sprechen, damit sie Jabavu zum Mitglied der Bande machen.

Jabavu verläßt den Ort, der Polen und Johannesburg genannt wird. Er geht durch das Eingeborenenviertel, die belebte Straße entlang zur Stadt der Weißen, bis dahin, wo die feinen Häuser stehen. Hier schlendert er umher und sucht sich solche aus, die ihm am besten gefallen. Seine Erfolge, seit er in der Stadt ist, haben ihm den Kamm so schwellen lassen, daß er sich einbildet, im ersten Haus, zu dem er kommt, werde man ihm die Tür öffnen und ihn mit den Worten empfangen: Ah, hier ist Jabavu, ich habe schon auf dich gewartet! Als er sich endlich entschlossen hat, geht er durch die Gartentür, bleibt stehen und blickt sich um. Eine alte weiße Frau, die Blumen mit einer glänzenden Schere beschneidet, fragt scharf: »Was willst du?« Er antwortet: »Ich möchte Arbeit haben.« Sie sagt: »Geh an die Hintertür. Was für eine Frechheit!« Er steht dreist vor ihr, bis sie schreit: »Hast du verstanden? Geh hinten hin, seit wann kommt man denn von vorn in ein Haus, um nach Arbeit zu fragen?« Er verläßt den Garten und verflucht die weiße Frau insgeheim; er hört, wie sie etwas von verwöhnten Kaffern vor sich hin brummelt, und geht zur hinteren Seite des Hauses. Dort sagt ihm ein Diener, es gäbe hier keine Arbeit für ihn. Jabavu ist wütend. Er schlendert in den Müllweg und läßt seinen Ärger Worte des Hasses formen: Weiße Hure, dreckiges Weib, weiße Leute lauter Schweine. Dann geht er zur Hintertür eines anderen Hauses. Es hat einen großen Garten, in dem Gemüse wächst. Eine Katze sitzt fett und zufrieden auf dem grünen Rasen, und ein Säugling liegt in einem Korb unter einem Baum. Niemand ist zu sehen. Er wartet, geht umher, blickt eingehend durch die Fenster, der Säugling kräht in seinem Korb und strampelt mit Armen und Beinen. Dann sieht Jabavu hinten auf der Veranda eine Reihe Schuhe zum Putzen stehen. Er kann sich von ihrem Anblick nicht losreißen. Seine Augen vergleichen sie mit seinen Füßen. Er sieht sich um – noch immer ist niemand zu sehen. Mit einem raschen Griff hebt er das größte Paar auf und geht in den Müllweg. Er kann nicht glauben, daß es so leicht ist, seine Haut prickelt in angstvoller Erwartung, zornige Stimmen zu hören, oder Füße, die ihm nachlaufen. Doch nichts geschieht, und so setzt er sich nieder und zieht die Schuhe an. Da er noch nie welche getragen hat, weiß er nicht, ob sie zu klein sind oder ob sein Unbehagen daher rührt, daß seine Füße nicht daran gewöhnt sind. Er läuft in den Schuhen, und seine Beine machen vor Schmerz kleine, vorsichtige Schritte, doch er ist sehr stolz. Jetzt ist er sogar an den Füßen wie ein weißer Mann gekleidet.

Er geht zur Hintertür eines anderen Hauses, und diesmal will die Frau wissen, welche Arbeit er verrichten kann. Er sagt: »Alles!« Sie fragt: »Bist du Koch oder Hausdiener?« Nun schweigt er. Sie fragt weiter: »Wieviel hast du bist jetzt verdient?« Als er noch immer schweigt, verlangt sie seinen ›Situpa‹ zu sehen. Sobald ihr Blick darauf fällt, sagt sie ärgerlich: »Warum lügst du mich denn an? Du bist ja ein Neuling!« Ärgerlich und verletzt geht er in den Müllweg hinaus, doch er beherzigt das, was er hier gelernt hat, und als er am nächsten Haus anklopft und eine Frau ihn fragt, was er kann, setzt er eine demütige Miene auf und sagt mit unterwürfiger Stimme, er habe noch nie in einem Haus bei

Weißen gearbeitet, doch er werde schnell lernen. Er denkt:
Ich sehe so fein in meinen Kleidern aus, dieser Frau wird ein
schicker Mann, wie ich es bin, gefallen. Doch sie sagt, sie
könne keinen Diener ohne Erfahrung brauchen. Als Jabavu
jetzt fortgeht, ist sein Herz schwer und traurig, und er hat
das Gefühl, niemand in der ganzen Welt wolle ihn haben.
Deshalb stampft er, munter pfeifend, mit seinen schönen
neuen Schuhen auf und redet sich ein, bestimmt werde er
bald eine gute Arbeit finden, die ihm viel Geld bringe, doch
im nächsten Haus sagt die Frau, sie wolle ihn für die grobe
Arbeit nehmen, für zwölf Shilling im Monat. Jabavu erklärt, zwölf Shilling seien ihm nicht genug. Sie gibt ihm seinen ›Situpa‹ zurück und sagt ganz freundlich, er werde
ohne Erfahrung nirgends mehr als zwölf Shilling erhalten.
Dann geht sie ins Haus zurück. Das gleiche geschieht mehrere Male, bis Jabavu am Nachmittag zu einem Mann tritt,
der in einem Garten Holz hackt und den er in seiner Heimatsprache reden hört. Er bittet ihn um Rat. Der Mann ist
freundlich und erklärt ihm, er werde nicht mehr als zwölf
oder dreizehn Shilling im Monat verdienen, bis er die Arbeit
gelernt habe, und dann, nach vielen Monaten, ein Pfund. Jeden Tag werde er Maisgrieß erhalten, um seinen Brei zu kochen, und ein- bis zweimal in der Woche Fleisch; er werde
mit den anderen Dienern in einem kleinen Zimmer, das
einem Kasten gleicht, hinter dem Haus schlafen. Jabavu
weiß das alles, denn er hat es oft von Leuten gehört, die
durch sein Dorf kamen, doch nicht geglaubt, daß es auch für
ihn gilt; immer hat er gedacht: Für mich wird es anders sein.

Er dankt dem freundlichen Mann und wandert weiter
durch die Müllwege, wobei er darauf achtet, stets in Bewegung zu bleiben und sich nicht herumzudrücken, denn
sonst könnte ihn ein Polizist bemerken. Er wundert sich:
Welche Art Erfahrung verlangen sie wohl? Ich, Jabavu, bin
der stärkste der jungen Männer meines Dorfes. In der Hälfte der Zeit, die jeder andere dazu braucht, kann ich ein Feld

hacken; ich kann länger als irgendein anderer tanzen, ohne zu ermüden; alle Mädchen mögen mich am liebsten und lächeln, wenn ich vorübergehe; ich bin erst vor zwei Tagen in diese Stadt gekommen und schon habe ich Kleider, kann eine der klugen Stadtfrauen wie eine Dienerin behandeln, und sie liebt mich. Ich bin Jabavu! Ich bin Jabavu, der in die Stadt der Weiße gekommen ist. Er tanzt ein wenig auf dem Müllweg und schleift die Füße durch die Blätter, doch dann sieht er, daß seine neuen Schuhe mit Staub bedeckt sind, und hält ein. Die Sonne wird bald untergehen; seit gestern abend hat er nichts gegessen. Er fragt sich, ob er zu Betty zurückkehren soll. Doch dann denkt er: Es gibt noch andere Mädchen. Langsam geht er durch die Müllwege, blickt über die Hecken in die Gärten, und wo ein Kindermädchen Wäsche aufhängt oder mit den Kindern spielt, betrachtet er es genau. Sein Wunsch ist es, ein ebensolches Mädchen zu finden wie Betty. Als er eines entdeckt, das auch so offen und frech herausfordernd blickt, zögert er wohl, geht aber weiter, bis er schließlich ein Mädchen neben einem kleinen Kinderwagen stehen sieht, in dem ein weißer Säugling liegt; und nun verweilt er. Diese Frau hat ein freundliches, rundes Gesicht und Augen, die sorgfältig abwägen, was sie sprechen. Sie trägt ein weißes Kleid und hat ein dunkelrotes Tuch um den Kopf gebunden. Eine Zeitlang beobachtet er sie, dann sagt er auf englisch: »Guten Morgen.« Sie antwortet nicht sogleich, sondern sieht ihn erst an. »Kannst du mir helfen?« fragt er. Jetzt erwidert sie: »Was möchtest du wissen?«

Aus dem Klang ihrer Stimme schließt er, sie könne vielleicht aus seinem Distrikt sein, und spricht sie in seiner Sprache an. Lächelnd antwortet sie; dann stehen sie beisammen und unterhalten sich über die Hecke hinweg. Sie stellen fest, daß ihr Dorf nur eine Stunde Fußweg von dem seinen entfernt liegt, und da die alte Tradition der Gastfreundschaft in beiden stärker lebt als die neue Furcht, bittet sie ihn in ihr Zimmer, und er kommt mit hinein. Dort unterhalten sie sich, während der Säugling im Wagen schläft. Jabavu vergißt, wie er mit Betty zu sprechen gelernt hat, und behandelt dieses Mädchen mit dem gleichen Respekt, den er einem Mädel in seinem Dorf erweisen würde.

Alice sagt ihm, er könne heute nacht hier schlafen, nachdem sie ihm, damit Jabavu ihre Absicht nicht falsch deutet, zuerst mitgeteilt hat, daß sie an einen Mann in Johannesburg gebunden ist, den sie heiraten wird. Sie verläßt ihn für eine Weile, um ihrer Herrin zu helfen, das Kind ins Bett zu bringen. Er ist vorsichtig und zeigt sich nicht, sondern bleibt in einer Ecke sitzen, denn Alice hat gesagt, es sei ein Verstoß gegen das Gesetz, daß er sich hier aufhalte, und wenn die Polizei käme, müsse er versuchen, davonzulaufen, denn ihre Herrin sei freundlich und verdiene nicht, Unannehmlichkeiten mit der Polizei zu haben.

Jabavu sitzt still und betrachtet den kleinen Raum, der so groß ist wie Bettys, und die gleichen Backsteinwände, den gleichen Ziegelboden und ebensolch ein Blechdach hat. Er sieht, daß drei Menschen hier schlafen, denn ihr Bettzeug ist jedes in eine Ecke gerollt, und er beschließt, kein Hausdiener zu werden. Kurz darauf kehrt Alice mit Essen zurück. Sie hat Maisgrießbrei gekocht, nicht so gut wie seine Mutter, denn dazu ist Zeit nötig, und er muß auf dem Herd der Herrin gemacht werden. Aber es ist genügend da, und außerdem noch etwas Marmelade, die ihr die Herrin gegeben hat. Während sie essen, sprechen sie von ihren Dörfern und vom Leben hier. Alice erzählt, sie verdiene ein Pfund im Monat und erhalte von der Herrin Kleider und reichlich Maisgrieß. Sie spricht mit großer Anhänglichkeit von dieser Frau, und eine Zeitlang gerät Jabavu in Versuchung, seine Meinung zu ändern und sich auch so einen Dienst zu suchen. Doch ein Pfund im Monat – nein, das ist nichts für Jabavu, der Alice verachtet, weil sie mit so wenig zufrieden ist. Aber er sieht sie mit Wohlgefallen an und findet sie sehr hübsch. Sie hat Wachs auf die Türschwelle tropfen lassen und eine

Kerze darin aufgestellt. Das gibt ein angenehmes Licht, und ihre Wangen, Augen und Zähne glänzen. Sie hat auch eine weiche, bescheidene Stimme, die ihm wohltut, nachdem er die von Betty kennengelernt hat. Jabavu erwärmt sich für sie, und er bemerkt, daß sie dieses Gefühl erwidert. Bald entsteht ein Schweigen, und Jabavu versucht, sich ihr zu nähern, doch respektvoll, nicht so, wie er Betty anfassen würde. Sie gestattet es ihm und lehnt sich in seinen Arm. Alice erzählt von dem Manne, der versprochen hat, sie zu heiraten, und dann nach Johannesburg gegangen ist, um den Betrag für das Lobola zu verdienen. Zuerst schrieb er und sandte Geld, doch jetzt schweigt er seit einem Jahr. Wie ihr Reisende berichtet haben, hat er dort eine andere Frau. Aber sie glaubt, daß er zurückkommen wird, denn er war ein guter Mann. »So ist also Johannesburg nicht ganz schlecht?« fragt Jabavu und denkt daran, wieviel Verschiedenes er darüber gehört hat. »Vielen scheint es da zu gefallen, denn sie gehen einmal hin und kehren dann immer wieder nach dort zurück«, sagt sie zögernd, weil dies kein Gedanke ist, der ihr behagt. Alice weint ein wenig. Jabavu spricht ihr Trost zu, dann nimmt er sie, doch mit Zartheit. Nachher fragt er, was geschehen würde, wenn sie ein Kind bekäme. Sie sagt, es gäbe viele Kinder in der Stadt, die ihren Vater nicht kennen; und dann spricht sie über Dinge, die ihn vor Erstaunen und Bewunderung schwindlig machen. Darum also haben die weißen Frauen nur ein, zwei oder drei Kinder, und manchmal gar keins! Alice erzählt ihm von Verhütungsmaßnahmen, von solchen, die eine Frau, und von solchen, die ein Mann anwenden kann. Sie sagt, viele von den einfacheren Menschen kennen sie nicht oder fürchten sie als Zaubermittel, aber weise Leute schützen sich gegen Kinder, für die es keinen Vater und kein Heim gibt. Dann seufzt sie und gesteht ihm, wie sehr sie sich nach Kindern und nach einem Mann sehnt, doch Jabavu unterbricht sie, um zu fragen, wo er die Gegenstände, von denen sie gesprochen hat, erhalten kann. Sie antwortet, das beste sei, einen freundlichen weißen Menschen zu bitten, sie zu kaufen, falls man einen solchen kenne. Auch bei den Farbigen, die nicht nur mit Schnaps handeln, könne man sie erhalten. Wenn man mutig genug sei und es riskiere, angefahren zu werden, könne man in einen Laden für Weiße gehen und danach fragen – einige der Händler verkauften auch an die schwarzen Menschen. Aber diese Dinge seien teuer, sagt sie, und müßten gut behandelt werden, und ... Sie erzählt weiter, und Jabavu erhält wieder eine Lehre für das Leben in der großen Stadt, und er ist ihr dankbar. Er ist auch dankbar und liebevoll zu ihr, weil sie eine Frau ist, die ihre Güte und ihr Wissen um das, was recht ist, sogar in der großen Stadt bewahrt hat. Am Morgen dankt er Alice vielmals und verabschiedet sich von ihr und den beiden Männern, die spät in der Nacht, nachdem sie ihre Besuche gemacht hatten, ins Zimmer kamen, und während sie ihm aus Höflichkeit ebenfalls dankt, sagen ihm ihre Augen, wenn er wolle, könne er den Platz des Mannes in Johannesburg einnehmen. Jabavu, der schon fürchten gelernt hat, daß sich jede Stadtfrau nach nichts so sehr wie nach einem Gatten sehnt, fügt hinzu, er wünsche ihr eine baldige Rückkehr ihres Verlobten, damit sie glücklich werde. Dann verläßt er sie, und noch ehe er das Ende des Müllweges erreicht hat, überlegte er, was er nun tun soll; sie aber blickt ihm nach und denkt noch viele Tage lang traurig an ihn.

Es ist noch früh am Morgen, die Sonne ist soeben erst aufgegangen, und auf der Straße sind wenig Menschen. Jabavu streift lange um die Häuser und Gärten, er lernt dabei, wie die Stadt angelegt ist, doch er fragt nirgends nach Arbeit. Nachdem er genug gesehen hat, um seinen Weg zu finden, ohne an jeder Straßenecke Fragen zu stellen, geht er in den Teil der Stadt, in dem die Läden liegen, und betrachtet sie. Nie hätte er sich solch einen Reichtum und so viel Verschiedenartigkeit vorgestellt. Die Hälfte von dem, was er sieht, versteht er nicht, er fragt sich, wie diese Dinge wohl benutzt werden; doch trotz seines Staunens bleibt er niemals vor einem Schaufenster stehen, er zwingt seine Beine weiterzugehen, auch wenn sie gern verweilen möchten – damit ihn die Polizei nicht bemerkt. Und dann, nachdem er die Schaufenster voller Lebensmittel, Kleider und vieler anderer seltsamer Gegenstände gesehen hat, geht er in den Stadtteil, wo die indischen Läden sind, in denen die Eingeborenen kaufen; dort mischt er sich unter die Menge, lauscht der Grammophonmusik und hält die Ohren offen, damit er aus den Gesprächen der Leute etwas lernen kann; und so vergeht langsam der Nachmittag beim Lernen und Zuhören. Als er hungrig wird, paßt er auf, bis er einen Wagen mit Früchten sieht, dann geht er schnell daran vorüber und nimmt sich ein halbes Dutzend Bananen, mit einer Geschicklichkeit, die seinen Fingern angeboren zu sein scheint – er ist selbst erstaunt über ihre Kunst. Während er durch eine Seitenstraße geht, ißt er ganz offen die Bananen, als habe er Geld dafür bezahlt, und fragt sich, was er nun tun soll. Zu Betty zurückkehren? Der Gedanke gefällt ihm nicht. Zu Mr. Mizi gehen, wie Mrs. Kambusi ihm geraten hat? Er schreckt davor zurück – später, später, denkt er, wenn ich von allen Genüssen der Stadt gekostet habe. Bisher besitzt er immer noch nichts als nur den einen Shilling.

Er beginnt zu träumen. Es ist seltsam: Als er im Dorf war und solchen Träumen nachhing, waren sie längst nicht so hochfliegend und begehrlich wie das, was er sich jetzt ausmalt. In seiner dörflichen Unwissenheit schämte er sich dieser kleinen, kindischen Träume, während er jetzt, obwohl er weiß, daß das, was er denkt, Unsinn ist, von den strahlenden Bildern seiner Vorstellung so gepackt wird, daß er wie ein Geisteskranker mit offenem Munde und glasig blickenden Augen dahergeht. Er sieht sich selbst in einer der breiten Straßen, in denen die großen Häuser stehen. Ein weißer Mann hält ihn an und sagt: Du gefällst mir, ich möchte dir helfen. Komm in mein Haus. Ich habe ein schönes Zimmer, das ich nicht benutze. Du kannst darin wohnen und darfst an meinem Tisch essen und Tee trinken, wann du willst. Wenn du Geld brauchst, werde ich es dir geben. Ich habe viele Bücher, du kannst sie alle lesen und dich bilden ... Ich tue dies, weil ich mit der Diskriminierung andersfarbiger Menschen nicht einverstanden bin und deinem Volk helfen möchte. Wenn du alles weißt, was in den Büchern steht, wirst du ein Mann des Lichts sein, genau wie Mr. Mizi, den ich sehr hochschätze. Dann werde ich dir Geld genug geben, um ein großes Haus zu kaufen, darin kannst du wohnen und ein Führer des afrikanischen Volkes sein, wie Mr. Samu und Mr. Mizi ...

Der Traum ist so lieblich und so machtvoll, daß Jabavu schließlich unter einem Baum stehenbleibt und ganz behext ins Leere gafft. Dann sieht er einen Polizisten, der langsam vorüberradelt und ihn anblickt – und das verträgt sich gar nicht gut mit dem Traum; deshalb befiehlt er seinen Füßen weiterzugehen. Er ist noch ganz von den melancholischen und lieblichen Farben des Traumes gefangen und denkt: Die Weißen sind so reich und mächtig, sie würden das Geld gar nicht vermissen, wenn sie mir ein Zimmer und Bücher gäben. Dann sagt eine Stimme in ihm: aber es gibt noch viele außer mir! Darüber ist Jabavu ärgerlich. Er kann nicht ertragen, an andere zu denken, so gierig hungert ihn selbst nach den Annehmlichkeiten des Lebens. Dann überlegt er: Wenn ich zur Schule im Eingeborenenviertel gehe und erzähle, wie ich ganz allein lesen und schreiben gelernt habe, wird man mich dort vielleicht annehmen ... Doch Jabavu ist zu alt für die Schule und weiß es. Langsam, langsam gibt er das dumme, liebliche Träumen auf, und nüchtern geht er die Straße zum Eingeborenenviertel hinunter. Er hat keine Ahnung, was er tun wird, wenn er dorthin gelangt, doch er denkt, irgend etwas werde schon geschehen, um ihm zu helfen.

Es ist jetzt später Nachmittag, etwa fünf Uhr, und es ist

Sonnabend. Eine festliche, ausgelassene Stimmung herrscht, denn gestern war Zahltag, und die Leute sehen sich danach um, wie sie ihr Geld am besten ausgeben können. Als er den Marktplatz erreicht, verweilt er dort ein wenig und ist versucht, den Shilling auszugeben, um sich etwas Vernünftiges zu essen zu kaufen. Doch jetzt ist er ihm so wichtig wie ein kleiner Talisman geworden. Ihm scheint, er wäre schon lange Zeit in der Stadt, obgleich es erst vier Tage sind, und die ganze Zeit über war der Shilling in seiner Tasche. Er hat das Gefühl, wenn er den verliert, wird er sein Glück verlieren. Dabei bewegt ihn auch noch ein anderer Gedanke: Seine Mutter hat so lange Zeit gebraucht, um ihn zu ersparen. Er wundert sich darüber, daß ein Shilling im Kral soviel Geld ist, während er ihn hier für ein paar gekochte Maiskolben und einen kleinen Kuchen ausgeben könnte. Er ärgert sich über sich selbst, weil er Mitleid mit seiner Mutter empfindet, und murmelt: »Du großer Narr Jabavu!« Doch der Shilling bleibt in seiner Tasche; Jabavu wandert weiter und denkt darüber nach, wie er wohl etwas zu essen finden kann, ohne Betty darum zu bitten – bis er die Veranstaltungshalle erreicht, um die ringsherum Menschen zusammenströmen.

Es ist zu früh für das sonnabendliche Tanzvergnügen, so schlendert er durch die Menge, um zu sehen, was geschieht. Bald darauf sieht er Mr. Samu mit einigen anderen an einer Seitentür stehen. Er tritt näher, mit dem Gefühl: Ah, hier ist jemand, der mir helfen wird! – Mr. Samu spricht zu einem Freunde, in der gleichen Weise, wie es Jabavu schon von ihm kennt – als wäre dieser Freund nicht eine Person, sondern viele; Mr. Samus Blicke wandern von einem Gesicht zum anderen, und dann weiter zum nächsten. Ständig sind seine Augen in Bewegung, als wolle er mit ihnen die Menschen halten, sammeln und sie zu einem Ganzen vereinigen. Seine Augen ruhen auf Jabavus Gesicht; Jabavu lächelt und tritt vor – doch Mr. Samu sieht bereits jemand anders an und fährt in seiner Unterhaltung fort. Jabavu hat ein Gefühl, als sei etwas Kaltes gegen seinen Magen geprallt. Zum erstenmal denkt er: Mr. Samu ist ärgerlich, weil ich neulich an dem Morgen fortgelaufen bin. Sogleich geht er mit betonter Munterkeit davon und sagt sich: Nun, mir liegt nichts an Mr. Samu, er ist nur ein großer Schwätzer; diese Männer des Lichts sind nichts als Narren, die ›bitte, bitte‹ zur Regierung sagen! Als er noch keine hundert Meter weit gegangen ist, werden seine Füße langsamer, er bleibt stehen, seine Füße scheinen ihn umzuwenden, so daß er zur Halle zurückkehren muß. Jetzt drängen sich die Leute durch die große Tür; Mr. Samu ist hineingegangen, und Jabavu folgt der Menge. Als er drinnen anlangt, ist die Halle schon voll, so bleibt er hinten gegen die Wand gelehnt stehen.

Auf dem Podium befinden sich Mr. Samu, der andere Mann, der mit ihm im Busch war, und ein Dritter, der als Mr. Mizi vorgestellt wird. Vor Jabavus Augen flimmert es von so vielen Menschen auf einmal, und er kann Mr. Mizis Gesicht kaum erkennen, doch er sieht, daß dies ein Mensch von großer Kraft und Klugheit ist. Er richtet sich auf und steht so gerade da, wie er nur irgend kann, damit Mr. Samu ihn bemerkt, doch wieder gleiten dessen Blicke an ihm vorüber, ohne ihn zu erkennen, und Jabavu denkt: Wer ist schon Mr. Samu? Ein Nichts neben Mr. Mizi ... dann prüft er, wie die Menschen, die ihn umgeben, angezogen sind; er sieht, daß ihre Kleidung dunkel ist und bei manchen sogar alt und geflickt. Niemand in dieser Halle hat so helle und elegante Sachen an wie Jabavu, daher ist das kleine, unglückliche Kind in ihm befriedigt, gibt nun endlich Ruhe, und er kann still dastehen und zuhören.

Mr. Mizi spricht. Seine Stimme ist kraftvoll, und die Leute sitzen bewegungslos auf den Bänken, sie lehnen sich vor, und auf ihren Gesichtern ist Sehnsucht zu lesen, als lauschten sie einer wunderschönen Geschichte. Doch was Mr. Mizi sagt, ist durchaus nicht schön. Jabavu kann es nicht verstehen und fragt einen Mann in seiner Nähe, was das für eine Versammlung sei. Der erklärt ihm, die Leute auf dem Podium seien die Führer der Liga zur Förderung des Afrikanischen Volkes und sprächen jetzt über die Gesetze, nach denen die Afrikaner anders behandelt werden als die Weißen ... Sie seien sehr klug, sagt er, und könnten die Gesetze verstehen, wie sie geschrieben sind, wozu man viele Jahre brauche. Später würden sie der Versammlung über die Bodenbearbeitung in den Reservaten berichten, und weshalb die Regierung den Viehbestand des afrikanischen Volkes zu reduzieren wünsche, und ferner über die Paßgesetze und noch viele andere Dinge. Er zeigt Jabavu ein Stück Papier mit den Zahlen 1, 2, 3, 4, 5 und 6, und neben diesen Zahlen stehen Worte wie ›Herabsetzung der Anzahl der Rinder‹. Jabavu hört, auf diesem Stück Papier stehe eine Tagesordnung.

Zuerst spricht Mr. Mizi lange Zeit, dann Mr. Samu, dann wieder Mr. Mizi. Manchmal stöhnen die Leute in der Halle vor Zorn, manchmal seufzen sie und rufen »Pfui!«; ihre Gefühle sind wie die einer einzigen Person und werden auch zu Jabavus Gefühlen. Er klatscht und seufzt und ruft ebenfalls: »Pfui! Pfui!« Dabei versteht er kaum, was gesagt wird. Eine geraume Weile später erhebt sich Mr. Mizi und spricht zu einem Thema, das Mindestlohn genannt wird, und jetzt begreift Jabavu jedes Wort. Mr. Mizi sagt, unlängst habe ein Mitglied des Parlaments der Weißen ein Gesetz gefordert, nach dem ein Pfund im Monat der Mindestlohn für afrikanische Arbeiter sein solle, doch die anderen Mitglieder des Parlaments sagten, nein, das wäre zuviel. Und dann wünscht Mr. Mizi, daß jeder Anwesende eine Eingabe an die Mitglieder des Parlaments unterschreibe, damit sie diese grausame Entscheidung widerrufen. Und als er dies sagt, brüllt jeder Mann und jede Frau in der Halle: »Ja, ja!«, und sie klatschen so lange, daß Jabavus Hände müde werden. Begeistert sieht Jabavu die großen weisen Männer auf dem Podium an und sehnt sich mit jeder Faser seines Herzens danach, ebenso zu werden wie sie. Er sieht sich selbst auf einem Podium stehen, während Hunderte von Menschen seufzen, klatschen und »Ja, ja!« rufen.

Plötzlich, ohne daß er weiß, wie es geschah, hat er die Hand erhoben und ruft: »Bitte, ich möchte sprechen!« Alle in der Halle haben sich umgedreht, um ihn anzusehen, und sind überrascht. In der Halle herrscht völliges Schweigen. Dann steht Mr. Samu schnell auf, und nachdem er Jabavu einen langen Blick zugeworfen hat, sagt er: »Bitte, dies ist ein junger Freund von mir, laßt ihn sprechen.« Er lächelt und nickt Jabavu zu, der von ungeheurem Stolz erfüllt ist, als trüge ihn ein großer Falke auf den Flügeln zum Himmel empor. Er wirft sich ein wenig in die Brust, als er aufsteht und darüber spricht, daß er erst vor vier Tagen aus seinem Kral gekommen sei; er berichtet, wie er die Werber überlistete, die versuchten, ihn zu betrügen, wie er nichts zu essen hatte und vor Hunger ohnmächtig wurde, erzählt, daß ihn ein weißer Doktor wie einen Ochsen betastete, und was er erlebte, als er Arbeit suchte ... Die Worte fließen von Jabavus Lippen, als stehe ein sehr kluger Mensch hinter seiner Schulter und flüstere sie ihm ins Ohr. Manche Dinge erwähnt dieser kluge Mensch nicht, zum Beispiel, daß er Kleider, Schuhe und Nahrung gestohlen hat und daß er sich mit Betty eingelassen und die Nacht in der illegalen Kneipe verbracht hat. Doch er erzählt, wie ihm im Garten der Weißen grob befohlen wurde, zur Hintertür zu gehen, »da ist der richtige Ort für Nigger«. Jabavu berichtet dies mit großer Bitterkeit – und wie man ihm zwölf Shilling im Monat und das Essen angeboten hat. Und während Jabavu spricht, murmeln die Leute im Saal: »Ja, ja.«

Jabavu hat noch viele Worte auf der Zunge, als Mr. Samu aufsteht und ihn unterbricht, indem er sagt: »Wir sind unserem jungen Freund dankbar für das, was er gesagt hat. Seine Erfahrungen sind typisch für die der jungen Leute, die in die Stadt kommen. Wir alle wissen aus unserem eigenen Erleben, daß er die Wahrheit berichtet hat, doch es schadet nicht, dies wieder einmal zu hören.« Und damit leitet er unversehens zum nächsten Punkt über, nämlich, wie schlimm es sei, daß die Afrikaner so viele Pässe bei sich tragen müßten. Die Versammlung geht weiter. Jabavu ist ungehalten, er ist der Meinung, es sei nicht richtig, daß die Versammlung nach den häßlichen Dingen, die er berichtet hat, einfach zu etwas anderem übergeht. Außerdem hat er gesehen, daß einige Leute einander zulächelten, als sie sich dem Podium wieder zuwandten, und dieses Lächeln hat seine Eitelkeit verletzt. Er blickt den Mann neben ihm an, doch der sagt nichts. Da Jabavu fortfährt, ihn anzusehen und anzulächeln, als warte er auf ein Wort von ihm, meint er schließlich freundlich: »Du hast einen großen Mund, mein Freund.« Dies ruft einen solchen Zorn in Jabavu hervor, daß seine Hand sich von selber hebt, fast hätte er den Mann geschlagen. Der umklammert schnell Jabavus Handgelenk und murmelt: »Ruhig, du wirst dir große Unannehmlichkeiten zuziehen. Hier schlagen wir uns nicht.« Jabavu murmelt empört: »Mein Name ist Jabavu, nicht Großmaul!«, und der Mann sagt: »Ich habe nicht von deinem Namen gesprochen, ich kenne ihn nicht. Doch an diesem Ort schlagen wir uns nicht, die Männer des Lichts haben ohnedies genügend Unannehmlichkeiten.«

Jabavu drängt sich bis zur Tür durch, denn ihm ist, als klinge spöttisches Gelächter in seinen Ohren und als höre er immerzu: Großmaul, Großmaul. Doch die Leute stehen so dichtgedrängt im Eingang, daß er nicht hinaus kann, obwohl er es versucht und sie stört; sie fordern ihn auf, ruhig zu sein. Und als Jabavu ärgerlich und unglücklich dort steht, sagt ein Mann zu ihm: »Mein Freund, was du gesagt hast, ist mir zu Herzen gegangen. Es ist sehr wahr.« Jabavu vergißt seine Bitterkeit und ist sogleich beruhigt und voller Stolz; er kann ja nicht wissen, daß dieser Mann nur so gesprochen hat, um sein Gesicht richtig sehen zu können. Er kommt nämlich zu allen solchen Versammlungen und tut, als sei er wie die anderen; später kehrt er dann in das Regierungsbüro zurück, wo man wissen möchte, welche Afrikaner Unruhestifter und Aufrührer sind. Noch ehe die Versammlung vorüber ist, hat Jabavu diesem freundlichen Menschen seinen Namen und sein Dorf genannt und ihm erzählt, wie sehr er die Männer des Lichts bewundert. Der Mann nimmt diese Mitteilungen sehr bereitwillig entgegen.

Als Mr. Samu die Versammlung für geschlossen erklärt, schlüpft Jabavu, so schnell er kann, hinaus und geht zu der anderen Tür, aus der die Redner kommen werden. Mr. Samu lächelt und nickt ihm zu, als er ihn erblickt; er schüttelt ihm die Hand und stellt ihn Mr. Mizi vor. Keiner gratuliert ihm zu dem, was er gesagt hat, vielmehr sehen sie ihn an wie Dorfälteste, die denken: Dieser Junge kann zu einem nützlichen und klugen Menschen aufwachsen, wenn seine Eltern ihn mit Strenge behandeln. Mr. Samu sagt: »Nun, nun, mein junger Freund, du hast nicht viel Glück gehabt, seitdem du in die Stadt gekommen bist, aber du machst einen Fehler, wenn du glaubst, dein Fall sei einmalig.« Als er Jabavus bestürztes Gesicht sieht, setzt er freundlich hinzu: »Warum bist du eigentlich so früh davongelaufen, und warum bist du nicht zu Mr. Mizi gegangen, der den Menschen, die Hilfe brauchen, gern beisteht?« Jabavu läßt den Kopf hängen und antwortet, er sei so früh fortgelaufen, weil er die Stadt bald erreichen und sie nicht ohne Grund im Schlaf stören wollte, auch habe er Mr. Mizis Haus nicht finden können.

Mr. Mizi sagt: »Komm doch jetzt mit uns, dann wirst du es finden!« Er ist ein großer, kräftiger, breitschultriger Mann. Wenn Jabavu wie ein junger, ungeschickter Stier ist, der nicht weiß, wohin mit seiner Kraft, so ist Mr. Mizi wie ein alter Stier, der an seine Stärke gewöhnt ist. Sein Gesicht ist nicht so, daß es ein junger Mensch ohne weiteres lieben würde, denn es steht kein Lachen darin, keine liebenswürdige Wärme. Er ist streng und nachdenklich, und seine Augen sehen alles. Aber wenn Jabavu Mr. Mizi auch nicht liebt, so

bewundert er ihn doch, und immer mehr fühlt er sich wie ein
kleiner Junge. Während dieses Gefühl der Abhängigkeit, das
er haßt und das ihn mit Zorn erfüllt, in ihm wächst, weiß er
nicht, ob er davonlaufen oder bleiben soll. Er bleibt jedoch
und geht mit mehreren anderen zu Mr. Mizis Haus.

Es ist ein Haus, das dem des Griechen gleicht. Jabavu
weiß jetzt, daß es im Vergleich zu den Häusern der Weißen
nichts ist, jedoch scheint ihm das Vorderzimmer sehr prächtig. An der Wand hängt ein hoher Spiegel; in der Mitte
befindet sich ein großer Tisch, bedeckt mit einem weichen
grünen Stoff, von dem dicke, seidige Quasten herabhängen,
und rings um den Tisch stehen viele Stühle. Zum Zeichen
seines Respekts setzt sich Jabavu auf den Boden, doch Mrs.
Mizi, die ihre Gäste willkommen heißt, sagt freundlich:
»Mein Freund, setz dich auf diesen Stuhl«, und schiebt ihm
den Stuhl hin. Mrs. Mizi ist eine winzigkleine Frau mit
einem fröhlichen Gesicht und Augen, die ihren Blick überallhin huschen lassen, immer auf der Suche nach etwas, wor-
über man lachen kann. Es scheint, als sei Mrs. Mizi von so
viel Fröhlichkeit erfüllt, daß davon nichts mehr für Mr.
Mizi übrig ist, und als denke Mr. Mizi so viel nach, daß er
Mrs. Mizi alle Gedanken fortgenommen habe. Wenn man
Mrs. Mizi allein sieht, fällt es schwer zu glauben, daß sie
einen großen, strengen, klugen Gatten hat, und wenn man
Mr. Mizi sieht, würde man nicht annehmen, daß seine Frau
so klein und lustig ist. Wenn sie aber zusammen sind, ergän-
zen sie einander, als bildeten sie eine einzige Person.

Jabavu ist von seiner Anwesenheit in diesem Hause so beeindruckt, daß er den Stuhl umwirft. Am liebsten wäre er
vor Scham gestorben, Mrs. Mizi aber lacht ihn so gutmütig
an, daß er gleichfalls zu lachen beginnt und erst damit aufhört, als er sieht, daß diese Zusammenkunft von Freunden
nicht nur um der Freundschaft willen stattfindet, sondern
auch ernsten Gesprächen dient.

Um den Tisch sitzen Mr. und Mrs. Samu und ihr Bruder,

Mr. Mizi, seine Frau und ein Junge, der Sohn der Mizis. Mrs. Mizi stellt Tee in hübschen weißen Tassen auf den Tisch und viele von den kleinen Kuchen mit rosa Zucker darauf. Der Junge trinkt schnell eine Tasse Tee und sagt dann, er wolle lernen. Mit einem Kuchen in der Hand geht er ins Nebenzimmer, während Mrs. Mizi die Blicke zur Decke hebt und jammert, er werde sich noch zu Tode lernen. Mr. Mizi jedoch bemerkt, sie solle keine solche Närrin sein, und so setzt sie sich lächelnd und hört zu.

Mr. Mizi und Mr. Samu sprechen. Scheinbar reden sie zueinander, doch manchmal blicken sie Jabavu an, denn sie sagen nicht nur, was ihnen gerade in den Kopf kommt, sondern wählen ihre Worte aus, um Jabavu zu lehren, was gut für ihn zu wissen ist.

Jabavu versteht das nicht sogleich, und als er es begriffen hat, hindert ihn der gewohnte Sturm der Entrüstung daran, zuzuhören. Eine Stimme in ihm sagt: Ich, Jabavu, werde wie ein kleines Kind behandelt! Eine andere dagegen spricht: Dies sind gute Menschen, hör zu. Daher kommt es, daß er Mr. Mizis und Mr. Samus Worte nur in Bruchstücken aufnimmt, und in seinem Bewußtsein bilden sich seltsame und verworrene Ideen; wenn diese klugen, weisen Männer sie kennen würden, wären sie sehr überrascht. Doch vielleicht ist es eine Schwäche von Menschen, die ihr Leben lang studieren, nachdenken und Ausdrücke gebrauchen wie ›der Lauf der Geschichte‹ und ›die Entwicklung der Gesellschaft‹, daß sie die Kindheit ihres eigenen Verstandes vergessen, wo solche Redensarten einen seltsamen und sogar erschreckenden Klang haben.

So sitzt Jabavu also dort am Tisch und ißt die Kuchen, die Mrs. Mizi ihm aufdrängt; zuerst ist sein Gesicht mürrisch und unwillig, dann wird es eifrig und aufmerksam; manchmal senkt er den Blick, um zu verbergen, was er denkt, dann wieder blitzen seine Augen auf und sagen: Jawohl, das ist wahr!

Mr. Mizi spricht darüber, wie schwer es ein Afrikaner hat, der zum erstenmal in die Stadt kommt und nichts weiß, außer, daß er alles, was er im Kral gelernt hat, hinter sich lassen muß. Er meint, man müsse es einem solchen jungen Mann verzeihen, wenn er in seiner Verwirrung in die falsche Gesellschaft gerät.

Hierbei hebt Jabavu instinktiv die Arme, um sie über seinem bunten neuen Hemd zu verschränken; Mrs. Mizi lächelt ihn an und füllt seine Tasse von neuem.

Dann sagt Mr. Samu, solch ein junger Mann habe die Wahl zwischen einem kurzen Leben mit Geld und Vergnügen, bevor er dem Gefängnis, der Trunksucht oder der Krankheit erliegt, oder einem Leben der Arbeit für das Wohl seines Volkes und ... doch hier bricht Mrs. Mizi in schallendes Gelächter aus und sagt: »Ja, freilich, aber das kann ebenfalls ein kurzes Leben bedeuten, und genauso oft Gefängnis.«

Mr. Mizi lächelt geduldig und meint, seine Frau liebe einen guten Scherz, und es läge ein großer Unterschied darin, ob man für dumme Dinge, wie Diebstahl, ins Gefängnis komme oder für eine gute Sache. Dann fährt er fort und sagt, ein intelligenter junger Mann werde bald begreifen, daß die Gesellschaft der Matsotsis nur zu Unannehmlichkeiten führt, und werde sich dem Studium widmen. Auch werde er bald verstehen, daß es töricht ist, als Hausdiener, Koch oder Bürodiener zu arbeiten, denn von diesen Leuten sind nie mehr als ein, zwei oder drei zusammen; deshalb werde ein kluger junger Mann in eine Fabrik gehen oder sogar ins Bergwerk, weil ... Nun versteht Jabavu etwa zehn Minuten lang kein Wort mehr, da Mr. Mizi Ausdrücke gebraucht wie: »Die Entwicklung der Industrie«, »die Arbeiterklasse« und »historische Mission«. Als Mr. Mizis Worte wieder leicht zu verstehen sind, sagt er, Jabavu müsse solch ein Arbeiter werden, dem alle vertrauen; und nachts könne er allein oder mit anderen gemeinsam studieren, denn ein

Mann, der andere führen will, müsse nicht nur besser sein als sie, sondern auch mehr wissen ... Jetzt kichert Mrs. Mizi und sagt, Mr. Mizi wäre eingebildet, er sei nur ein Führer, weil er lauter reden könne als die anderen. Mr. Mizi lächelt zärtlich und antwortet, eine Frau müsse Respekt vor ihrem Manne haben.

Jabavu unterbricht diese Tändelei zwischen den Mizis und fragt plötzlich: »Sagen Sie mir, bitte, wieviel Geld werde ich in einer Fabrik verdienen?« In seiner Stimme liegt eine solche Begehrlichkeit, daß Mr. Mizi die Brauen etwas runzelt, seine Frau schneidet eine Grimasse und schüttelt den Kopf.

Mr. Mizi erklärt: »Nicht viel Geld. Vielleicht ein Pfund im Monat. Aber ...«

Jetzt kann Mrs. Mizi ihr Lachen nicht länger unterdrücken und sagt: »Als ich ein Mädchen in der römischen Missionsschule war, hörte ich nur von Gott, und ich müsse immer gut sein, die Sünde sei etwas sehr Böses, und es wäre gottlos, in diesem Leben glücklich sein zu wollen, ich dürfe nur an den Himmel denken. Dann lernte ich Mr. Mizi kennen. Er erklärte mir, daß es keinen Gott gibt, und ich dachte: Ah, jetzt werde ich einen prachtvollen, hübschen Mann zum Gatten haben. Eine Kirche gibt es für mich nicht mehr, sondern nur noch viel Spaß, Tanz und Vergnügen. Aber es stellte sich heraus, daß ich immer noch gut sein muß, obwohl es keinen Gott gibt, und nicht an Tanz und Vergnügen denken darf, sondern nur an die Zeit, wo es den Himmel auf Erden geben wird – manchmal denke ich, diese klugen Männer sind genauso schlimm wie die Priester.« Jetzt schüttelt sie sich vor Lachen, hält die Hand vor den Mund und sieht ihren Mann über ihre Hand hinweg mit großen Augen an. Der seufzt und sagt geduldig: »Es liegt ein gewisses Quantum Wahrheit in dem, was du sagst. In der Entwicklung der Gesellschaft gab es einmal eine Zeit, da die Religion Fortschritt bedeutete und alle guten Bestrebungen in der Menschheit zum Ausdruck brachte, aber heute sind diese guten Bestrebungen und alle Hoffnungen der Menschheit in den Volksbewegungen verkörpert, die es überall auf der Welt gibt.«

Für Jabavu haben diese Worte keinen Sinn, hilfesuchend blickt er Mrs. Mizi an, wie ein kleines Kind seine Mutter. Tatsächlich weiß sie besser, was in ihm vorgeht, als jene beiden klugen Männer, und sogar auch als Mrs. Samu, in der nichts Kindliches mehr geblieben ist.

Mrs. Mizi sieht Jabavus Augen, die von ihr Liebe und Schutz vor der Rauheit der Männer fordern, sie nickt und lächelt ihm zu, als wolle sie sagen: Freilich, ich lache, doch du solltest zuhören, denn sie haben recht mit dem, was sie sagen. Jabavu läßt den Kopf hängen und denkt: Mein ganzes Leben lang muß ich für ein Pfund im Monat arbeiten und nachts studieren, und darf keine schönen Kleider haben, nicht zum Tanz gehen ... Er fühlt, wie sein alter Heißhunger nach den Freuden des Daseins in ihm wütet und ihm befiehlt: Lauf, lauf schnell, bevor es zu spät ist.

Die Männer des Lichts indessen sehen so klar, welches der richtige Weg für Jabavu ist, daß sie der Meinung sind, es brauche nichts mehr hinzugefügt zu werden; sie fahren fort und unterhalten sich darüber, wie ein Führer sein Leben einrichten muß, als wäre Jabavu bereits ein Führer. Sie sagen, ein solcher Mann müsse sich so betragen, daß niemand sagen kann: Er ist ein schlechter Mensch. Er müsse nüchtern bleiben und die Gesetze befolgen, er müsse darauf achten, niemals auch nur im geringsten die Paßgesetze zu verletzen, dürfe nicht vergessen, die Lampe an seinem Rad anzuzünden und dürfe nach der Sperrzeit nicht mehr draußen sein, denn – jetzt lächeln sie, als sei das ein großartiger Witz – die Polizei schenke ihnen schon ohnedies genügend Aufmerksamkeit. Werde ihnen Geld anvertraut, so müßten sie in der Lage sein, über jeden Penny Rechenschaft abzulegen. – »Als sei es Geld, das dem Himmel gehört«, fällt Mrs. Mizi kichernd ein, »für das Gott Rechenschaft verlangen wird.«

Sie dürften jeder nur eine Frau haben und müßten ihr treu sein – doch hier bemerkt Mrs. Mizi scherzend, auch ohnedies hätte Mr. Mizi nur eine Frau, deshalb brauche er hierfür nicht die schlechten Zeiten verantwortlich zu machen.

Jetzt lachen alle herzlich, sogar Mr. Mizi; doch sie sehen, daß Jabavu nicht mitlacht, sondern schweigend und mit gerunzelter Stirn dasitzt und über schwierige Probleme nachdenkt. Da erzählt Mr. Samu eine Geschichte, die erzieherisch auf Jabavu wirken soll, während in diesem die Stimmen so laut streiten und hadern, daß er Mr. Samus Stimme kaum vernehmen kann.

»Mr. Mizi gibt allen, die das afrikanische Volk einem besseren Leben entgegenführen möchten, ein Beispiel«, sagt Mr. Samu. »Früher einmal war er Bote im Büro des Eingeborenenkommissars und sogar Dolmetscher, war geachtet und hatte ein gutes Gehalt. Weil ihm, dem Regierungsangestellten, aber verboten war, in Versammlungen zu sprechen oder auch nur Mitglied der Liga zu werden, sparte er sein Geld, bis es ausreichte, um damit einen kleinen Laden im Eingeborenenviertel zu kaufen. Dazu brauchte er viele Jahre. Dann gab er seine Stellung auf und wurde selbständig. Und jetzt muß er sich quälen, um seinen Lebensunterhalt zu verdienen, denn für die Liga wäre es etwas Furchtbares, wenn einer ihrer Führer wegen Preisübervorteilung oder Betruges angeklagt würde; daraus ergibt sich, daß in den anderen Geschäften stets mehr verdient wird als im Laden der Mizis, und daher . . .«

Spät am Abend wird Jabavu gefragt, ob er die Nacht über dort schlafen wolle. Am nächsten Morgen werde man Arbeit in einer Fabrik für ihn finden. Jabavu dankt erst Mr. Mizi und dann Mr. Samu, doch es klingt sehr leise und bedrückt. Mrs. Mizi führt ihn in die Küche, wo der Sohn immer noch über seinen Büchern sitzt. Für den Sohn steht ein Bett dort, und für Jabavu wird eine Matratze auf den Boden gelegt. Mrs. Mizi sagt zu ihrem Jungen: »Jetzt hast du lange genug studiert, geh zu Bett!« Widerstrebend reißt er sich von seinen Büchern los und geht hinaus, um sich vor dem Schlafengehen zu waschen. Jabavu steht verlegen neben seiner Matratze und sieht zu, wie Mrs. Mizi das Bett des Sohnes für die Nacht zurechtmacht. Er fühlt ein starkes Verlangen, ihr alles zu sagen: wie sehr ihn danach drängt, ein Mann des Lichts zu werden, daß er sich jedoch ebenso sehr davor fürchtet; aber er schämt sich, und deshalb sagt er nichts. Nun richtet sich Mrs. Mizi auf und blickt ihn freundlich an. Sie kommt auf ihn zu, legt ihm die Hand auf den Arm und sagt: »Jetzt werde ich dir ein kleines Geheimnis verraten, mein Sohn. Mein Mann und Mr. Samu sind gar nicht so beängstigend, wie es klingt!« Sie kichert und wirft ihm dabei einen besorgten Blick zu, während sie seinen Arm ein wenig pufft, als wolle sie sagen: Lach doch ein bißchen, dann sieht alles leichter aus! Aber Jabavu kann nicht lachen. Statt dessen fährt seine Hand in die Tasche und holt den Shilling heraus. Ehe er selbst weiß, was er tut, hat er ihn ihr in die Hand gedrückt. »Was ist denn das jetzt?« fragt sie erstaunt. »Das ist ein Shilling. Für die Arbeit.« Und mehr als nach allem anderen sehnt er sich jetzt danach, daß sie das Geld nehmen und verstehen möge, was er damit sagen will. Sie begreift sofort. Sie steht da, sieht erst den Shilling in ihrer Hand und dann Jabavu an, nickt und lächelt. »Das ist gut, mein Sohn«, sagt sie mit weicher Stimme, »das ist sehr gut. Ich werde ihn meinem Mann geben und ihm sagen, daß du deinen letzten Shilling für die Arbeit, die er vollbringt, gegeben hast.« Wieder legt sie ihm beide Hände auf den Arm und drückt ihn herzlich, dann wünscht sie ihm gute Nacht und geht hinaus.

Fast unmittelbar darauf kommt der Sohn zurück. Nachdem er die Tür geschlossen hat, damit seine Mutter ihn nicht sieht und mit ihm schilt, setzt er sich wieder an seine Bücher. Jabavu liegt auf der Matratze. Die Liebe zu Mrs. Mizi und ihre Güte lassen ihm das Herz groß und weit werden, er ist voller guter Vorsätze für die Zukunft. Doch während er da so warm und faul liegt, sieht er, wie rot und geschwollen die Augen des Sohnes vom Studieren sind, und wie ernst und streng er ist, genau wie sein Vater, obwohl er ebenso alt ist wie Jabavu. Da wird Jabavu, trotz seines Wunsches, wie ein guter Mensch zu leben, von einem kalten Schrecken erfaßt, und er kann sich des Gedankens nicht erwehren: Muß ich dann ebenso werden, den ganzen Tag und auch noch nachts arbeiten – und alles nur für andere Menschen? Mit diesem bedrückenden Gedanken schläft er ein und träumt. Obwohl er nicht weiß, was er träumt, wehrt er sich und stöhnt so laut, daß Mrs. Mizi, die an die Tür geschlichen kommt, um sich zu vergewissern, daß ihr Sohn vernünftig war und zu Bett gegangen ist, ihn hört und mitleidig den Kopf schüttelt. Armer Junge, denkt sie, armer Junge ... Dann legt sie sich wieder hin und betet, bevor sie einschläft, wie es ihre Gewohnheit ist, doch insgeheim, denn ihr Mann wäre sehr ärgerlich, wenn er es wüßte. Wie sie es in der römischen Missionsschule gelernt hat, betet sie für das Seelenheil Jabavus, der Hilfe braucht im Kampf gegen die Versuchung der illegalen Kneipen und der Matsotsis, und für ihren Sohn, vor dem sie sich etwas fürchtet, weil er stets so ernst ist und schon immer genau gewußt hat, was er zu werden beabsichtigt.

So lange sitzt sie in ihrem Bett und betet, daß Mr. Mizi schließlich aufwacht und fragt: »Nanu, meine Liebe, was machst du denn da?« Kleinlaut meint sie: »Ach, gar nichts.« Er erwidert streng: »Schlaf jetzt, das nützt unserer Arbeit mehr als beten!« Sie sagt: »Die Zeiten sind so schlimm für unser Volk, daß es zumindest nicht schaden kann zu beten.« Er antwortet: »Du bist ein richtiges Kind – schlaf jetzt.« So legt sie sich nieder, und sehr zufrieden miteinander und mit Jabavu schlafen Mann und Frau ein. Mr. Mizi hat schon einen Plan, wie er Jabavu zuerst auf seine Treue prüfen, ihn dann ausbilden und endlich lehren will, auf Versammlungen zu sprechen, und dann ...

Jabavu erwacht aus einem bösen Traum. Durch das kleine Fenster dringt schon ein kaltes, graues Licht ins Zimmer. Schlafend, doch völlig angezogen, liegt der Sohn auf seinem Bett. Er ist zu müde gewesen, sich auszuziehen.

Leise wie eine Wildkatze steht Jabavu auf. Er geht zum Tisch, wo durcheinandergeworfen die Bücher liegen, und sieht sie sich an. Die Worte darauf sind so lang und so schwierig, daß er nicht weiß, was sie bedeuten. Schweigend und reglos, mit geballten Fäusten, steht er in der kleinen, kalten Küche. Seine unruhig rollenden Augen sind zuerst auf den ernsten, klugen jungen Menschen gerichtet, der vom vielen Lernen erschöpft ist, und schweifen dann zum Fenster, auf dem das Morgenlicht liegt. Lange steht Jabavu und quält sich, während ein Sturm einander widersprechender Gefühle in ihm tobt. Ach, er weiß nicht, was er tun soll. Zuerst macht er einen Schritt zum Fenster hin – dann wendet er sich seiner Matratze zu, als wolle er sich niederlegen. Ohne Unterlaß wütet und brennt sein Hunger nach dem großen Leben in ihm. Er hört Stimmen, die Jabavu, Jabavu sagen – doch weiß er nicht, ob sie ihm empfehlen, ein reicher Mann mit feinen Kleidern zu werden, oder ein Mann des Lichts mit großem Wissen und einer starken, überzeugenden Stimme.

Endlich legt sich der Sturm in ihm, und nun empfindet er eine Leere – jedes Gefühl in ihm ist erstorben. Auf Zehenspitzen geht er zum Fenster, schiebt den Riegel hoch, und – hinaus ist er über das Fensterbrett. Unten steht ein kleiner Busch, hinter den hockt er sich und blickt sich um. Aus den Schatten der Nacht erheben sich Häuser und Bäume dem Morgen entgegen; den Himmel, der bereits klar und grau ist, überziehen lange rosa Streifen, während die Straßenlaternen noch ihr bleiches Licht über die dämmrigen Straßen ergießen. Über diese engen Straßen hinweg bewegt sich ein Heer von Menschen, die zur Arbeit gehen, und dabei glaubte Jabavu, alles sei noch still und verlassen. Hätte er gewußt, daß es nicht so ist, so hätte er nicht gewagt, davonzulaufen; doch jetzt muß er irgendwie von dem Busch auf die Straße gelangen, ohne gesehen zu werden. Zitternd vor Kälte hockt er da, beobachtet, wie die Leute vorübergehen, und hört dem Stampfen ihrer Füße zu. Dann scheint es ihm, als blicke ihn jemand an, ein schlanker, junger Mann mit einem schmalen, aufmerksamen Gesicht und Augen, die überallhin sehen. Wie seine Kleider verraten, gehört er zu den Matsotsis. Seine Hose ist unten eng, eckig treten die Schultern aus dem Jackett heraus; er trägt einen leuchtend roten Schal. Über den Schal hinweg spähen seine Augen nach dem Busch, hinter dem Jabavu hockt. Das kann doch aber nicht möglich sein, denn Jabavu hat ihn noch nie gesehen. Er richtet sich auf, tut, als habe er sein Wasser im Busch abgeschlagen und tritt ruhig auf die Straße hinaus. Sofort kommt der junge Mensch herüber und geht neben ihm. Jabavu fürchtet sich und weiß nicht warum, er sagt nichts und hält den Blick unverwandt nach vorn gerichtet.

»Na, wie geht es dem klugen Mr. Mizi?« fragt der seltsame junge Mann schließlich. Jabavu antwortet: »Ich weiß nicht, wer du bist.«

Der junge Mensch lacht und sagt: »Ich heiße Jerry, na, nun kennst du mich.« Jabavu beschleunigt den Schritt, und auch Jerrys Füße bewegen sich schneller.

»Was wird denn der kluge Mr. Mizi sagen, wenn er erfährt, daß du aus seinem Fenster geklettert bist?« fragt Jerry mit seiner leichtsinnig und unangenehm klingenden Stimme und beginnt leise zu pfeifen, mit einem Lächeln auf dem Gesicht, als finde er sein Pfeifen sehr schön.

»Das bin ich ja gar nicht!« widerspricht Jabavu, und seine Stimme zittert vor Furcht.

»Na, na. Aber gestern abend habe ich dich mit Mr. Mizi und Mr. Samu in das Haus hineingehen sehen, und heute morgen kletterst du zum Fenster heraus – wie kommt denn das?« sagt Jerry in dem gleichen leichtfertigen Ton wie zu-

vor. Jabavu bleibt mitten auf der Straße stehen und fragt:
»Warum beobachtest du mich?«

»Ich beobachte dich für Betty«, erwidert Jerry fröhlich
und fährt fort zu pfeifen. Jabavu geht langsam weiter und
wünscht von ganzem Herzen, er wäre wieder auf Mrs. Mizis
Matratze in der Küche. Er spürt wohl, daß Jerrys Anwesenheit sehr schlimm für ihn ist, aber er weiß noch nicht, warum.
Deshalb denkt er: Weshalb habe ich eigentlich Angst? Was
kann denn dieser Jerry tun? Ich darf mich doch nicht wie
ein kleines Kind benehmen. Jetzt sagt er: »Ich kenne dich
nicht, und Betty will ich nicht sehen, also geh fort von mir!«

Jerry ist bemüht, seiner Stimme einen häßlichen, gefährli-
chen Klang zu geben. »Betty wird dich töten«, droht er.
»Sie hat mir aufgetragen, dir zu bestellen, daß sie mit ihrem
Messer kommen und dich umbringen wird.«

Plötzlich lacht Jabavu und antwortet wahrheitsgemäß:
»Ich habe keine Angst vor Bettys Messer. Sie spricht zu viel
davon.«

Einen Atemzug lang schweigt Jerry und sieht Jabavu anders an als bisher. Dann lacht er ebenfalls und sagt: »Du
hast ganz recht, mein Freund, sie ist ein dummes Mädchen.«

»Sie ist ein sehr dummes Mädchen«, stimmt Jabavu aus
vollem Herzen zu, und beide lachen und rücken im Weitergehen näher zusammen.

»Was willst du denn jetzt tun?« erkundigt sich Jerry leise.
Jabavu antwortet: »Ich weiß nicht.« Er hält inne und
denkt: Wenn ich schnell zurückkehre, kann ich durch das Fenster wieder hineinklettern, ehe jemand aufwacht; dann wird
niemand wissen, daß ich hinausgestiegen bin. Doch Jerry
scheint zu wissen, was Jabavu denkt, denn er sagt: »Was für
ein guter Spaß, daß du wie ein Dieb aus Mr. Mizis Fenster
herausgeklettert bist!« Schnell antwortet Jabavu: »Ich bin
kein Dieb.« Jerry lacht und erwidert: »Du bist ein großer
Dieb, Betty hat es mir erzählt. Sie sagt, du seist sehr geschickt. Du stiehlst so schnell, daß es niemand bemerkt.« Er

lacht noch ein wenig und fügt dann hinzu: »Und was wird Mr. Mizi sagen, wenn ich ihm erzähle, daß du stiehlst?«

Jabavu fragt töricht: »Wirst du es ihm denn erzählen?« Wieder lacht Jerry, doch er antwortet nicht, und Jabavu geht schweigend weiter. Es dauert lange, bis er die Wahrheit begreift, und selbst dann fällt es ihm schwer, sie zu glauben. Jerry aber fragt immer noch leichthin und fröhlich: »Und was hat Mr. Mizi gesagt, als du ihm erzähltest, daß du in der illegalen Kneipe warst und dich mit Betty eingelassen hast?« »Ich habe ihm nichts erzählt«, sagt Jabavu mürrisch, und jetzt versteht er endlich, warum Jerry hier ist, und meint eifrig: »Ich habe ihm überhaupt nichts erzählt, nichts, und das ist die Wahrheit.«

Jerry geht weiter und lächelt unangenehm. Jabavu fragt: »Warum hast du denn Angst vor Mr. Mizi? ...« Doch er kann den Satz nicht zu Ende sprechen – Jerry hat sich plötzlich umgedreht und starrt ihn wütend an: »Wer hat dir denn gesagt, daß ich Angst habe? Ich habe keine Angst vor diesem ... Skellum!« Und er gibt Mr. Mizi Namen, die Jabavu noch nie im Leben gehört hat.

»Dann verstehe ich dich nicht«, sagt Jabavu in seiner Naivität, und Jerry antwortet: »Das stimmt, daß du nichts verstehst. Mr. Mizi ist ein gefährlicher Mensch. Weil ihn die Polizei wegen der Dinge, die er tut, nicht leiden kann, ist er sehr schnell dabei, ihr zu berichten, wenn er etwas über einen Diebstahl oder eine Schlägerei weiß. Er schafft uns große Unannehmlichkeiten. Vorigen Monat hat er eine Versammlung in der Halle abgehalten und über die Kriminalität gesprochen. Er sagte, es sei die Pflicht jedes Afrikaners, das Skokiantrinken, die Schlägereien und die Diebstähle zu verhindern und der Polizei zu helfen, die illegalen Kneipen zu schließen und Polen-Johannesburg zu säubern.« Jerry spricht mit großer Verachtung, und Jabavu denkt plötzlich: Mr. Mizi amüsiert sich nicht gern, deshalb hindert er auch andere Leute daran! Halb schämt er sich dieses Gedankens, denn er sagt sich, daß es gut wäre, wenn Polen-Johannesburg gesäubert würde, dann aber denkt er heißhungrig: Ich tanze doch sehr gerne...

»Darum mögen wir Mr. Mizi nicht«, fährt Jerry ruhig fort.

Jabavu möchte erklären, daß er Mr. Mizi sehr gern mag, doch er bringt es nicht fertig. Irgend etwas hindert ihn daran. Er hört zu, während Jerry immer weiter und weiter über diesen Mann spricht und ihm Namen gibt, die Jabavu neu sind, und dieser weiß nichts darauf zu erwidern. Dann ändert Jerry seinen Ton und forscht drohend: »Was hast du Mr. Mizi gestohlen?«

»Ich, Mr. Mizi etwas gestohlen?« fragt Jabavu erstaunt. »Warum sollte ich denn gestohlen haben?« Jerry packt ihn am Arm, er zwingt ihn, stehenzubleiben, und sagt: »Das ist ein reicher Mann, er hat einen Laden, er hat ein schönes Haus. Und du willst mir erzählen, du habest dort nichts gestohlen? Dann bist du ein Dummkopf – ich glaube dir nicht.« Hilflos vor Überraschung steht Jabavu da, während er fühlt, daß Jerrys schnelle Finger so leicht wie der Wind durch seine Taschen fahren. Dann tritt Jerry in höchstem Erstaunen von ihm zurück, und da er nicht glauben kann, was seine eigenen Finger ihm gesagt haben, durchsucht er noch einmal jede Tasche. Nichts ist darin als ein Kamm, eine Mundharmonika und ein Stück Seife. »Wo hast du es versteckt?« fragt Jerry, und Jabavu starrt ihn an. Dies ist der Beginn jener Unfähigkeit, einander zu verstehen, die eines Tages, in nicht allzu ferner Zeit, böse Folgen haben wird. Jerry kann einfach nicht glauben, daß Jabavu eine Gelegenheit zum Stehlen vorübergehen ließ, während Jabavu die Mizis oder die Samus ebensowenig bestehlen könnte wie seine Eltern und seinen Bruder. jetzt entschließt sich Jerry zu tun, als glaube er ihm, und sagt: »Nun, man hat mir erzählt, daß sie reich sind. Sie haben das ganze Geld der Liga im Haus.« Jabavu schweigt. Jerry fragt: »Hast du denn nicht gesehen, wo es versteckt ist?« Jabavu macht eine unwillige Bewegung mit den Schultern und sieht sich nach einer Möglichkeit des Entkommens um. Sie sind bei einer Straßenkreuzung angelangt, und Jabavu bleibt stehen. Er ist so naiv, daß er die Absicht hat, in die Straße nach rechts, die zur Stadt führt, einzubiegen, in dem Gedanken, er könne vielleicht zu Alice zurückkehren und sie um Hilfe bitten. Doch ein Blick auf Jerrys Gesicht sagt ihm, daß das nicht möglich ist, und so geht er neben ihm auf der anderen Straße weiter, die nach Polen-Johannesburg führt. »Laß uns zu Betty gehen«, sagt Jerry. »Sie ist zwar ein dummes Mädel, aber sie ist auch nett.« Er sieht Jabavu an, um ihn zum Lachen zu bringen, und Jabavu lacht in der gewünschten Weise, und gleich darauf unterhalten sich die beiden jungen Männer darüber, daß Betty dies und jenes sei, ihr Körper so und ihre Brüste so; und jeder, der gesehen hätte, wie sie lachend daherkamen, wäre der Meinung gewesen, sie seien gute Freunde und freuten sich, beieinander zu sein.

Es stimmt auch, daß es einen Winkel in Jabavus Herzen gibt, den der Gedanke, er werde bald in den illegalen Kneipen und bei Betty sein, reizt, obwohl er sein Gewissen mit dem Vorsatz beschwichtigt, Jerry bald davonzulaufen und zu den Mizis zurückzukehren – und dies sogar glaubt.

Er erwartet, daß sie Bettys Zimmer in Mrs. Kambusis Haus aufsuchen; aber sie schlendern daran vorüber und steigen einen Abhang zu einem kleinen Fluß hinab und auf der anderen Seite wieder hinauf. Dort steht eine alte Bude, die aussieht, als sei sie unbenutzt. Ringsum wachsen Bäume und Büsche. Sie gehen schnell durch das Gestrüpp hindurch und treten zur Hinterwand der Hütte, um durch ein Schiebefenster zu steigen. Es sieht aus, als sei es verschlossen, als Jerry aber sein Messer unter den Riegel schiebt und ihn hinaufdrückt, gibt es nach. Drinnen erblickt Jabavu nicht nur Betty, sondern noch ein halbes Dutzend andere Leute – junge Männer und ein Mädchen. Als er furchtsam dasteht und sich fragt, was wohl nun geschehen werde, und Betty von der Seite her ansieht, sagt Jerry in munterem Ton: »Dies ist der Freund, von dem Betty euch erzählt hat«, und kneift ein Auge zusammen, doch so, daß es Jabavu nicht sieht. Sie begrüßen ihn, und er setzt sich. Das Zimmer war früher einmal ein Laden. Jetzt ist es leer, bis auf einige Kisten, die als Stühle gedacht sind, und eine große Kiste in der Mitte, die als Tisch dient. Mit Wachstropfen befestigte Kerzen, Kartenspiele und einige Flaschen mit verschiedenen Sorten von Getränken sind darauf. Niemand trinkt, aber sie bieten Jabavu zu essen an, und er ißt. Betty ist ruhig und höflich, als er aber in ihre Augen blickt, weiß er, daß sie ihn noch immer so gern hat wie vorher, und das macht ihn unruhig; ihm ist unbehaglich und ängstlich zumute, weil er nicht weiß, was sie von ihm wollen. Doch im Laufe der Zeit vergeht seine Angst. Sie scheinen fröhlich und nicht gewalttätig zu sein. Bettys Messer verläßt ihre Handtasche nicht, und alles, was geschieht, ist, daß sie herankommt, sich neben ihn setzt und mit rollenden Augen fragt: »Freust du dich, mich wiederzusehen?« Jabavu sagt ja, und es entspricht der Wahrheit.

Später gehen sie im Eingeborenenviertel in eine Kinovorstellung. Jabavu vergißt seine Furcht und gerät in einen solchen Zustand des Entzückens, daß er gar nicht bemerkt, wie die anderen einander ansehen und lächeln. Es ist ein Film, der von Cowboys und Indianern handelt, es wird viel darin geschossen, geschrien und auf Pferden umhergeritten, und Jabavu stellt sich vor, daß er selbst schießt, schreit und auf einem Pferd umhergaloppiert, wie er es auf der Leinwand sieht. Er möchte fragen, wie die Bilder gemacht werden, aber er will den anderen, die alles für selbstverständlich halten, seine Unwissenheit nicht zeigen. Inzwischen ist es Mittag geworden, und sie kehren in den verlassenen Laden zurück – jedoch heimlich, einzeln oder zu zweien – und spielen Karten. Inzwischen hat Jabavu den Teil seines Ichs vergessen, der gern wie Mr. Mizi werden und Mr. Mizis Sohn sein

möchte. Es scheint ihm natürlich, Karten zu spielen, ab und
zu die Hand auf Bettys Brüste zu legen und zu trinken. Sie
trinken Kaffernbier, das auf die richtige Art, das heißt ille-
gal, gebraut worden ist, denn kein Afrikaner hat die Genehmigung, es im Eingeborenenviertel für den Verkauf herzu-
stellen. Als es Abend wird, ist Jabavu betrunken, doch auf
eine angenehme Weise; seine Skrupel, daß er hier ist, kommen ihm unwichtig und sogar kindisch vor, und er flüstert
Betty zu, er würde gern mit in ihre Kammer gehen. Betty
sieht Jerry an, und einen Augenblick lang ist Jabavu von
Wut erfüllt, weil er denkt, daß Jerry vielleicht auch mit Betty schläft, wenn er will – dabei wußte er es schon heute
morgen, denn Jerry hatte es ihm ja gesagt, und da war es
ihm gleichgültig; er und Jerry beschimpften sie und nannten
sie eine Hure. Jetzt ist alles anders, und er erinnert sich nicht
gern an den Morgen. Unterwürfig sagt Betty, jawohl, er
dürfe kommen, und er geht mit ihr hinaus; doch vorher bedeutet ihm Jerry noch, sich am nächsten Morgen mit ihm zu
treffen, damit sie zusammen arbeiten können. Bei dem Wort
›arbeiten‹ lachen alle, auch Jabavu. Dann geht er mit Betty
in ihre Kammer und achtet darauf, in einem Augenblick
durch das große Zimmer, das voller Tänzer ist, zu schlüpfen,
wo Mrs. Kambusi sich nicht darin befindet, denn er schämt
sich, ihr zu begegnen. Betty willfahrt ihm in allem, was er
tut, und sie nimmt ihn mit in ihr Bett, als habe sie an nichts
anderes gedacht, seit er sie verlassen hat. Dies entspricht fast
der Wahrheit, doch nicht ganz – sie ist von Jerry auf recht
unsanfte Weise daran erinnert worden, wie treulos und töricht sie handelte, sich mit Jabavu einzulassen. Als sie Jerry
davon berichtete, wurde er viel zorniger, als sie erwartet
hatte, obwohl sie ahnte, daß er zornig sein werde. Er schlug
sie, drohte ihr und verhörte sie so lange und so brutal, daß
sie völlig durcheinander geriet. Sie tischte ihm alle möglichen
Lügen auf, die sich derart widersprachen, daß Jerry selbst
jetzt noch nicht weiß, was daran Wahres ist.

Zuerst erklärte Betty, sie habe nicht gewußt, daß Jabavu Mr. Mizi kenne, dann sagte sie, sie habe gedacht, es wäre nützlich, jemand in der Bande zu haben, der ihnen jederzeit mitteilen könne, was Mr. Mizi plane – doch da schlug Jerry zu, und Betty begann zu weinen. Dann verlor sie den Kopf und sagte, sie beabsichtige, Jabavu zu heiraten, und sie würde ihre eigene Bande gründen – aber es dauerte nicht lange, und es tat ihr sehr, sehr leid, das gesagt zu haben. Denn Jerry zog sein Messer heraus, das, im Gegensatz zu dem ihrigen, zur Benutzung und nicht zum Prahlen bestimmt war, und in wenigen Augenblicken wand sie sich vor sprachlosem Entsetzen. Danach verließ Jerry sie mit klaren und bestimmten Befehlen, die selbst ihr törichter Kopf nicht mißverstehen konnte.

An diesem Abend denkt Jabavu nur an seine Eifersucht auf Jerry; er wird es nicht dulden, daß ein anderer Mann mit Betty schläft. Er spricht so lange davon, bis Betty ungehalten wird und sagt, er habe noch nichts gelernt, denn man brauche doch Jerry nur anzublicken, um zu sehen, daß er sich gar nicht für Frauen interessiere. Diese städtische Raffinesse ist Jabavu so fremd, daß es einige Zeit dauert, bis er sie versteht, und dann erfüllt ihn Verachtung für Jerry; aus diesem Gefühl heraus kommt er zu dem Schluß, es sei töricht, sich vor ihm zu fürchten – er werde zu den Mizis zurückkehren.

Am Morgen weckt ihn Betty früh und erklärt ihm, er müsse gehen, um sich an dem und dem Ort mit Jerry zu treffen; Jabavu erklärt, er wolle nicht, sondern werde statt dessen zu den Männern des Lichts zurückkehren. Da springt Betty auf, beugt sich mit erschrockenen Augen über ihn und sagt: »Hast du denn nicht verstanden, daß Jerry dich töten wird?« Jabavu antwortet: »Ich werde das Haus der Mizis erreicht haben, ehe er mich töten kann«, und sie erwidert: »Sei nicht kindisch. Jerry wird nicht zulassen, daß du dorthin gehst.« Jabavu sagt: »Ich begreife diese Abneigung gegen Mr. Mizi nicht – der kann die Polizei ebenfalls nicht leiden.« Sie antwortet: »Vielleicht stammt sie daher, daß Jerry selbst Mr. Samu einmal Geld gestohlen hat, welches der Liga gehörte, und ...« Doch hierüber lacht Jabavu und umarmt sie, bis sie ihm zu Willen ist; er flüstert ihr zu, er werde zu den Mizis gehen, sein Leben ändern, ehrlich werden und sie dann heiraten. Er hat gar nicht die Absicht, das zu verwirklichen, doch Betty liebt ihn, und zwischen ihrer Furcht vor Jerry und ihrer Liebe zu Jabavu hin- und hergerissen, liegt sie weinend auf dem Bett und verbirgt das Gesicht. Jabavu beugt sich über sie und sagt, er sehne sich nur nach der Nacht, damit er sie wiedersehen könne – er hat das in dem Film, den sie alle gemeinsam besucht haben, einen Cowboy sagen hören. Dann küßt er sie lange und heftig, genau wie der Cowboy das liebliche Mädchen küßte, verläßt das Zimmer und denkt, er werde schnell zu Mr. Mizis Haus gehen. Aber kaum tritt er hinaus, da sieht er Jerry, der hinter einer der hohen Backsteinbehausungen auf ihn wartet.

Jabavu begrüßt ihn, als wundere er sich gar nicht, ihn dort zu sehen, doch Jerry läßt sich davon nicht im mindesten täuschen. Die beiden jungen Männer gehen zum Markt, der trotz der frühen Stunde bereits für den Verkauf geöffnet ist, da die Verkäufer in ihren Ständen schlafen; dort kaufen sie einige kalte gekochte Maiskolben und essen sie auf dem Weg zur Stadt. Außer ihnen gehen noch viele andere Menschen dorthin; und einige fahren auf Rädern. Es ist jetzt etwa sieben Uhr. Die Hausdiener, die Köche und Kindermädchen sind schon vor einer guten Stunde zur Arbeit gegangen – diese Leute hier sind Arbeiter auf dem Wege zu den Fabriken. Jabavu sieht ihre zerlumpte Kleidung, sieht, wie arm sie sind und um wieviel unkluger als Jerry, und unwillkürlich ist er froh, daß er nicht einer von ihnen ist. Gegen Mr. Mizi, der ihn in eine Fabrik schicken wollte, ist er so aufgebracht, daß er beginnt, sich wieder über die Männer des Lichts lustig zu machen; Jerry lacht und spendet ihm Beifall, und ab und zu fügt er noch etwas hinzu, um Jabavu anzuspornen.

127

So beginnt der verwirrendste, erschreckendste und dabei doch erregendste Tag, den Jabavu je erlebt hat. Alles, was geschieht, bringt ihn auf und läßt ihn erzittern, und doch muß er – wie könnte es anders sein – Jerry bewundern, der so kühl, so schnell und so furchtlos ist. Neben ihm fühlt er sich wie ein Kind, und das, noch ehe sie ihre ›Arbeit‹ begonnen haben.

Jerry nimmt ihn zuerst mit in einen Raum hinter dem Laden eines indischen Händlers. Es ist ein Geschäft für Afrikaner, und ohne aufzufallen, können sie sich unter die anderen mischen, die ein- und ausgehen und sich auf dem Trottoir vor dem Laden aufhalten. Ein Weilchen stehen sie im Laden und hören einem Grammophon zu, das Jazzmusik spielt, dann blickt der Inder sie in einer gewissen Weise an, und die beiden jungen Männer schlüpfen unbemerkt in einen Nebenraum und von dort aus in das Hinterzimmer. Es ist mit allen möglichen Sachen vollgestopft: getragene Kleidungsstücke, neue Kleidungsstücke, Armbanduhren, Wecker, Schuhe liegen dort – unmöglich, alles zu überblicken. Jerry fordert Jabavu auf, seine Sachen abzulegen. Beide ziehen sich aus und legen gewöhnliche Kleidung an, damit sie aussehen wie alle anderen auch: kurze, khakifarbene Hosen, die bei Jabavu hinten geflickt sind, und ziemlich schmutzige weiße Hemden. Sie tragen keine Krawatte und an den Füßen nur einfache Segeltuchschuhe. Jabavus Füße sind sehr glücklich, von den dicken Lederschuhen befreit zu sein, trotzdem erfüllt es ihn mit Trauer, daß er sich von ihnen trennen muß, auch wenn es nur für kurze Zeit ist.

Dann nimmt Jerry einen großen Korb mit etwas frischem Gemüse, und nun verlassen sie das Hinterzimmer; doch diesmal treten sie durch die Tür, die zur Straße führt. Jabavu fragt, wer der Inder sei. Kurz angebunden erwidert Jerry, es sei ein Inder, der ihnen bei der Arbeit helfe, was Jabavu nichts sagt. Sie gehen durch die Gegend der Kaffernläden und der indischen Geschäfte, und voller Staunen sieht Jabavu Jerry an, der ein ganz anderer zu sein scheint – ein ziemlich einfältiger Junge vom Lande mit einem frischen, offenen Gesicht. Nur seine Augen sind noch dieselben: beweglich, verschlagen, schmal. Sie kommen in eine Straße mit Häusern, in denen weiße Leute wohnen. Jerry und Jabavu gehen zum Hintereingang, und dort rufen sie ihr Gemüse zum Verkauf aus. Eine Stimme schreit ihnen zu, sie sollten sich wegscheren. Jerry blickt schnell um sich; auf der hinteren Veranda steht ein Tisch mit einer schönen Decke darauf; er reißt sie herunter, rollt sie so schnell zusammmen, daß Jabavus Augen kaum seinen Fingern folgen können, und schon ist sie unter dem Gemüse verschwunden. Die beiden gehen langsam davon, genau wie zwei ehrbare Gemüseverkäufer. Die Frau im nächsten Haus kauft einen Kohlkopf, und während sie von drinnen Geld holt, stiehlt Jerry durch ein offenes Fenster eine Uhr und einen Aschenbecher. Auch diese werden unter dem Gemüse versteckt. Im darauffolgenden Haus gibt es nichts zu stehlen, da sitzt die Frau auf ihrer Veranda und strickt, und von hier kann sie alles sehen, doch im nächsten Haus ist wieder ein Tischtuch für sie da.

Dann haben sie ein Erlebnis, das Jabavu sehr in die Glieder fährt, obwohl es für Jerry nur ein Grund zum Lachen ist: ein Polizist fragt sie, was sie in ihrem Korb haben, und Jerry erzählt ihm eine lange, traurige, sehr konfuse Geschichte. Sie wären zum erstenmal in der Stadt und könnten ihren Weg nicht finden; daher ist der Polizist sehr freundlich und hilft ihnen mit guten Ratschlägen.

Als Jerry genügend über den Polizisten gelacht hat, sagt er: »Und jetzt werden wir etwas Schweres unternehmen; alles, was wir bisher getan haben, war ein Kinderspiel.« Jabavu hingegen möchte keine Unannehmlichkeiten haben, doch Jerry antwortet, er werde Jabavu töten, wenn er nicht tue, was er ihm sage. Dies macht Jabavu unsicher, denn er weiß nie, ob Jerry es ernst meint oder nicht, wenn er auf diese Weise lacht und spricht. In der einen Minute denkt er: Jerry macht Spaß, in der nächsten zittert er. Aber es gibt Augenblicke, in denen sie miteinander scherzen, und wo Jabavu das Gefühl hat, Jerry könne ihn gut leiden. Alles in allem verwirrt ihn Jerry mehr als irgend jemand, den er je kennengelernt hat. Während man sagen kann: Betty ist so und so, oder Mr. Mizi ist so, hat Jerry etwas Schwerverständliches, nicht zu Packendes, selbst in den Momenten, in denen Jabavu ihn gern haben muß.

Dann gehen sie in einen Laden für Weiße – ein kleines, sehr überfülltes Geschäft. Hinter dem Ladentisch steht ein weißer Mann, der ständig beschäftigt ist. Mehrere Frauen warten darauf, bedient zu werden. Eine von ihnen hat ein Kind in einem Wagen bei sich, und vorn auf diesen Wagen hat sie ihre Handtasche gelegt. Jerry sieht zuerst die Tasche und dann Jabavu an, der sehr genau weiß, was gemeint ist. Ihm wird eiskalt ums Herz, doch Jerrys Augen sind so furchterweckend, daß Jabavu fühlt, er muß die Tasche nehmen.

Die Frau unterhält sich mit einer Freundin und schaukelt den Wagen ein wenig vorwärts, ein wenig rückwärts, während das Kind schläft. Jabavu fühlt, wie ihm der kalte Schweiß den Rücken hinabläuft und seine Knie weich werden. Doch er wartet, bis sich der weiße Mann umgewandt hat, um etwas vom Regal herunterzulangen, und als die Frau mit ihrer Freundin lacht, reißt er die Tasche schnell an sich und geht damit durch die Tür. Dort nimmt Jerry sie in Empfang und läßt sie unter das Gemüse gleiten. »Nicht laufen«, sagt er leise. Überallhin läßt Jerry seine Blicke schießen, aber sein Gesicht ist ganz ruhig dabei. Sie biegen schnell um eine Ecke und treten in einen anderen Laden ein. Dort stehlen sie nichts, sondern kaufen für sechs Pennies Salz. Nachher sagt Jerry mit echter Bewunderung zu Jabavu: »Du bist sehr gut bei der Arbeit. Betty hat die Wahrheit gesagt. Ich habe noch nie jemand gesehen, der seine Sache, kaum daß er damit begonnen hatte, so gut gemacht hätte.«

Jabavu kann sich eines Gefühls des Stolzes nicht erwehren, denn Jerry ist nicht sehr freigebig mit seinem Lob.

Nun verlassen sie diesen Teil der Stadt und stehlen noch ein wenig in einem anderen Viertel. Dabei erbeuten sie eine Uhr, einige Löffel und Gabeln, und danach, doch diesmal durch Zufall, noch eine Handtasche, die in einer Küche auf dem Tisch liegt.

Dann kehren sie zum Laden des Inders zurück. Mit diesem handelt Jerry, und schließlich gibt ihnen der Inder zwei Pfund für die verschiedenen Gegenstände. Außerdem haben sie fünf Pfund aus den beiden Handtaschen. Jerry händigt Jabavu ein Drittel des Geldes aus, doch Jabavu wird plötzlich so böse, daß Jerry tut, als lache er, und sagt, er habe nur Spaß gemacht; und nun gibt er ihm die Hälfte, die ihm zusteht. Dann sagt Jerry: »Es ist jetzt zwei Uhr nachmittags. In diesen paar Stunden haben wir jeder drei Pfund verdient. Der Inder übernimmt das Risiko, die gestohlenen Sachen, die ja wiedererkannt werden könnten, zu verkaufen. Wir aber sind sicher. Was hältst du jetzt von dieser Arbeit?«

Nach einer Pause, die etwas zu lang ist, denn Jerry wirft ihm schnell einen argwöhnischen Blick zu, erwidert Jabavu: »Ich halte sie für ausgezeichnet.« Dann fährt er schüchtern fort: »Aber meine Genehmigung, Arbeit zu suchen, gilt nur für vierzehn Tage, und einige davon sind schon verstrichen.«

»Ich zeig dir, was du zu tun hast«, sagt Jerry unbesorgt. »Das ist leicht. Für diejenigen, die ihren Kopf benutzen, ist es sehr einfach, hier zu leben. Man muß auch wissen, wann es nötig ist, Geld springen zu lassen. Außerdem gibt es noch andere Dinge, die man beachten muß. Es ist nützlich, eine Frau zu haben, die mit einem Polizisten befreundet ist. Wir haben zwei solche Frauen bei uns. Jede hat einen Polizisten. Falls es Unannehmlichkeiten gibt, helfen uns die beiden Polizisten. Frauen sind sehr wichtig bei dieser Arbeit.«

Jabavu denkt hierüber nach und fragt dann schnell: »Ist Betty eine von diesen Frauen?«

Jerry, der darauf gewartet hat, sagt gelassen: »Jawohl, Betty ist sehr gut für die Polizei.« Dann fügt er hinzu: »Sei kein Idiot. Bei uns gibt es keine Eifersucht. Ich lasse das nicht zu. Wenn sie nicht bei der Polizei nützlich wären, würde ich keine Frauen in die Bande aufnehmen, denn sie stören bei der Arbeit. Ich sage dir gleich, ich werde keine Scherereien wegen des Polizisten dulden. Wenn Betty zu dir sagt: Heute nacht kommt mein Polizist, dann fügst du dich. Sonst ...« Jerry zieht sein Messer zur Hälfte aus der Tasche, so daß Jabavu es sehen kann. Dabei bleibt er freundlich und lächelt, als sei es ein Scherz. Jabavu geht schweigend weiter. Zum erstenmal ist er sich ganz bewußt, daß er jetzt zur Bande gehört, daß Jerry sein Anführer und Betty sein Mädchen ist. Und dieser Zustand wird dauern – wie lange wohl? Gibt es keine Möglichkeit des Entkommens? Schüchtern fragt er: »Wie lange besteht diese Bande schon?«

Jerry antwortet nicht sogleich. Er traut Jabavu noch nicht, obwohl er seit heute morgen seine Ansicht über ihn geändert hat. Er hatte geplant, Jabavu zum Stehlen zu veranlassen und ihn dann mit der Polizei in Konflikt geraten zu lassen, und zwar so, daß niemand sonst hineingezogen würde. Damit wäre er als Gefahr beseitigt gewesen. Doch Jabavus Geschwindigkeit und Geschick bei der Arbeit haben Jerry so beeindruckt, daß er ihn gern behalten möchte. Bei sich denkt er: Wenn er erst mal eine Woche lang unser angenehmes Leben geführt, einige Male gestohlen hat und vielleicht in ein, zwei Schlägereien geraten ist, wird er zu große Angst haben, in Mr. Mizis Nähe zu kommen. Er wird einer von uns werden, und wir alle werden dabei völlig sicher sein. Laut sagt er: »Ich bin seit zwei Jahren Anführer dieser Bande. Sie besteht aus sieben Mitgliedern, zwei Frauen und fünf Männern. Die Männer führen die Diebstähle aus, wie wir heute morgen. Die Frauen sind mit der Polizei befreundet, sie freunden sich mit jedem an, der gefährlich werden könnte. Sie lesen auch Kraljungen auf, die neu in die Stadt kommen, und bestehlen sie. Wir gestatten den Frauen nicht, auf die Straße oder in die Läden zu gehen, um zu stehlen, weil sie nichts taugen. Wir weihen die Frauen auch nicht in die Angelegenheiten der Bande ein, weil sie schwatzen und Dummheiten machen.« Hier macht er eine Pause, und Jabavu weiß, daß Jerry ihn, Jabavu, auch für eine Dummheit hält, die Betty gemacht hat. Doch er fühlt sich geschmeichelt, weil Jerry ihm Dinge erzählt, die den Frauen nicht mitgeteilt werden. Er fragt: »Ich wüßte gern noch etwas anderes: Angenommen, einer von uns würde geschnappt, was passiert dann?« Jerry antwortet: »In den zwei Jahren, seit ich Anführer bin, ist noch nicht einer erwischt worden. Wir sind sehr vorsichtig. Doch wenn du geschnappt wirst, darfst du nicht über die anderen reden, sonst passiert etwas, was dir nicht gefallen würde!« Wieder zieht er das Heft seines Messers heraus, und wieder lächelt er dabei, als sei es ein Scherz. Als Jabavu noch eine Frage stellt, antwortet Jerry: »Das genügt für heute. Du wirst schon noch zur rechten Zeit über die Angelegenheiten der Bande belehrt werden.«

Als Jabavu über das, was er erfahren hat, nachdenkt, erkennt er, daß er tatsächlich sehr wenig weiß und daß Jerry ihm nicht traut. Daher kehrt seine Sehnsucht nach Mr. Mizi zurück, und er verflucht sich selbst, daß er davongelaufen ist. Traurig denkt er während des ganzen Weges an Mr. Mizi und bemerkt kaum, wohin sie gehen.

Sie sind zu einer Häuserreihe abgebogen, in der die Farbigen wohnen. Hier treten sie in ein Haus, das voller Menschen ist, überall sind Kinder; sie gehen nach hinten und gelangen in ein kleines, schmutziges Zimmer, in dem es dunkel ist und übel riecht. In der Ecke liegt auf einem Bett ein farbiger Mann, und noch ehe Jabavu zur Tür herein ist, kann er hören, wie der Atem in der Brust dieses Menschen rasselt. Der Mann erhebt sich, und im trüben Licht des Zimmers sieht Jabavu einen gebeugten, mageren Kranken, den das Siechtum noch weit gelber gefärbt hat, als er von Natur schon war. Seine Augen blinzeln durch den Eiter, der an seinen Wimpern klebt, und sein Mund steht offen, während er keuchend ein- und ausatmet. Sobald er Jerry sieht, schlägt er ihm auf die Schulter, und der erwidert den Schlag. Jerry schlägt jedoch zu kräftig für den Kranken, der hustend und sich räuspernd zurückfährt und die Arme gegen die schmerzende Brust preßt. Sobald er aber wieder zu Atem kommt, lacht er. Jabavu wundert sich über dies furchtbare Lachen, das diese Leute so oft hören lassen. Was gibt es denn Komisches an dem, was in diesem Augenblick geschieht? Es ist doch gewiß häßlich, es ist doch schrecklich, daß der Mann so krank, das Zimmer so schmutzig und verkommen ist – und dazu die ungewaschenen, zerlumpten Kinder, die draußen auf dem Flur umherlaufen und kreischen! Jabavu ist ganz betäubt vor Abscheu gegen diesen Ort, doch Jerry lacht aufs neue und gibt dem Farbigen grobe und aufmunternde Namen, und der Mann benennt Jerry mit unflätigen Bezeichnungen und lacht. Dann sehen sie zu Jabavu hinüber, und Jerry sagt: »Hier ist wieder mal ein Koch für dich.« Jetzt schütteln sich beide vor Lachen, bis der Mann wieder zu husten beginnt und sich endlich erschöpft und mit geschlossenen Augen gegen die Wand lehnt, während seine Brust nach Atem ringt. Dann stößt er, unter Schmerzen lächelnd, hervor: »Wieviel?«, und Jerry beginnt mit ihm zu handeln, wie Jabavu ihn schon beim Inder feilschen hörte. Während all seines Hustens und Keuchens bleibt der Farbige darauf bestehen, er wolle zwei Pfund dafür haben, daß er vorgibt, Jabavu zu beschäftigen, und zwar monatlich; doch Jerry sagt: »Zehn Shilling.« Endlich einigen sie sich auf ein Pfund, und das war, wie Jabavu feststellen kann, von vornherein vorgesehen – wozu also dieses minutenlange Feilschen trotz des häßlichen, schmerzenden Hustens und des Geruchs der Krankheit? Dann gibt der Farbige Jabavu einen Zettel, worauf geschrieben steht, er beabsichtige, ihn als Koch anzustellen, und schreibt seinen Namen in Jabavus ›Situpa‹. Danach beugt er sich blinzelnd zu ihm, zeigt seine abgebrochenen, schmutzigen Zähne und keucht: »Du wirst also ein guter Koch sein, hi, hi, hi ...« Damit gehen die beiden jungen Männer hinaus, schließen die Tür hinter sich, schreiten durch den dämmrigen Flur an der Kinderschar vorbei, hinaus in die frische Luft und den herrlichen Sonnenschein, der die Macht hat, diesem häßlichen, verfallenen Haus zwischen seinen Hibiskus- und Frangipanibüschen ein ganz hübsches Aussehen zu verleihen.

»Der Mann wird bald sterben«, sagt Jabavu leise und niedergeschlagen, doch alles, was er von Jerry darauf hört, ist: »Nun, den Monat wird er wenigstens noch durchhalten, und dann gibt es andere, die dir für ein Pfund diesen Gefallen erweisen werden.«

Aus Furcht vor der Krankheit und all dem Häßlichen ist Jabavu das Herz so schwer, daß er denkt: Ich will jetzt fort, ich kann nicht bei diesen Leuten bleiben. Als Jerry zu ihm sagt, er müsse zum Paßbüro gehen und seine Anstellung registrieren lassen, beschließt er, die Gelegenheit wahrzunehmen und zu Mr. Mizi zu laufen. Doch Jerry hat nicht die Absicht, Jabavu solch eine Gelegenheit zu geben. Er schlendert mit ihm zum Paßbüro, kauft unterwegs von einem anderen Farbigen, der diesen verbotenen Handel betreibt, eine Flasche von dem nur für die Weißen bestimmten Whisky, und während Jabavu vor dem Paßbüro in der Schlange der wartenden Menschen steht, bleibt Jerry munter da, die Flasche unter der Jacke, und unterhält sich sogar mit dem Polizisten.

Als Jabavus ›Situpa‹ endlich nachgesehen und die Angelegenheit erledigt ist, kommt er zu Jerry zurück und denkt: Ho, dieser Jerry ist aber mutig! Er fürchtet sich vor nichts, selbst nicht davor, mit einem Polizisten zu reden, während er eine Flasche Whisky unter der Jacke hat.

Sie gehen zusammen zum Eingeborenenviertel zurück, und Jerry sagt lachend: »Jetzt hast du Arbeit und bist ein braver Junge.« Jabavu lacht ebenfalls, so laut er kann. Dann setzt Jerry hinzu: »Dein großer Freund Mizi kann also mit dir zufrieden sein. Du bist ein Arbeiter und sehr ehrbar.« Wieder lachen sie beide, und dabei wirft Jerry Jabavu einen raschen Seitenblick aus seinen kalten, schmalen Augen zu, denn er ist alles andere als ein Dummkopf, und Jabavus Lachen klingt eher, als wolle er weinen. Er denkt gerade darüber nach, wie er Jabavu am besten anpacken soll, als der Zufall ihm hilft. Sie treffen Mrs. Samu, die in ihrem weißen Kleid und ihrer weißen Haube auf dem Wege zum Dienst im Krankenhaus ist. Zuerst sieht sie Jabavu an, als kenne sie ihn überhaupt nicht, dann zeigt sie ihm ein flüchtiges kaltes Lächeln, und das ist alles, wozu ihr gutes Herz sie veranlaßt – eigentlich wirkt hier mehr Mrs. Mizis gutes Herz, denn diese hat gesagt: Armer Junge, man kann ihm keine Vorwürfe machen, sondern ihn nur bedauern, und dergleichen mehr. Mrs. Samu hat viel weniger Herz als Mrs. Mizi, dafür aber viel mehr Kopf, und es ist schwer zu sagen, was von beiden nützlicher ist; in diesem Fall denkt sie: Bestimmt gibt es bessere Dinge, über die man sich Sorgen zu machen hat, als einen kleinen Skellum von einem Matsotsi! Sie setzt ihren Weg zum Krankenhaus fort und denkt bereits an die Frau, die ein Kind mit einer Augeninfektion geboren hat.

Doch Jabavus Augen sind mit Tränen gefüllt, und er sehnt sich danach, Mrs. Samu nachzulaufen und um ihren Schutz zu bitten. Wie kann ihn aber eine Frau gegen Jerry beschützen?

Jerry beginnt über Mrs. Samu zu sprechen, und zwar auf eine sehr schlaue Art. Er lacht und sagt, was seien diese Leute doch für Scheinheilige! Sie redeten über Anständigkeit und über Verbrechen, und dabei sei Mrs. Samu Mr. Samus zweite Frau. Mr. Samu habe seine erste Frau so schlecht behandelt, daß sie darüber gestorben sei, und was Mrs. Samu betreffe, so sei sie nichts als eine Dirne und stets bereit. Bei

einer Tanzveranstaltung habe sie sogar einmal einen An-
näherungsversuch an Jerry selbst gemacht; er hätte sie nur
umzulegen brauchen, wenn er sie hätte haben wollen ...
Dann geht Jerry zu Mr. Mizi über und sagt, er sei ein
Dummkopf, weil er Mrs. Mizi traue, deren Augen jedermann einlüden. Im ganzen Eingeborenenviertel gäbe es keinen Menschen, der nicht wüßte, daß sie mit Mrs. Samus Bruder schlafe. All diese Männer des Lichts seien gleich, ihre
Frauen seien leichtsinnig, und sie wären wie eine Herde Pa-
viane, um nichts besser ... und Jerry fährt fort, auf diese
Weise zu sprechen, er macht sich über sie lustig, bis Jabavu
ihm in dem Gedanken daran, wie kalt Mrs. Samus Lächeln
war, mit halbem Herzen zustimmt, und dann macht er einen
groben Witz über Mrs. Samus Schwesternkleidung, die sehr
eng über dem Hintern sei, und plötzlich brüllen die beiden
jungen Männer vor Lachen und sagen dies und jenes über
die Frauen. So kehren sie zu den übrigen zurück, die jetzt
nicht in dem leeren Laden sind, weil es nicht zweckmäßig ist,
sich allzuoft am selben Ort aufzuhalten, sondern in einer der
anderen illegalen Kneipen, die viel schlimmer sind als Mrs.
Kambusis. Dort verbringen sie den Abend, und Jabavu
trinkt wieder Skokian, doch diesmal mit Vorsicht, denn er
fürchtet sich vor den Folgen am nächsten Tag. Während er
trinkt, bemerkt er, daß Jerry ebenfalls nicht mehr als nur
einen Mund voll zu sich nimmt, aber so tut, als sei er betrunken, und dabei beobachtet, wie Jabavu trinkt. Es gefällt
ihm, daß Jabavu vernünftig ist, doch ganz wohl ist ihm dabei nicht, denn er braucht das Gefühl, der einzige zu sein,
der stärker ist als die anderen. Zum erstenmal kommt es ihm
in den Sinn, daß Jabavu vielleicht ein wenig zu stark und
zu klug ist und ihm eines Tages den Rang streitig machen
könnte. Aber er versteckt all diese Gedanken hinter seinen
schmalen, kalten Augen und beobachtet nur. Spät in der
Nacht spricht er mit Jabavu wie mit seinesgleichen und sagt,
jetzt müßten sie zusehen, daß diese Dummköpfe ohne Scha-

den zu Bett gelangten. Jabavu bringt Betty und zwei der jungen Männer in Bettys Zimmer, und dort fallen sie wie Holzklötze auf den Boden und schnarchen sich den Skokian aus dem Leibe, und Jerry bringt ein Mädchen und die übrigen Männer an einen ihm bekannten Ort, eine alte Strohhütte am Rande des Feldes.

Am Morgen wachen Jerry und Jabavu mit klaren Köpfen auf und verlassen die anderen, die ihre Übelkeit ausschlafen. Sie gehen zusammen in die Stadt und stehlen dort auf sehr kluge und geschickte Weise wieder eine Uhr, zwei Paar Schuhe, ein Kissen unter dem Kopf eines Säuglings weg und, was das Wichtigste ist, einige Schmuckstücke, die, wie Jerry sagt, aus Gold sind. Als der Inder diese Sachen nimmt, bietet er ihnen sehr viel Geld dafür. Während sie wieder zum Eingeborenenviertel zurückkehren, sagt Jerry: »Und am zweiten Tag haben wir jeder fünf Pfund verdient . . .« Dabei sieht er Jabavu fest an, damit diesem nicht entgeht, was er meint. Jabavu fühlt sich heute unbeschwerter, wenn er an Mr. Mizi denkt, denn er bewundert sich selbst, weil er den Skokian nicht getrunken hat und so geschickt mit Jerry arbeitet, daß es keinen Unterschied zwischen ihnen gibt.

An diesem Abend gehen sie alle in den verlassenen Laden und trinken dort Whisky, der besser als der Skokian ist, da er sie nicht krank macht. Sie spielen Karten und essen gut; und die ganze Zeit über betrachtet Jerry Jabavu mit sehr gemischten Gefühlen. Er sieht, daß dieser mit Betty macht, was er will – mit Betty, die doch nie zuvor so demütig und anhänglich einem Mann gegenüber war. Er sieht, wie Jabavu achtgibt, was er trinkt – noch nie hat er einen Jungen gesehen, der frisch aus dem Kral gekommen ist und so schnell gelernt hat, Vernunft beim Trinken anzuwenden. Er sieht, daß die anderen bereits nach zwei Tagen beinahe mit dem gleichen Respekt von Jabavu sprechen, den sie vor ihm haben. Das gefällt ihm ganz und gar nicht. Aber er sagt nichts von all dem, was er denkt, und Jabavu hat mehr und mehr das Gefühl, daß Jerry sein Freund ist. Am nächsten Tag gehen sie wieder in die Straßen der Weißen und stehlen, und dann trinken sie Whisky und spielen Karten, am darauffolgenden Tage ebenfalls, und so vergeht eine Woche. Die ganze Zeit über gibt sich Jerry freundlich, höflich, lächelnd, seine kalten, wachsamen Augen sind von Besonnenheit und Verschlagenheit verhüllt, und Jabavu spricht offen aus, was er denkt. Er redet von seiner Zuneigung zu Mrs. Mizi, seiner Bewunderung für Mr. Mizi. Er spricht mit dem ungehemmten Vertrauen eines kleinen Kindes, und Jerry hört zu und spornt ihn mit einem leisen, schlauen Wort oder einem Lächeln an, bis sie sich am Ende der Woche auf eine wirklich recht merkwürdige Art unterhalten. Jerry sagt: »Und was die Mizis betrifft . . .«, und darauf antwortet Jabavu: »Ach, sie sind klug, und sie sind tapfer.« Jerry fragt leise und in höflichem Ton: »Glaubst du wirklich?«, und Jabavu erwidert: »Ach, mein Freund, das sind Menschen, die nur an andere denken!« Jerry fragt: »Glaubst du?«, doch in jenem leisen, tödlich höflichen Ton. Und als sei es ihm gleichgültig, redet er ein wenig über die Mizis oder die Samus, sie hätten einmal dieses oder jenes getan, und sie seien gerissen, und dann erklärt er plötzlich mit Heftigkeit: »Ach, was für ein Skellum!« oder: »Das ist dir eine Hure!« Und Jabavu lacht und stimmt ihm zu. Es ist, als gäbe es zwei Jabavus, und einer von ihnen werde durch Jerrys kluge Zunge zum Leben erweckt. Jabavu selbst ist sich dessen kaum bewußt. Es mag seltsam erscheinen, daß ein Mann seine Zeit mit Stehlen und Trinken verbringen kann und damit, eine städtische Frau zu lieben, und trotzdem denkt, er sei etwas ganz anderes – nämlich ein Mensch, der ein Mann des Lichts werden wird. So ergeht es Jabavu. Er ist völlig verwirrt und so gebannt von diesem Kreislauf: zuerst stehlen, dann gut essen und trinken, danach wiederum stehlen und dann Betty des Nachts – daß er wie ein junger, starker, halbgezähmter Ochse wirkt, der mit einem Strick um die Hörner, den der

139

Mensch ihn kaum fühlen läßt, zur Arbeit geführt wird. Doch es gibt Augenblicke, in denen er diesen Strick wohl spürt.

Eines Tages fragt Jerry so ganz nebenbei, als mache es ihm gar nichts aus: »Du willst uns also verlassen und zu den Männern des Lichts gehen?« Jabavu antwortet mit der Einfalt eines Kindes: »Ja, das möchte ich tun.« Und zum erstenmal gestattet sich Jerry zu lachen. Furcht durchfährt Jabavu wie ein Messer, und er denkt: Ich bin ein Narr, so mit Jerry zu sprechen. Doch im nächsten Augenblick macht Jerry wieder Scherze und sagt: »Diese Skellums!«, als belustige ihn die Lasterhaftigkeit der Männer des Lichts, und Jabavu lacht mit ihm, denn Jerry benutzt sein Lachen bei Jabavu äußerst geschickt. Mit Hilfe seiner Scherze führt er ihn vorsichtig weiter, bis er plötzlich ernst wird und fragt: »Du willst uns also verlassen, wenn du unser müde bist, und zu Mr. Mizi gehen?« Dieser Ernst läßt Jabavu die Zunge am Gaumen festkleben, und er antwortet nicht. Er ist wie ein Ochse, der sanft an den Rand des Feldes geführt worden ist, jetzt einen Druck um den Hornansatz verspürt und denkt: Dieser Mensch beabsichtigt doch nicht etwa, mich zum Narren zu halten? Und weil er nicht verstehen will, steht er regungslos da, alle viere eigensinnig gegen den Boden gestemmt und blinzelt mit seinen blöden Augen, während der Mensch ihn beobachtet und weiß: Gleich wird es einen Kampf geben, der dumme Ochse wird schnauben, brüllen und Sprünge in die Luft machen und nicht ahnen, daß dies alles umsonst ist, weil ich so viel klüger bin als er.

Doch Jerry denkt indessen nicht ganz so über Jabavu wie der Mann über den Ochsen. Obwohl er in jeder Hinsicht gerissener und erfahrener ist als Jabavu, hat dieser etwas, womit Jerry nicht fertig wird. Es gibt Augenblicke, in denen er sich fragt: Vielleicht wäre es besser, ich ließe diesen Dummkopf zu Mr. Mizi gehen, warum eigentlich nicht? Ich werde ihm drohen, ihn zu töten, wenn er dort über uns und unsere

140

Arbeit spricht . . . Doch es ist unmöglich, gerade wegen jenes anderen Jabavu, den Jerrys Scherze zum Leben erwecken. Wenn er einmal bei Mr. Mizi ist, wird es dann nicht Augenblicke geben, in denen sich Jabavu nach dem Wohlstand und der Erregung des Stehlens, den verbotenen Kneipen und den Frauen sehnt? Und wird er nicht in diesen Momenten das Bedürfnis empfinden, die Matsotsis zu beschimpfen und vielleicht sogar der Polizei über sie zu berichten? Natürlich wird er das. Und was kann er nicht alles der Polizei mitteilen! Die Namen aller Bandenmitglieder, der Farbigen, die ihnen helfen, und des Inders, der sie unterstützt . . . Jerry wünscht erbittert, er hätte Jabavu schon längst sein Messer zwischen die Rippen gestoßen, schon, als er durch Betty zum erstenmal von ihm hörte. Jetzt kann er es nicht tun, weil Betty Jabavu liebt und daher gefährlich ist. Ach, wie sehr wünscht Jerry, er hätte niemals Frauen zur Arbeit zugelassen; wie sehr wünscht er, er könnte sie beide umbringen . . . Doch er tötet niemals, wenn es nicht unbedingt nötig ist, und begeht gewiß nicht zwei Morde auf einmal. Und sein Haß gegen Jabavu, aber ganz besonders gegen Betty, wächst und wird immer tiefer, bis es ihm schwerfällt, ihn zu verbergen und lächelnd, kühl und freundlich zu scheinen.

Es gelingt ihm dennoch, und vorsichtig führt er Jabavu den gefährlichen Pfad des Gelächters entlang. Die Scherze, die sie machen, sind schreckenerregend, und wenn Jabavu tatsächlich erschrickt, sagt er sich: Nun, es ist ja nur ein Scherz. Sie sprechen von Dingen, die ihn noch vor wenigen Wochen erschüttert hätten. Zuerst lernt er, sich über Mr. Mizis Reichtum lustig zu machen, und daß dieser kluge Skellum das Vertrauen aller Leute mißbrauche, sie betrüge und Geld in seinem Hause verstecke. Jabavu glaubt das nicht, doch er lacht und führt den Spaß sogar noch weiter, indem er sagt: »Was für Dummköpfe sie sind!«, oder: »Es ist einträglicher, eine Liga zur Förderung des Afrikanischen Volkes zu leiten als eine verbotene Kneipe!« Und als Jerry davon spricht, daß Mrs. Mizi mit jedem schlafe, und Mrs. Samu nur wegen der jungen Männer, die sie dort kennenlerne, in der Bewegung sei, erwidert Jabavu, Mrs. Samu erinnere ihn an eine Reklame in der Zeitung der Weißen: Trink dies, und du schläfst nachts gut. Dabei glaubt Jabavu die ganze Zeit über nichts von alledem. Ehrlich bewundert er die Männer des Lichts und wünscht sich nichts sehnlicher, als bei ihnen zu sein.

Nach einiger Zeit zieht Jerry den Strick fester an und sagt: »Eines Tages wird man die Männer des Lichts töten, weil sie solche Skellums sind«, und er scherzt über diese Art von Totschlag. Es dauert einige Tage, bis Jabavu bereit ist, hierüber zu lachen, aber schließlich dünkt es ihn unwichtig, da es nur ein Scherz ist, und er lacht. Und dann spricht Jerry von Betty und erzählt, daß er einmal eine Frau getötet habe, die gefährlich geworden war, er lacht und sagt, eine dumme Frau sei ebenso schlimm wie eine gefährliche, und es sei keine schlechte Idee, Betty umzubringen. Viele Tage vergehen, ehe Jabavu lacht, und das kommt daher, daß sein Herz bei dem Gedanken an Bettys Tod vor Freude hüpft. Denn Betty ist zu einem Alpdruck seiner Nächte geworden, so daß er sich vor ihnen fürchtet. Immer wieder pflegt sie ihn während der Nacht zu wecken und zu sagen: »Heirate mich jetzt, dann werden wir in eine andere Stadt fliehen«, oder: »Laß uns Jerry töten, dann bist du der Anführer der Bande!«, oder: »Liebst du mich? Liebst du mich? Liebst mich?« – und Jabavu denkt an die Frauen der alten Art, die nicht Tag und Nacht von Liebe sprechen, Frauen, die Würde besitzen. Doch endlich lacht er; manchmal schütteln sich die beiden jungen Männer auf der Straße vor Lachen, wenn sie von Betty und anderen Frauen sagen, sie seien dies und jenes – bis Jabavu schließlich die Dinge mit anderen Augen betrachtet und es ihm leicht fällt zu lachen, wenn Jerry davon spricht, Betty oder irgendein anderes Mitglied der Bande zu töten. Sie sprechen mit Verachtung von den anderen, was für Dummköpfe sie seien und wie ungeschickt in der Arbeit. Die einzigen, die Vernunft hätten, seien Jerry und Jabavu.

Doch unter der Oberfläche ihrer Freundschaft verbergen beide große Angst, und sie wissen, daß bald etwas geschehen muß; sie beobachten einander von der Seite, und jeder von ihnen haßt den anderen. Jabavu denkt die ganze Zeit über daran, wie er wohl zu Mr. Mizi entkommen kann, und Jerry träumt des Nachts von der Polizei und vom Gefängnis, oft träumt er auch, er bringe jemanden um – meistens Jabavu, doch Betty ebenfalls, denn seine Abneigung gegen Betty steigert sich fieberhaft. Manchmal, wenn er sieht, wie Betty ihren Körper gegen Jabavu reibt, oder wenn sie ihn wie im Film küßt – und das vor allen anderen – und wie sie niemals die Augen von ihm wendet, dann fährt Jerrys Hand heimlich zum Messer, er betastet es, und ihn jucken die Finger vor Verlangen zu töten.

Die Bande selbst ist verwirrt, es ist, als habe sie zwei Anführer. Betty hält sich stets neben Jabavu, und ihre Verehrung für ihn beeinflußt die anderen. Vor allem verdankt Jerry seine Anführerschaft der Tatsache, daß er stets einen klaren Kopf hat, nie betrunken ist und immer stärker als jeder andere war. Jetzt jedoch ist er nicht stärker als Jabavu. Es ist, als befinde sich eine schnell wirkende Hefe der Zersetzung in der Bande, und Jerry nennt diese Hefe Mr. Mizi.

Es kommt der Tag, an dem er beschließt, sich endgültig auf die eine oder die andere Weise Jabavus zu entledigen, obwohl dieser so gewandt beim Stehlen ist.

Zuerst schildert Jerry die Bergwerke von Johannesburg in verlockenden Farben – er erzählt, wie gut das Leben dort sei und wieviel Geld dort für Leute wie sie zu verdienen wäre. Doch Jabavu hört gleichgültig zu und erwidert nur: »Ja«, und »Tatsächlich?«. Denn weshalb sollte ein Mann die gefährliche und beschwerliche Reise in den Süden zu den Reichtümern der Stadt des Goldes unternehmen, wenn ihm das Leben da, wo er ist, schon Reichtum bietet? So läßt Jerry also diesen Plan fallen und versucht es mit einem anderen. Das aber ist ein gefährlicher Plan, und Jerry weiß es. Er möchte einen letzten Versuch unternehmen, Jabavu durch Skokian zu schwächen. Sechs Nächte hindurch führt er seine Bande in die verbotenen Kneipen, obwohl er seinen Leuten für gewöhnlich abrät, das schlimme Zeug zu trinken, weil es ihren Willen und ihr Denkvermögen lähmt. Am ersten Abend ist alles wie gewöhnlich, die anderen trinken, doch Jerry und Jabavu enthalten sich. Am zweiten Abend ist es ebenso. Am dritten fordert Jerry Jabavu zu einem Wetttrinken heraus. Zuerst weigert sich Jabavu, dann stimmt er zu. Er hat jetzt einen Gemütszustand erreicht, den er selbst nicht versteht – es ist, als sei ihm gleichgültig geworden, was jetzt geschieht. So trinken Jabavu und Jerry also, und Jerry unterliegt. Am Nachmittag des vierten Tages wacht er auf und erblickt seine Bande beim Kartenspiel, während Jabavu, bereits wieder hergestellt, an der Wand lehnt und ins Nichts starrt. Nun erfüllt Jerry ein Haß gegen Jabavu, wie er ihn noch niemals gekannt hat. Jabavus wegen hat er sich schier um den Verstand getrunken, so daß er stundenlang schwach und ohne Bewußtsein dalag, während seine Bande Karten spielte und ihn vermutlich auslachte. Es scheint, als sei nun Jabavu der Anführer und nicht mehr er. Was Jabavu betrifft, so hat dessen Traurigkeit einen Punkt erreicht, an dem etwas Merkwürdiges mit ihm geschieht. Es ist, als entferne er, der wirkliche Jabavu, sich ganz langsam von dem Dieb und Skellum, der trinkt und stiehlt, und beobachte diesen mit gelassenem Interesse, ohne daß es ihn berühre. Er glaubt, es sei keine Hoffnung mehr für ihn, niemals könne er zu Mr. Mizi zurückkehren, niemals mehr ein Mann des Lichts werden. Es gibt keine Zukunft. So starrt er auf sich selbst und wartet, während eine dunkle, graue Wolke des Elends sich auf ihn herabsenkt.

Jerry kommt zu ihm, verbirgt aber, was er denkt. Er setzt sich neben Jabavu und gratuliert ihm, weil dieser den stärkeren Kopf hat. Er schmeichelt Jabavu und macht dann Witze auf Kosten der anderen, die es nicht hören können. Ohne Interesse stimmt Jabavu zu. Nun beginnt Jerry, Betty und danach allen Frauen Schimpfnamen zu geben, denn dann, wenn sie die Frauen hassen, sind sie noch am ehesten gut Freund miteinander. Jabavu beteiligt sich an dem Spiel, zuerst gleichgültig, dann mit mehr Anteilnahme. Schließlich lachen sie gemeinsam, und Jerry beglückwünscht sich zu seiner List. Betty gefällt das nicht, sie kommt zu ihnen und wird von beiden fortgestoßen; erbittert kehrt sie zu den anderen zurück und beschimpft beide. Jerry sagt, Betty sei eine gefährliche Frau, und erzählt dann, wie er einmal ein Mädchen der Bande umgebracht habe, weil sie sich in einen Polizisten verliebte, den sie betören und freundlich stimmen sollte. Zum Teil erzählt er das Jabavu, um ihn zu ängstigen, zum Teil, weil er sehen will, wie dieser jetzt auf die Idee reagiert, Betty könne getötet werden. Und wieder huscht Jabavu der Gedanke durch den Kopf, wie angenehm es wäre, wenn Betty nicht mehr da sei, die ihm mit ihren ewigen Forderungen und Klagen auf die Nerven fällt. Aber er schiebt diese Vorstellung beiseite. Als Jerry sieht, daß Jabavu die Brauen runzelt, geht er schnell zu dem anderen Scherz über, wie ulkig es wäre, Mr. Mizi zu berauben. Jabavu sitzt schweigend da, und zum erstenmal beginnt er zu begreifen, was Scherz und Gelächter bedeuten können; daß die Menschen am meisten über das lachen, wovor sie sich fürchten, und daß ein Scherz manchmal eher ein Plan für etwas ist, was eines Tages eintreffen soll. Er denkt: Vielleicht hat Jerry die ganze Zeit über die Absicht gehabt, zu töten und vielleicht sogar Mr. Mizi zu berauben? Und der Gedanke an seine eigene Torheit ist ihm zu schrecklich, daß die trübe Stimmung, die während des Augenblicks der Kameradschaft mit Jerry verflogen war, zurückkehrt; stumm lehnt er sich gegen die Wand, und alles wird ihm gleichgültig. Für Jerry aber ist diese Stimmung besser, als er vermutet hat, denn als er vor-

145

schlägt, in die Kneipen zu gehen, erhebt sich Jabavu sogleich. An diesem vierten Abend trinkt Jabavu Skokian; und zum ersten Male, seit er in das Eingeborenenviertel kam und in Mrs. Kambusis Hause trank, nimmt er ihn bereitwillig zu sich und hat daran Vergnügen. Jerry trinkt nicht, sondern beobachtet nur und empfindet eine unendliche Erleichterung. Jetzt, denkt er, wird auch Jabavu sich dem Skokian ergeben. Das wird ihn schwach machen wie die anderen, und ich kann ihn führen, wie ich es mit den übrigen tue.

Am fünften Tage schläft Jabavu bis zum späten Nachmittag und wacht erst auf, als es beginnt, dunkel zu werden. Er hört, daß die anderen schon wieder davon sprechen, in die Kneipe zu gehen. Beim Gedanken daran wird ihm übel; er erklärt, er werde nicht mitkommen, sondern hier bleiben, während die anderen gehen. Damit dreht er sein Gesicht zur Wand, und obwohl Jerry mit ihm scherzt, ihn ermuntert und wieder scherzt, rührt er sich nicht. Jerry kann zu den anderen nicht sagen, er möchte nur um Jabavus willen, daß sie die Kneipe besuchen, und so muß er mit ihnen gehen, obwohl er erbittert flucht, weil Jabavu im verlassenen Laden zurückbleibt. Der nächste Tag ist der sechste, und jetzt sind die Mitglieder der Bande bereits vom Skokian völlig aufgedunsen, krank und verblödet, und Jerry hat sie kaum noch in der Hand. Jabavu ist gelangweilt und ruhig, er sitzt auf seinem Platz an der Wand und beschäftigt sich mit seinen Gedanken, die sehr traurig und düster zu sein scheinen, denn sein Gesicht ist finster. Jerry denkt: In der gleichen Stimmung war er vorgestern abend zu trinken bereit; er beredet ihn, wieder zu trinken, und Jabavu geht mit. Das ist der sechste Abend. Wie das vorige Mal betrinkt sich Jabavu mit den anderen, während Jerry nüchtern bleibt. Am siebenten Tage denkt Jerry: Das wird der letzte sein. Wenn Jabavu heute abend nicht willig mit in die Kneipe kommt, gebe ich diesen Plan auf und versuche einen anderen.

An diesem siebenten Tage ist Jerry wirklich verzweifelt,

obwohl in seinem Gesicht nichts davon zu sehen ist. Er sitzt an der Wand, und während seine Hände die Karten austeilen und wieder einsammeln, folgen seine Augen diesen Karten, als interessiere ihn sonst nichts. Doch von Zeit zu Zeit blickt er rasch auf Jabavu, der ihm bewegungslos gegenübersitzt. Die anderen sind noch besinnungslos, sie liegen am Boden, stöhnen und jammern mit heiserer Stimme.

Betty liegt in Jerrys Nähe, ein willenloses, abscheuliches Häufchen Unglück; er sieht sie an und haßt sie. Er ist von Haß ganz zerfressen. Ihm kommt der Gedanke, daß er noch vor zwei Monaten die einträglichste Bande des Eingeborenenviertels leitete, es gab keine Gefahr, sie hatten die Polizei genügend in der Hand, und es schien keinen Grund zu geben, daß nicht alles noch lange Zeit hindurch so weitergehen sollte. Und auf einmal wirft Betty ihr Auge auf diesen Jabavu, und jetzt ist alles zu Ende, die Bande ist unruhig, Jabavu träumt von Mr. Mizi, und nichts ist mehr klar und gewiß.

Es ist Bettys Schuld – er haßt sie. Es ist Jabavus Schuld – ach, wie er Jabavu haßt! Es ist Mr. Mizis Schuld – wenn er könnte, würde er ihn umbringen, denn Mr. Mizi haßt er wahrhaftig mehr als sonst irgend jemanden auf der Welt. Aber diesen Mann zu töten wäre töricht – tatsächlich ist es töricht, überhaupt jemanden zu töten, wenn kein zwingender Grund vorliegt. Er darf nicht unnötig töten. Und doch ist sein Kopf voller Mordgedanken; immer wieder betrachtet er Betty, die betrunken neben ihm hin- und herrollt, und wünscht dabei, er könne sie umbringen, weil sie all diese Scherereien verursacht hat; und während er die Karten austeilt – flick! flick! flick! –, kommt ihm dieser leise, scharfe Laut wie das Geräusch eines Messers vor.

Dann reißt sich Jerry ganz plötzlich zusammen und sagt sich: Ich bin verrückt. Was ist denn los? In meinem ganzen Leben habe ich noch nie gedankenlos oder ohne Grund gehandelt, und jetzt sitze ich hier, habe keinen Plan und warte darauf, daß etwas geschieht – dieser Mensch Jabavu hat mich wahrhaftig wahnsinnig gemacht!

Er sieht zu Jabavu hinüber und fragt ihn freundlich: »Kommst du heute abend zu einem kleinen Vergnügen mit in die Kneipe, he?«

Doch Jabavu sagt: »Nein, ich gehe nicht. Viermal habe ich den Skokian getrunken, und was ich jetzt sage, ist die Wahrheit: Ich werde ihn nie wieder trinken.«

Jerry zuckt die Achseln und läßt den Blick sinken. So, sagt er sich, das ist schiefgegangen. Dabei hat es in anderen Fällen geholfen. Da es aber mißlungen ist, muß ich jetzt nachdenken und entscheiden, was ich tun will – es muß einen Weg geben, es gibt immer einen Weg. Aber welchen? Dann denkt er: Nun, warum sitze ich eigentlich hier? Ich habe früher schon einmal genauso eine Sache erlebt, bei der die Lage zu schwierig wurde, doch das war in einer anderen Stadt; die habe ich verlassen und bin hierhergekommen. Das ist leicht. Ich kann in den Süden, in eine andere Stadt gehen. Es gibt überall Dummköpfe und immer Arbeit für Leute wie mich. Doch in dem Augenblick, da dieser Plan ihm annehmbar erscheinen will, versetzt ihm seine törichte Eitelkeit einen Stich: Ich soll also diese Stadt verlassen, in der ich Beziehungen habe, in der ich genügend Polizisten kenne und eine Organisation besitze, bloß wegen dieses Idioten Jabavu? Das werde ich nicht tun!

So sitzt er also und teilt die Karten aus, während ihm diese Gedanken durch den Kopf gehen, und nichts von alledem zeigt sich auf seinem Gesicht. In seinem Innern siedet es vor Ärger, Furcht, Eitelkeit und Mißgunst. Irgend etwas wird geschehen, denkt er, irgend etwas. Warte nur.

Er wartet, und bald wird es dunkel. Durch die schmutzigen Fensterscheiben flammt das rötliche Licht des Sonnenuntergangs und zeichnet dunkelrote Flecke auf den Boden. Jerry betrachtet sie. Blut! denkt er, und ein unermeßliches Verlangen erfüllt ihn. Gedankenlos zieht er das Messer ein wenig heraus, und seine Finger spielen liebevoll mit dem Griff. Er sieht, daß ihn Jabavu anblickt, und plötzlich erschauert Jabavu. Eine ungeheure Befriedigung erfüllt Jerry. Ah, wie wohl ihm dieser Schauder tut. Er zieht das Messer noch ein wenig weiter heraus und sagt: »Du hast noch nicht gelernt, dich hiervor gebührend zu fürchten.« Jabavu sieht das Messer und dann Jerry an und läßt den Blick sinken. »Ich fürchte mich«, erwidert er einfach, und Jerry läßt das Messer zurückgleiten. Einen Augenblick lang durchfährt ihn der Gedanke: Dies ist der helle Wahnsinn! und verläßt ihn dann wieder.

Jetzt liegen Jerrys eigene Füße in einem rötlichen Lichtfleck, der durch das Fenster auf den Boden fällt; schnell zieht er sie zurück und erhebt sich. Oben auf der Mauer sind Kerzen versteckt, er nimmt sie herunter, befestigt sie mit einigen Wachstropfen auf den Kisten und zündet sie an. Der rötliche Lichtschein ist verschwunden, und der warme, gelbe Glanz der Kerzen erhellt jetzt den Raum, so daß die Kisten, die Flaschenhaufen in den Ecken, die durcheinanderliegenden Gestalten der Betrunkenen und die Spinnwebfetzen zwischen den Dachsparren aus dem Dunkel hervortreten. Es ist das vertraute Bild der Kameradschaft des Trinkens und Spielens, und Jerrys heftiges Verlangen zu töten läßt nach. Wieder denkt er: Ich muß einen Plan machen, darf nicht darauf warten, daß etwas geschieht.

Und nun bewegen sich die Gestalten eine nach der anderen, stöhnend setzen sie sich auf und halten sich die Köpfe. Hier und da ertönt ein schwaches Lachen. Als Betty sich vom Boden aufrichtet, sieht sie, daß sie von Jabavu etwas entfernt ist, sie kriecht zu ihm hin und fällt über seine Knie, doch er stößt sie stumm beiseite. Dieser Anblick reizt Jerry aus irgendeinem Grunde. Er unterdrückt seinen Ärger und denkt: Ich muß diese blöden Narren zur Vernunft bringen und warten, bis sie sich aus dem Skokianrausch befreit haben, dann werde ich einen Plan machen.

Er nimmt den Kessel mit dem kochenden Wasser vom Feuer, das er auf dem Boden entzündet hat, und bereitet frischen Tee in einem großen Blechtopf; dann schenkt er jedem einen Becher voll ein, auch Jabavu, der ihn einfach stehen läßt, ohne ihn anzurühren. Das ärgert Jerry, doch er sagt nichts. Die übrigen trinken, und es hilft ihnen, die Übelkeit zu überwinden. Sie setzen sich auf und halten sich noch immer die Köpfe.

»Ich will in die Kneipe gehen«, sagt Betty und schaukelt zur Seite, vorwärts und rückwärts, »ich will in die Kneipe gehen!« Gedankenlos fallen die anderen mit ein: »Ja, ja, in die Kneipe!« Jerry fährt herum und wirft ihnen wütende Blicke zu. Dann bezwingt er seinen Ärger. So schnell der Wunsch in ihnen erwacht ist, so schnell vergeht er auch wieder. Sie vergessen die Kneipe und trinken ihren Tee. Jerry macht einen frischen, noch stärkeren Aufguß und füllt ihre Becher von neuem. Sie trinken. Jabavu beobachtet diese Szene, als sei sie weit von ihm entfernt. Mit leiser Stimme bemerkt er: »Tee ist nicht stark genug, um die Wut des Skokians zu besänftigen. Ich weiß es. Jedesmal, wenn ich ihn getrunken hatte, war es, als wolle mein Körper in Stücke zerreißen. Und sie haben ihn eine Woche lang jeden Abend getrunken!« Jerry steht neben Jabavu, sein Gesicht zuckt. Wieder hat ihn das heftige Bedürfnis, zu töten, erfaßt, und wieder bezwingt er es. Er sagt sich: Es ist besser, ich verlasse jetzt alle diese Narren ... Dann überkommt ihn jedoch wieder die Eitelkeit und erstickt diesen vernünftigen Gedanken. Er denkt: *Ich* kann sie dazu bringen, daß sie tun, was ich will. Sie tun immer, was ich verlange.

Ruhig bemerkt er: »Nehmt lieber jeder ein Stück Brot und eßt es.« Leise sagt er zu Jabavu: »Halt den Mund! Wenn du noch einmal sprichst, bringe ich dich um!« Jabavu zuckt gleichgültig die Achseln und fährt fort, die anderen zu beobachten. In seinen dunklen Augen liegt eine Ausdruckslosigkeit, die Jerry erschreckt.

Betty stolpert auf die Füße und geht mit wankenden Knien zur Wand, wo an einem Nagel ein Spiegel hängt. Doch ehe sie dort angelangt ist, sagt sie wieder: »Ich will in die Kneipe gehen!« Die anderen wiederholen diese Worte von neuem, sie erheben sich und stemmen die Füße gegen den Boden, um nicht umzufallen.

Jerry schreit: »Haltet den Mund! Ihr werdet heute abend nicht in die Kneipe gehen!«

Betty lacht – ihre Stimme klingt hoch und schwächlich. Sie lallt: »Doch, die Kneipe. Doch, doch, ich habe ein dringendes Bedürfnis, in die Kneipe zu gehen ...« Da die Worte nun einmal begonnen haben, sich zu formen, werden sie vermutlich nicht mehr aufhören; Jerry packt Bettys Schultern und schüttelt sie. »Halt den Mund!« brüllt er. »Hast du nicht gehört, was ich gesagt habe?«

Sie lacht und schwankt hin und her, legt die Arme um ihn und sagt: »Guter Jerry, hübscher Jerry, ach, bitte, Jerry ...« Ihre Stimme klingt wie die eines Kindes, das seinen Willen durchzusetzen versucht. Jerry, der unter ihrer Berührung erstarrt ist, und dessen Augen starr und vor Wut schwarz sind, schüttelt sie noch einmal und schleudert sie von sich. Sie taumelt zurück bis zur gegenüberliegenden Wand, dort zappelt sie am Boden und lacht und lacht, dann richtet sie sich wieder auf und taumelt auf Jerry zu. Die anderen sehen, was sie tut, und es scheint ihnen sehr komisch, sie gehen mit ihr. Im nächsten Augenblick ist Jerry von ihnen umringt; sie legen ihm die Arme um den Hals, betätscheln seine Schultern, und mit hohen kindischen Stimmen rufen sie lachend, als sei das Gelächter in ihnen wie eine Quelle, die sprudelt und sprudelt und sich den Weg über ihre Lippen bahnt: »Lieber Jerry, ja, hübscher Jerry, bitte, kluger Jerry!«

Jerry fährt sie an: »Haltet den Mund! Zurück, oder ich töte euch alle ...«

Seine Stimme überrascht sie, so daß sie einen Augenblick lang schweigen. Die Stimme ist hoch, zittrig, als sei er geistesgestört. Sein Gesicht zuckt, die Lippen beben. Sie umringen Jerry, blicken zuerst ihn, dann einander an, und zwinkern mit den Augen, um den Skokiannebel zu vertreiben; dann weichen sie alle zurück und setzen sich, bis auf Betty, die vor ihm stehenbleibt. Ihr Mund ist auf eine Art verzogen, daß es ungewiß ist, ob Lachen oder Weinen daraus hervorbrechen wird. Doch es ist wieder Gelächter, schrill und gackernd, wie bei einer Henne; sie wiegt sich vorwärts, zum drittenmal legen sich ihre Arme um Jerry, und sie beginnt, ihren Körper gegen den seinen zu pressen. Jerry steht völlig bewegungslos. Die anderen, die sie beobachten, sehen nur, daß Betty ihn umarmt, ihn mit Körper und Armen drückt und dabei lacht und lacht. Dann hört sie auf zu lachen, ihre Hände lösen sich, fallen herab und baumeln an ihrem Körper hin und her. Die anderen schreien vor Lachen, weil sie das sehr komisch finden. Betty macht irgendeinen sehr ulkigen Spaß, deshalb müssen sie lachen.

Doch in einem noch nie erlebten Anfall der Wut und des Hasses hat Jerry Betty sein Messer in die Brust gestoßen, und das erfüllt ihn mit einer Genugtuung, wie er sie in seinem ganzen Leben noch nicht empfunden hat. So steht er da und hält Betty, während er einen Augenblick lang überhaupt nicht denkt. Dann sind der irrsinnige Zorn und die Genugtuung verflogen, und er denkt: Ich bin tatsächlich wahnsinnig. Jemanden zu töten, wegen nichts, und noch dazu im Zorn ... Er steht und hält sie. Während er noch überlegt, was zu tun ist, sieht er, wie Jabavu, der direkt neben ihm auf dem Boden sitzt, zu ihm aufblickt und verwundert mit den Augen blinzelt, und sofort faßt er einen Plan. Er stolpert ein wenig, als sei ihm Bettys Gewicht zu schwer, fällt mit ihr zur Seite, über Jabavu, und tut, als balge er sich ein wenig herum, dann rollt er sich fort.

Jabavu fühlt eine warme Feuchtigkeit, die von Betty kommt, und denkt: Er hat sie getötet, und jetzt wird er sagen, ich habe sie umgebracht. Langsam erhebt er sich, und

Jerry ruft: »Jabavu hat sie getötet, seht, er hat Betty getötet, weil er eifersüchtig war.«

Jabavu sagt nichts. Der Gedanke, der ihn bewegt, entsetzt ihn. Er empfindet eine unendliche Erleichterung, daß Betty tot ist. Er fühlt erst jetzt, wie überdrüssig er dieser Frau war, wie sehr sie auf ihm gelastet hatte, da er wußte, daß er sie niemals mehr abschütteln könne. Und jetzt liegt sie tot vor ihm.

»Ich habe sie nicht getötet«, ruft er, »ich habe es nicht getan.«

Die anderen stehen da wie eine Schar Hühner und starren sie an. Jerry schreit: »Dieser Skellum – er hat Betty getötet!«

Jabavu sagt: »Aber ich habe es doch nicht getan!«

Die übrigen richten ihre Blicke zuerst auf Jerry und glauben ihm, und dann auf Jabavu und glauben jetzt ihm.

Jerry wiederholt seine Behauptung nicht. Er begreift, daß sie zu verblödet sind, um irgendeinen Gedanken länger als einen Augenblick lang im Kopf zu behalten.

Er setzt sich auf eine Kiste und sieht Betty an, während er schnell und scharf nachdenkt.

Nach einem langen, langen Schweigen, in dem er Betty betrachtet hat, setzt sich Jabavu auf eine andere Kiste. Er wird von einem so starken Gefühl der Verzweiflung gepackt, daß er kaum Herr über seine Glieder ist. Sein Gedanke ist: Jetzt ist alles aus. Jerry wird behaupten, ich habe sie umgebracht, und niemand wird mir glauben. Und – da ist er, der schreckliche Gedanke – ich war froh, daß er sie getötet hat. Froh! Ich bin auch jetzt froh. Und er empfindet dunkel: Es ist gerecht. Es ist eine Strafe. Untätig sitzt er da und läßt die Hände hängen, seine Augen sind gänzlich ausdruckslos.

Langsam lassen sich die anderen auf dem Boden nieder, trostsuchend drängen sie sich aneinander, aus Angst vor diesem Mord, den sie nicht begreifen. Alles, was sie wissen, ist, daß Betty tot ist; sie richten ihre glotzenden, ausdruckslosen

Augen stier auf Jerry und warten darauf, daß er etwas unternimmt.

Jerrys gespannte Haltung lockert sich, nachdem er seine verschiedenen Überlegungen gesichtet hat, und er versucht, seinen Augen einen Ausdruck ruhiger Zuversicht zu geben. Zuerst muß er die Leiche loswerden. Dann wird noch Zeit sein, an das Nächste zu denken.

Er wendet sich zu Jabavu und sagt in ungezwungenem, freundlichem Ton: »Hilf mir, dieses dumme Mädchen hinaus ins Gras zu bringen.«

Jabavu rührt sich nicht. Jerry wiederholt seine Worte, und immer noch sitzt Jabavu da, ohne eine Bewegung zu machen. Jerry steht auf, bleibt vor ihm stehen und erteilt ihm einen Befehl. Langsam hebt Jabavu den Blick, dann schüttelt er den Kopf.

Jetzt tritt Jerry nahe an Jabavu heran; er kehrt den anderen den Rücken zu; in der Hand hält er ein Messer, und dieses preßt er ganz leicht gegen Jabavu. »Glaubst du, ich fürchte mich, dich ebenfalls zu töten?« fragt er so leise, daß nur Jabavu es hören kann. Die anderen können das Messer nicht sehen, sondern glauben, Jerry und Jabavu denken darüber nach, was mit Betty geschehen solle. Leise wimmernd beginnen sie zu weinen.

Jabavu schüttelt wieder den Kopf. Dann sieht er hinab, da er den Druck des Messers spürt. Die Spitze berührt seine Haut, er fühlt ein leises kaltes Stechen. Ärger durchzuckt ihn bei dem Gedanken: Er zerschneidet mir ja die schöne Jacke. Seine Augen verengen sich, und wütend sagt er: »Du zerschneidest mir das Jackett!«

Er ist verrückt, denkt Jerry; doch dies ist der Augenblick der Schwäche, den er kennt und versteht. Jetzt spannt er seine volle Willenskraft an, kneift die Augen zusammen, starrt in Jabavus ausdruckslose Augen und sagt: »Komm jetzt, und tu, was ich sage!«

Langsam erhebt sich Jabavu, und auf ein Zeichen Jerrys

hebt er Bettys Füße an. Jerry faßt sie bei den Schultern. Sie tragen sie zur Tür, und dann schreit Jerry laut genug, um den Nebel der Trunkenheit zu durchdringen: »Löscht die Kerzen aus!« Niemand rührt sich. Jerry schreit noch einmal, und der junge Mann, der des Nachts mit Jerry schläft, erhebt sich und drückt langsam die Kerzen aus. Im Zimmer ist es jetzt völlig dunkel, und ein Wimmern der Furcht ertönt, aber Jerry sagt: »Ihr zündet die Kerzen nicht an! Sonst schnappt euch die Polizei. Ich komme zurück.« Das Wimmern verstummt. Lautes, angstvolles Atmen ist zu hören, niemand bewegt sich. Jerry und Jabavu treten aus der Dunkelheit des Raumes in die schwarze Nacht hinaus. Jerry legt die Leiche nieder und verriegelt die Tür, dann geht er zum Fenster und klemmt es mit Steinen fest. Darauf kommt er zurück und hebt die Schultern der Leiche an. Sie ist sehr schwer und rollt zwischen ihren krampfhaft zupackenden Händen hin und her. Jerry sagt kein Wort, und Jabavu schweigt ebenfalls. Sie tragen sie fort, durch das Gras und die Büsche, ohne einen Weg zu betreten, und werfen sie schließlich in einen tiefen Graben dicht hinter einer der verbotenen Kneipen. Bis zum Morgen wird man sie nicht finden, und dann werden die Leute verdächtigt werden, die in der Kneipe getrunken haben, nicht Jerry oder Jabavu. Nun laufen sie schnell zurück zu dem verlassenen Laden, und als sie eintreten, hören sie, wie die anderen in ihrem benebelten Zustand aus Angst vor der Dunkelheit jammern und klagen. Eine Fensterscheibe ist zertrümmert, weil jemand versucht hat, hinauszugelangen; die dazwischengeklemmten Steine haben den Rahmen jedoch festgehalten. Sie stehen in einem Haufen gegen die Wand gedrängt, ohne jeden Verstand und völlig mutlos. Jerry zündet die Kerzen an und sagt: »Haltet den Mund!« Er schreit es noch einmal, und da sind sie still. »Setzt euch!« brüllt er, und sie setzen sich. Er läßt sich ebenfalls an der Wand nieder, nimmt die Karten auf und tut, als spiele er.

Jabavu sieht auf seine Jacke hinunter. Sie ist mit Blut durchtränkt. Und als er den Stoff über der Brust strammzieht, zeigt sich ein kleiner Einschnitt, dort wo Jerry die Messerspitze gegen seine Brust gepreßt hat. Er fragt sich, warum er so albern sei, sich um ein Jackett Gedanken zu machen. Was kommt es schon auf eine Jacke an? Doch im gleichen Augenblick deutet Jerry mit dem Kopf zu einem Haken an der Wand, an dem mehrere Jacken hängen, und Jabavu geht hinüber, nimmt ein gutes blaues Jackett herunter und sieht dann wieder Jerry an. Über die Entfernung hinweg, die zwischen ihnen liegt, starren sie einander fest in die Augen. Jabavu läßt die Augen sinken. Jerry sagt: »Zieh dein Hemd und dein Unterhemd aus.« Jabavu gehorcht. Dann befiehlt Jerry: »Zieh eins von den Hemden und Unterhemden an, die du dort in der Kiste findest!« Als habe er keinen Willen mehr, geht Jabavu zur Kiste, sucht ein Unterhemd und ein Hemd heraus, die ihm passen, zieht erst die beiden Hemden an und dann die Jacke darüber. Jetzt erhebt sich Jerry geschwind, streift ebenfalls seine Jacke und sein Hemd ab, die blutbefleckt sind, wischt sorgsam sein Messer daran sauber und reicht das Bündel Jabavu.

»Nimm meine Sachen mit deinen hinaus und vergrabe sie in der Erde!« sagt er. Wieder blicken die beiden Augenpaare einander fest an, und Jabavu läßt den Blick sinken. Er nimmt die blutigen Sachen und verläßt den Raum. Durch die Dunkelheit geht er bis zu einer Stelle, wo dichtes Buschwerk steht, dort wühlt er mit einem spitzen Stock den Boden auf. Er vergräbt die Kleidungsstücke und kehrt dann in den Laden zurück. Als er eintritt, weiß er, daß Jerry inzwischen zu den anderen geredet und geredet und geredet hat, um ihnen zu erklären, wie er, Jabavu, Betty getötet habe. An ihren angsterfüllten Augen, die auf ihn gerichtet sind, kann er sehen, daß sie es glauben.

Doch es ist, als habe er mit den beschmutzten und zerschnittenen Kleidungsstücken auch seine Schwäche Jerry gegenüber begraben. Ruhig erklärt er: »Ich habe Betty nicht getötet«, und damit geht er zur Wand, setzt sich nieder und ergibt sich in das, was kommen mag. Es ist ihm gleichgültig; im tiefsten Innern ist es ihm gleichgültig. Als Jerry diese große Müdigkeit sieht, mißdeutet er sie gänzlich. Er denkt: Jetzt kann ich mit dem da machen, was ich will. Vielleicht war es gut, daß ich das dumme Weib getötet habe. Jetzt wird der hier endlich tun, was ich ihm sage.

Er beachtet Jabavu, den er für ungefährlich hält, nicht weiter, sondern geht zu den anderen und versucht, sie zu beruhigen. Sie weinen und stöhnen, und manchmal jammern sie nach Skokian, um die Angst zu betäuben, die diese schreckliche Nacht ihnen einflößt. Jerry spricht energisch auf sie ein, dann brüht er noch einmal starken Tee auf, reicht jedem ein Stück Brot, sorgt dafür, daß alle essen, und fordert sie schließlich auf, sich schlafen zu legen. Doch sie können nicht schlafen. Sie hocken in einer Gruppe beisammen, sprechen über die Polizei und malen sich aus, daß man sie alle des Mordes beschuldigen werde, bis Jerry ihnen endlich Tee zu trinken gibt, in den er ein von einem Inder gekauftes Pulver mischt, das die Menschen zum Schlafen bringt. Kurz darauf liegen alle wieder auf dem Boden, doch diesmal wird sie der Schlaf heilen und die Übelkeit des langen Skokiantrinkens aus ihnen vertreiben. Die ganze lange Nacht hindurch liegen sie dort, manchmal stöhnen sie, und manchmal murmeln sie undeutlich Worte der Angst. Jerry aber sitzt da, spielt Karten und beobachtet Jabavu, der sich nicht rührt.

Jerry ist jetzt voller Zuversicht. Er macht Pläne, prüft sie, ändert sie; die ganze Nacht hindurch arbeitet sein Gehirn; verschwunden ist all seine Furcht und seine Schwäche. Er kommt zu dem Schluß, Betty zu töten sei die einzige kluge Tat gewesen, die er je ohne Vorbedacht vollbracht habe.

Die Nacht schleppt sich dahin. Nichts als das Aufschlagen der Spielkarten und das Stöhnen der Schläfer ist zu hören. Grau dringt endlich das Licht durch das schmutzige Fenster, wird dann, als die Sonne aufgeht, rosig und golden und erstarkt schließlich zu einem gleichmäßigen, warmen Gelb. Und als es richtig Tag ist, stößt Jerry die Schläfer mit Fußtritten wach, doch so, daß sie sich nicht mehr daran erinnern können, als sie zu sich kommen.

Sie richten sich auf, und ihr Blick fällt auf Jerry, der Karten spielt, und auf Jabavu, der zusammengekauert an der Wand hockt und vor sich hinstarrt. In jedem von ihnen tauchen dumpf und wirr Erinnerungen an Kampf und Mord auf, sie sehen einander an und lesen die gleiche Erinnerung auf allen Gesichtern. Dann blicken sie Jerry an und erwarten eine Erklärung von ihm. Doch Jerry sieht auf Jabavu. Jetzt erinnern sie sich, daß Jabavu Betty getötet hat; ihre Gesichter werden aschgrau, und ihr Atem geht schwer. Der Skokian vernebelt ihnen nicht mehr das Gehirn, sie sind nur schwach, müde und verängstigt. Jerry hat keine Furcht, daß er sie nicht in der Hand behalten wird. Als sie richtig wach geworden sind und er ihren Gesichtern ansieht, daß sie sich erinnern, beginnt er zu sprechen. Ruhig und unbeteiligt erklärt er, was in der vergangenen Nacht geschehen sei und erklärt, Jabavu habe Betty getötet; und Jabavu sagt nichts zu alledem.

Das einzige, was Jerry beunruhigt, ist Jabavus Schweigen, da er nicht damit gerechnet hat. Er ist jedoch so voller Zuversicht, daß er davon keine Notiz nimmt. Ruhig erklärt er, Jabavu müsse sich, den Regeln der Bande entsprechend, der Polizei stellen, falls irgendein Verdacht auf sie falle, und dürfe dann die anderen nicht kennen. Wenn jedoch alles ruhig bleibe, müßten sie schweigen und tun, als sei nichts geschehen. Jerry spricht mit einer solchen Sicherheit, daß sie sich alle beruhigt fühlen. Einer von ihnen schlüpft hinaus, um Brot und etwas Milch für den Tee zu kaufen, dann essen und trinken sie gemeinsam und lachen sogar, wenn Jerry Witze macht. Ihr Lachen kommt nicht recht von Herzen, doch es hilft ihnen, sich in die Lage zu finden. Und die ganze Zeit über sitzt Jabavu abseits von ihnen gegen die Wand gelehnt und sagt kein Wort.

Jerry hat jetzt sämtliche Pläne fertig. Sie sind ganz einfach. Sollte es heute Anzeichen dafür geben, daß die Polizei Bettys Mörder auf der Spur ist, wird er schnell davonschlüpfen und zu Leuten gehen, die ihm helfen; dann wird er mit Papieren, die auf einen anderen Namen lauten, nach dem Süden verschwinden und alle Unannehmlichkeiten hinter sich lassen. Doch nach dieser Woche des Trinkens hat er nur noch sehr wenig Geld – ungefähr fünf Shilling. Vielleicht geben ihm seine Freunde noch etwas dazu. Aber Jerry ist der Gedanke unangenehm, mit so wenig Geld den weiten Weg nach Johannesburg zu machen. Er möchte mehr haben. Wenn die Polizei nicht weiß, wen sie beschuldigen soll, wird er bis zum Abend mit Jabavu und den anderen hier in diesem Laden bleiben. Und dann – jetzt wird sein Plan so kühn, daß er im stillen feixt und ihn am liebsten den anderen mitteilen möchte, weil es ein so guter Witz ist. Jerry plant nichts anderes, als in Mr. Mizis Haus einzubrechen, dort das Geld zu nehmen, was er finden wird, und dann damit in den Süden zu fliehen. Er glaubt fest, daß Geld in diesem Hause sei, und zwar sehr viel. Als er vor fünf Jahren in einer anderen Stadt Mr. Samu beraubte, nahm er neunzehn Pfund. Mr. Samu bewahrte dieses Geld in einer großen Blechschachtel auf, in der einmal Tabak gewesen war, und hatte sie im Grasdach einer Hütte versteckt. Jerry glaubt, er brauche nur in Mr. Mizis Haus zu gehen, dort werde er genügend Geld finden, um sich, mit ausreichenden Bestechungsmitteln versehen, in aller Ruhe und Bequemlichkeit nach Johannesburg begeben zu können. Und Jabavu wird er in das Haus mitnehmen. Jabavu ist ihm jetzt sicher – er ist verstockt und hat viel zu viel Angst, Mr. Mizi etwas zu sagen. Außerdem muß er ja wissen, wo das Geld liegt.

Es ist alles ganz einfach. Sobald Jabavu ihm das Geld gegeben hat, wird Jerry ihm befehlen, zu den anderen zurückzukehren und dort auf ihn zu warten. Sie werden warten. Es wird einige Tage dauern, bis sie begreifen, daß er sie betrogen hat, und dann wird er schon in Johannesburg sein.

Gegen Mittag holt Jerry die letzte Flasche Whisky heraus und schenkt jedem ein wenig davon ein. Jabavu lehnt mit einem leichten Kopfschütteln ab. Jerry kümmert sich nicht um ihn.

Um so besser.

Doch er sorgt dafür, daß alle anderen sich zum Kartenspiel setzen, dabei ein wenig Whisky trinken und reichlich zu essen haben. Er möchte gern, daß sie ihm wohlwollen und vertrauen, ehe er ihnen seinen Plan erklärt, der sie vielleicht in der labilen Stimmung, in der sie sich augenblicklich infolge des Mordes und des Skokiantrinkens befinden, erschrecken könnte.

Um die Mitte des Nachmittags schlüpft er hinaus und mischt sich unter die Leute auf dem Markt, wo er viele Gespräche über den Mord hört. Die Polizei hat eine Menge Leute vernommen, doch niemand ist verhaftet worden. Es wird ein Fall werden, wie so viele andere – wieder einmal ist einer der Matsotsis in einem Streit getötet worden, und niemand schert sich viel darum. Die Zeitungen werden eine kurze Notiz bringen, und vielleicht wird ein Pfarrer darüber predigen. Mr. Mizi kann wieder einmal eine Rede halten und darlegen, wie das Elend das afrikanische Volk verdirbt. Bei dieser letzten Vorstellung lacht Jerry in sich hinein und kehrt in bester Laune zu den anderen zurück.

Er sagt ihnen, alles sei sicher, und spricht dann von Mr. Mizi, einmal, weil es zu seinem Plan gehört, aber auch, weil es ihm Freude macht. Er ahmt Mr. Mizi glänzend nach, wie er eine Rede über Korruption und Verkommenheit hält. Jabavu rührt sich die ganze Zeit über nicht, er hebt nicht einmal den Blick. Nun reißt Jerry Witze über Mr. Mizi und Mr. Samu und ihre Unmoral, und alle lachen, außer Jabavu.

Und alle, auch Jerry, verstehen Jabavus Schweigen falsch.

Sie glauben, er fürchte sich, er fürchte sich vor ihnen, weil sie wissen, daß er Betty getötet hat; denn jetzt glauben sie es alle, sie glauben sogar, es gesehen zu haben.

Sie wissen nicht, daß das, was in Jabavu vorgeht, nichts Ungewöhnliches ist. Verzweiflung lastet auf seinem Gemüt, er nimmt hin, was das Schicksal für ihn bestimmt hat, und bereitet sich auf den Tod vor. Diese Vorstellung vom Schicksal, das vorbestimmt ist, spielt eine große Rolle im Leben der Stämme, wo nach uraltem Brauch der Zauber entscheidet, wer schuldig ist und die Verantwortung für das Böse zu tragen hat. Vielleicht hätten diese jungen Leute verstanden, was in Jabavu vorging, wenn sie nicht so lange in der Stadt der Weißen gelebt hätten. Selbst Jerry begreift es nicht, und es gibt Augenblicke, in denen dieses lange Schweigen ihn reizt. Er sähe es lieber, wenn Jabavu ein wenig mehr Furcht und ein wenig mehr Respekt zeigte.

Am späten Nachmittag nimmt Jerry seine letzten fünf Shilling und gibt sie dem Mädchen, das mit Betty zusammen gearbeitet hat und stärker beunruhigt ist als die übrigen. Er sagt ihm, wegen seiner Klugheit habe er es ausgewählt, noch einmal auf den Markt zu gehen und Lebensmittel zu kaufen. Das Mädchen ist erfreut, und nach einer halben Stunde kehrt es mit Brot und kalten, gekochten Maiskolben zurück und berichtet, die Leute sprächen schon nicht mehr über den Mord. Jerry nötigt sie alle, zu essen. Es ist sehr wichtig, daß sie sich satt und zufrieden fühlen, und als es soweit ist, spricht er von seinem Plan. »Und jetzt muß ich euch einen guten Witz erzählen«, sagt er und lacht bereits. »Heute nacht werden wir in Mr. Mizis Haus einbrechen; er ist sehr reich. Und Jabavu wird den Diebstahl mit mir zusammen ausführen.«

Kurze Zeit herrscht Unsicherheit. Dann blicken sie einander an, bemerken, wie Jabavu mühsam den Blick hebt und sie düster ansieht, und vor Lachen rollen sie sich auf dem Boden und können sich lange nicht beruhigen. Jerry beobachtet indessen Jabavu. Er beschließt, ihn etwas zu reizen. »Du Kralnigger«, sagt er, »du fürchtest dich ja!«

Jabavu seufzt, doch er rührt sich nicht, und Jerry wird plötzlich von panischer Angst erfaßt. Warum schreit Jabavu nicht, warum protestiert er nicht, warum zeigt er keine Furcht?

Er beschließt, eine Kraftprobe mit ihm bis unmittelbar vor dem Augenblick des Aufbruchs zu verschieben. Als die anderen aufhören zu lachen und ihn in Erwartung des nächsten guten Witzes ansehen, weist er mit einer Grimasse auf Jabavu und macht sie damit zu seinen Mitverschworenen; sie grinsen und werfen einander Blicke zu. Er zündet die Kerzen an und läßt alle in einem kleinen, hellerleuchteten Kreis um eine Kiste Platz nehmen, während Jabavu abseits im Schatten bleibt; mit viel Lärm und Gelächter spielen sie Karten, und Jerry sorgt dafür, daß dies sie in Erregung hält, damit ihre Aufmerksamkeit von Jabavu abgelenkt wird. Und während der ganzen Zeit sinnt er über jede Einzelheit seines Planes nach, all seine Gedanken sind fest auf sein Ziel gerichtet.

Um Mitternacht blinzelt er den anderen zu, dann steht er auf und tritt zu Jabavu. Die Willensanstrengung läßt ihn schwitzen. »Es ist Zeit!« sagt er leichthin und richtet die Augen fest auf Jabavu. Der blickt nicht hoch und bewegt sich auch nicht. Schnell kniet Jerry nieder, und genau wie am Abend zuvor, mit dem Rücken zu den anderen, preßt er die Spitze seines Messers leicht gegen Jabavus Brust. Fest, ganz fest starrt er Jabavu an und flüstert: »Ich zerschneide dir die Jacke.« Er kneift die Augen zusammen und versucht, Jabavu seinem Willen unterzuordnen. Dabei sagt er noch einmal: »Ich zerschneide die Jacke, bald wird das Messer in dich eindringen.« Jabavu sieht ihn an. »Steh auf«, befiehlt Jerry, und Jabavu erhebt sich wie ein Mensch, der Rauschgift genommen hat. Vor Erleichterung über diesen Sieg fühlt sich Jerry ein wenig schwindlig, doch er stemmt die Hand gegen die Mauer, wendet sich um und sagt zu den anderen: »Hört zu, ich will euch etwas sagen. Wir beide gehen jetzt zu Mr. Mizis Haus. Blast die Kerzen aus und wartet im Dunkeln – nein, eine könnt ihr brennen lassen, aber stellt sie auf den Boden, damit draußen kein Lichtschein zu sehen ist. Ich weiß, daß eine große Geldsumme in Mr. Mizis Haus versteckt ist. Die werden wir herbringen. Falls es Unannehmlichkeiten gibt, gehe ich schnell zu einem unserer Freunde. Dort werde ich vielleicht ein, zwei Tage bleiben. Jabavu wird hierher zurückkommen. Wenn ich bis morgen früh nicht da bin, könnt ihr einer nach dem anderen von hier fortgehen, aber nicht gemeinsam. Arbeitet einige Tage lang nicht zusammen, geht auch nicht in die Nähe der Kneipen, und ich verbiete euch, Skokian anzurühren, bis ich es euch ausdrücklich wieder gestatte. Ich werde euch wissen lassen, wann wir uns ohne Gefahr wieder treffen können. All das gilt nur für den Fall, daß es Unannehmlichkeiten gibt, und das braucht durchaus nicht einzutreffen. In einer dreiviertel Stunde werden Jabavu und ich mit dem Geld zurück sein. Dann werden wir es unter uns verteilen. Es wird uns erlauben, eine Woche lang nicht zu arbeiten, und bis dahin hat die Polizei den Mord vergessen.«

Zum erstenmal spricht Jabavu. »Mr. Mizi ist nicht reich und hat kein Geld in seinem Haus.« Jerry runzelt die Brauen und zieht Jabavu schnell in die Dunkelheit hinaus. Hinter ihnen im Zimmer flackern die Kerzen und verlöschen. Überall ist es dunkel. Ein lebhafter, kühler Wind bewegt die Bäume, dichte Wolken ziehen über den Himmel und lassen hier und da dunstig und schwach die Sterne durchblinken. Es ist eine Nacht, die sich gut zum Stehlen eignet.

Jerry denkt: Warum sagt er das? Es ist seltsam! Doch seltsam ist in Wirklichkeit nur, daß Jerry die ganzen Wochen hindurch geglaubt hat, Jabavu lüge in bezug auf das Geld, und Jabavu nie begriffen hat, daß Jerry tatsächlich glaubt, es gebe dort Geld.

»Komm, es wird bald vorüber sein«, sagt Jerry leise.
»Und jetzt, auf dem Weg, denk an das, was du im Hause
der Mizis gesehen hast, und wo sie das Geld wohl versteckt
haben.«

Plötzlich ersteht in Jabavus Gedächtnis ein Bild, und
dann ein zweites. Er sieht vor sich, wie Mr. Mizi an jenem
Abend in die Ecke des Zimmers ging und eine Diele aufhob,
wie er sich dann zu einem dunklen Loch darunter hinab-
bückte, um einige Bücher herauszunehmen. Dort bewahrt er
die Bücher auf, die ihm die Polizei fortnehmen könnte. Doch
diesem Bild folgt ein anderes, das Jabavu gar nicht gesehen
hat, sondern das seine Phantasie ihm jetzt vorspiegelt. Er
sieht, wie Mr. Mizi einen großen Blechkasten heraufhebt,
der mit Papiergeldbündeln gefüllt ist. Jerry ist wirklich sehr
klug, denn der alte Hunger nach dem guten Leben erwacht
in Jabavu, und fast hätte er gesprochen. Dann verschwinden
die Bilder vor seinem inneren Auge und mit ihnen auch seine
Begierde. Er stapft neben Jerry einher und denkt nur: Wir
gehen zu Mr. Mizi. Irgendwie werde ich mit ihm sprechen,
wenn wir dort sind. Er wird mir helfen. Jerry sagt ärgerlich: »Stampf doch nicht so auf, du Dummkopf!« Jabavu
geht ebenso weiter wie bisher. Jerry späht ringsum in das
Dunkel und denkt nervös: Jabavu ist doch nicht etwa wahnsinnig? Vielleicht hat er ein Rauschmittel genommen, von
dem ich nichts weiß. Er benimmt sich wirklich seltsam! Dann
tröstet er sich: Es hat sich doch gut ausgewirkt, daß ich Betty
getötet habe, obwohl ich es nicht beabsichtigt hatte. Sieh
doch, wie gut diese Nacht zum Stehlen geeignet ist, obgleich
ich sie nicht gewählt habe. Ich bin wirklich vom Glück be-
günstigt. Alles wird gut ausgehen ... So ermahnt er Jabavu
nicht noch einmal, leise aufzutreten; der Wind peitscht die
Zweige hin und her und wirbelt Staub und Blätter vor ihren
Füßen auf. Es ist sehr dunkel. In den Häusern brennt kein
Licht mehr, denn jetzt sind sie im Viertel der ehrbaren Leute, die früh aufstehen, um zur Arbeit zu gehen, und sich des-

halb früh schlafen legen müssen. Plötzlich stolpert Jabavu über einen Stein und macht dabei sehr viel Lärm. Jerry zieht das Messer heraus und stupst ihn solange mit dem Ellbogen, bis Jabavu sich umwendet und ihn ansieht. »Wenn du rufst oder fortläufst, steche ich dir dies zwischen die Rippen!« sagt er leise, doch Jabavu antwortet nicht. Er meint, Jerry sei wirklich sehr sonderbar. Weshalb geht er zu Mr. Mizi, um Geld zu holen? Warum nimmt er ihn, Jabavu, mit? Vielleicht hat der Mord an Betty seinem Verstand geschadet, und er ist verrückt geworden? Und dann denkt Jabavu: Es ist doch nicht so seltsam. Er hat Scherze darüber gemacht, daß er Betty töten werde, und dann hat er sie getötet, und er hat darüber gescherzt, daß wir Mr. Mizi bestehlen werden, und jetzt tun wir auch das ... Und so stapft Jabavu mühsam weiter durch den tosenden Wind und die Dunkelheit, Staub und Blätter wirbeln um ihn her; leer ist sein Kopf, und alles Gefühl in ihm ist erstorben. Nur die Glieder sind ihm schwer, denn er ist müde, weil er so wenig Schlaf gehabt und all die Nächte mit Tanzen und Skokiantrinken verbracht hat. Vor allem aber macht ihn die Verzweiflung matt, die ihm immer wieder zuflüstert: Für dich gibt es nichts mehr, du wirst sterben, Jabavu. Du wirst sterben. Die Worte formen sich zu einem Lied, einem traurigen, langsamen Lied, wie für jemand, der gestorben ist. He, seht doch Jabavu, dort geht er, der große Dieb. Das Messer hat gesprochen, und es sagt: Seht den Mörder Jabavu, ihn, der dort durch die Dunkelheit kriecht, um seinen Freund zu berauben. Seht Jabavu, dessen Hände rot vom Blut sind. He, Jabavu, jetzt holen wir dich. Wir holen dich, Jabavu, vor uns gibt es kein Entrinnen ...

Die Straßenlaternen verbreiten kleine Flecken gelben Lichts – in großen Abständen, denn im Eingeborenenviertel gibt es nur wenig Lampen. Jabavu stolpert mitten hinein in solch einen Lichtkreis. »Sei vorsichtig, du Dummkopf!« sagt Jerry heftig, und seine Stimme verrät seinen Schreck. Er zieht Jabavu zur Seite, bleibt dann stehen und denkt: Vielleicht ist dieser Mensch verrückt? Wie könnte er sich sonst so benehmen? Wie kann ich denn einen Wahnsinnigen zu einer gefährlichen Arbeit wie dieser mitnehmen? Vielleicht sollte ich lieber nicht in das Haus gehen ... Dann sieht er zu Jabavu hin, der ruhig und geduldig neben ihm steht, und sagt sich: Nein, es ist einfach nur, weil er solche Angst vor mir hat. Er geht weiter und umklammert Jabavus Handgelenk.

Jetzt lacht Jabavu laut auf und sagt: »Ich kann das Haus der Mizis sehen, im Fenster ist Licht!«

»Halt den Mund!« antwortet Jerry, doch Jabavu fährt fort: »Die Männer des Lichts studieren des Nachts. Es gibt Dinge, von denen du nichts weißt.«

Jerry schlägt Jabavu die Hand auf den Mund, und Jabavu beißt hinein. Jerry reißt die Hand fort, und einen Augenblick lang steht er da und zittert vor inbrünstigem Verlangen, Jabavu das Messer zwischen die Rippen zu stoßen. Doch er behält sich in der Gewalt. Er steht dort, schüttelt stumm seine gebissene Hand und blickt zu dem Licht im Haus der Mizis hinüber. Jetzt kann er das Geld schon beinahe sehen, und sein Wunsch, es zu besitzen, wird immer stärker. Jerry bringt es nicht über sich, jetzt haltzumachen, umzukehren, seinen Plan zu ändern. Es ist so einfach, weiterzumachen – in fünf Minuten gehört das Geld ihm, dann schüttelt er Jabavu ab, und in weiteren fünfzehn Minuten ist er im Hause jenes Freundes, der ihn bis zum Morgen sicher unterbringen wird. Es ist alles so leicht, so leicht. Und umzukehren ist schwer und vor allem beschämend. So beißt er die Zähne zusammen und gibt sich das Versprechen: Warte du nur, mein bester Kralnigger. In einem Augenblick habe ich das Geld, und du kannst geschnappt werden. Und selbst wenn das nicht geschieht, was willst du denn ohne mich anfangen? Du wirst zur Bande zurückkehren, und ohne mich sind sie wie eine Schar von Hühnern, und innerhalb einer Woche wirst du es mit der Polizei zu tun bekommen. Dieser

Gedanke befriedigt ihn so sehr, daß er fast aufgelacht hätte; gut gelaunt ergreift er Jabavus Handgelenk und zieht ihn vorwärts.

Sie gehen, bis sie zehn Schritte vom Fenster entfernt sind, kurz vor dem Lichtschein, der trübe auf den Boden fällt, die rauhe, zerklüftete Erde beleuchtet und den dichten schwarzen Busch unter dem Fenster hervortreten läßt. Die Nacht ist feucht, und der Wind saust ihnen in den Ohren. Sie erblicken Mr. Mizis Sohn, der völlig angekleidet ausgestreckt auf dem Bett liegt. Er ist mit einem Buch in der Hand eingeschlafen.

Schnell denkt Jerry nach und sagt dann: »Du kletterst rasch zum Fenster hinein. Versuch nicht, Dummheiten zu machen. Ich kann ein Messer genauso gut schleudern, wie ich es in der Nähe benutzen kann, also ...« Er führt es leise gegen den Stoff von Jabavus Jacke, und ach, mit welcher Freude fühlt er, wie Jabavu zurückweicht! Es ist seltsam, daß Jabavu für sich selbst keine Angst hat, doch sogar jetzt tut es ihm weh, sich vorzustellen, sein Jackett könnte zerschnitten und verdorben werden. Ganz instinktiv ist er zurückgezuckt, beinahe irritiert, als belästige ihn eine Fliege – doch er ist zurückgewichen; und er hört Jerrys Stimme, die jetzt stark und zuversichtlich klingt: »Du bleibst von der Tür fort, die ins andere Zimmer führt, stellst dich mit dem Rücken zur Wand, streckst den Arm zur Seite und knipst das Licht aus. Bilde dir nicht ein, du könntest mich übertölpeln, ich werde meine Taschenlampe auf dich gerichtet halten, also ...« Er schaltet die winzige Taschenlampe ein, die er in der hohlen Hand hält; sie gibt einen einzigen starken Lichtstrahl, so schmal wie ein Bleistift. Er knipst sie wieder aus und preßt die Lippen zusammen, um nicht zu fluchen, denn das Blut von Jabavus Biß macht die Taschenlampe schlüpfrig. »Dann komme ich ins Zimmer, binde schnell den Dummkopf da auf dem Bett fest, und du zeigst mir, wo das Geld liegt.«

Jabavu schweigt, dann sagt er: »Dieses Geld – ich habe

dir doch gesagt, daß keins da ist. Wozu kommst du denn eigentlich in dieses Haus?«

Jerry packt Jabavu am Arm und sagt: »Hör endlich auf mit den Witzen!«

Jabavu erwidert: »Wenn ich manchmal gesagt habe, es wäre Geld dort, so tat ich es doch nur zum Scherz. Das mußt du doch verstanden haben.« Er hält inne, und ihm fällt ein, was das für Scherze waren. Dann denkt er: Es macht nichts, denn wenn ich drin bin, rufe ich die Mizis.

Jerry fragt: »Weshalb sollte denn dort kein Geld sein? Wo bewahrt er denn das Geld für die Liga auf? Hast du nicht gesehen, wo diese Leute verbotene Dinge aufheben? Als ich Mr. Samu das Geld wegnahm, lag es an solch einem Platz ...« Doch Jabavu hat seinen Arm befreit und geht jetzt durch den Lichtschein zum Fenster, ohne sich zu bemühen, seine Schritte zu dämpfen. Jerry zischt ihm nach: »Leise, leise, du Dummkopf!«

Dann stemmt Jabavu seine kräftige Schulter gegen das Schiebefenster, so daß es mit einem Knall hinaufgleitet, und steigt ein. Vor Wut tanzt und schäumt Jerry an seinem Platz, eine Sekunde lang spielt er mit dem Gedanken, davonzulaufen. Dann ist ihm, als sehe er einen großen Blechkasten voller Geld. Er stürzt hinter Jabavu her durch den Lichtschein und klettert zum Fenster hinein.

Die beiden jungen Männer sind durch das hellerleuchtete Fenster gestiegen und haben viel Lärm dabei verursacht. Der Junge auf dem Bett bewegt sich, doch schon hat sich Jerry über ihn gebeugt, seine Augen mit einem Tuch verbunden und ihm ein Taschentuch in den Mund gestopft, in das feuchter Teig geknotet ist, und im nächsten Augenblick hat er sich ihm auf die Beine gekniet. Er bindet ihn mit einem dicken Strick fest, und jetzt kann der Junge sich nicht mehr bewegen, nicht mehr sehen und auch nicht schreien. Doch als Jabavu Mr. Mizis Sohn gebunden auf dem Bett liegen sieht, rührt sich etwas in ihm und spricht; die schwere Last der fatalistischen Gleichgültigkeit fällt von ihm ab, er erhebt seine Stimme und ruft: »Mr. Mizi, Mrs. Mizi!« Seine Stimme klingt wie die eines verängstigten Kindes, denn seine panische Angst vor Jerry ist zurückgekehrt. Fluchend fährt Jerry herum und hebt den Arm mit dem Messer. Jabavu springt vor und packt ihn am Handgelenk. Schwankend stehen beide unter dem Licht und ringen um das Messer, als im anderen Zimmer ein Geräusch zu hören ist. Jerry springt rasch zur Seite, so daß Jabavu stolpert, macht einen Satz und ist zum Fenster hinaus. Als die Tür sich öffnet, taumelt Jabavu rückwärts dagegen, das Messer in der Hand.

Herein kommen Mr. und Mrs. Mizi, und als Mr. Mizi ihn erblickt, wirft er sich auf ihn, umklammert ihn und preßt ihm die Arme gegen den Körper. Jabavu sagt: »Nein, nein, ich bin euer Freund!«

Über die Schulter hinweg ruft Mr. Mizi seiner Frau zu: »Laß den Jungen. Gib mir ein Tuch, damit ich diesen hier festbinden kann.« Denn mit einem Angstschrei ist Mrs. Mizi zu ihrem Sohn gestürzt, der hilflos und vom Tuch halb erstickt auf dem Bett liegt. Jabavu leistet keinen Widerstand, er sagt: »Ich bin kein Dieb, ich habe Sie gerufen, glauben Sie mir doch, Mr. Mizi, ich wollte Sie warnen.« Doch Mr. Mizi ist viel zu zornig, um ihm zuzuhören. Er hält Jabavus Handgelenke umklammert und sieht zu, wie seine Frau ihren Sohn befreit.

Dann wendet sie sich Jabavu zu, und halb unter Tränen sagt sie: »Wir haben dir geholfen, du bist in unser Haus gekommen, und jetzt bestiehlst du uns!«

»Nein, nein, Mrs. Mizi, so ist es nicht, ich werde es Ihnen erklären.«

»Das wirst du der Polizei erklären!« erwidert Mr. Mizi rauh. Und als Jabavu in sein hartes, zorniges Gesicht blickt, hat er das Gefühl, man habe ihn verraten. Der Abgrund der Verzweiflung in seinem Innern beginnt sich langsam wieder zu öffnen.

Der Junge sitzt jetzt auf dem Bett und hält sich den Kiefer, der vom großen Teigklumpen ausgerenkt ist. »Weshalb hast du das gemacht?« fragt er, »haben wir dir denn etwas getan?«

Jabavu sagt: »Ich war es nicht, der andere war es.«

Doch dem Sohn war das Tuch um die Augen gebunden worden, noch ehe er sie öffnen konnte, und so hat er nichts gesehen.

Jetzt fällt Mr. Mizis Blick auf das Messer, das am Boden liegt. »Du bist nicht nur ein Dieb, sondern auch ein Mörder!« ruft er. Auf dem Fußboden ist Blut. Jabavu antwortet: »Nein, das Blut muß von Jerrys Hand sein, die ich gebissen habe.« Schon klingt seine Stimme verstockt.

Mrs. Mizi sagt voller Verachtung: »Du hältst uns wohl für Dummköpfe? Zweimal bist du fortgelaufen. Das erstemal von Mr. und Mrs. Samu, als sie dir im Busch halfen. Und danach von uns, als wir dir halfen. Die ganzen Wochen über warst du bei den Matsotsis, und jetzt kommst du mit einem Messer her und erwartest, daß wir nichts dazu sagen, wenn du unseren Sohn bindest und ihm den Mund mit ungebackenem Brot füllst!«

Jabavu sinkt unter Mr. Mizis Händen zusammen. Er sagt nur: »Sie glauben mir nicht!« Verzweiflung strömt wie schwarzes Gift durch seine Adern. Zum zweitenmal überrascht diese Verzweiflung die Menschen, die ihn umgeben. Mr. Mizi löst seine Umklammerung, und Mrs. Mizi meint bitterlich weinend: »Und ein Messer, Jabavu, ein Messer!«

Mr. Mizi hebt das Messer auf, er sieht, daß kein Blut daran ist, betrachtet das Blut auf dem Boden und sagt: »Eins stimmt. Das Blut kommt nicht von einem Messerstich.« Doch Jabavu hält die Augen auf den Boden gerichtet, sein Gesicht ist verschlossen und gleichgültig.

Und auf einmal sind die Polizisten da, einige kommen durch das Fenster geklettert, einige durch den Vordereingang. Sie legen Jabavu Handschellen an und schreiben Mr.

Mizis Aussage nieder. Mrs. Mizi weint noch immer und bemüht sich um ihren Sohn.

Jabavu spricht nur einmal. Er sagt: »Ich bin kein Dieb. Ich bin hierher gekommen, um Sie zu warnen. Ich möchte ehrlich leben.«

Jetzt lachen die Polizisten und sagen, nach den wenigen Wochen, die Jabavu im Eingeborenenviertel verbracht habe, sei er bereits als einer der geschicktesten Diebe und Mitglied der schlimmsten Bande bekannt. Dank seiner Gefangennahme werden jetzt alle übrigen Mitglieder gefaßt und ins Gefängnis gesperrt werden.

Gleichgültig hört Jabavu zu. Er wirft Mrs. Mizi einen Blick zu – den bitter anklagenden Blick eines Kindes, das von seiner Mutter verraten wurde. Dann sieht er mit dem gleichen Blick Mr. Mizi an. Verblüfft betrachten sie Jabavu. Doch dann denkt Mr. Mizi: Mein ganzes Leben lang bemühe ich mich darum, mich so zu verhalten, daß ich die Augen der Polizei nicht auf mich lenke, und jetzt muß ich dieses kleinen Dummkopfs wegen meine Zeit vor Gericht vertrödeln und in den Ruf geraten, Unannehmlichkeiten zu haben!

Jabavu wird zum Polizeiauto geführt und ins Gefängnis gefahren. Dort liegt er die Nacht über und schläft den tiefen, traumlosen Schlaf eines Menschen, dem keine Hoffnung mehr geblieben ist. Die Mizis haben ihn verraten. Nichts ist mehr übrig.

Am Morgen erwartet er, vor Gericht gestellt zu werden, aber man führt ihn in eine andere Zelle des Gefängnisses. Er hält das für ein sehr ernstes Zeichen, da es eine Einzelzelle ist – ein kleiner Backsteinraum mit Steinfußboden und einem vergitterten Fenster hoch oben.

Ein Tag vergeht, und es vergeht ein zweiter. Der Wärter spricht ihn an, er antwortet nicht. Dann kommt ein Polizist, um ihm Fragen zu stellen. Jabavu spricht nicht ein Wort. Zuerst ist der Polizist geduldig, dann wird er ungeduldig, zuletzt droht er ihm. Er erklärt ihm, die Polizei wisse alles, und Jabavu könne nichts dabei gewinnen, wenn er keine Aussage mache. Doch Jabavu schweigt, weil es ihm einerlei ist. Sein einziger Wunsch ist, der Polizist möge ihn allein lassen, und endlich geht der Beamte.

Man bringt Jabavu Nahrung und Wasser, doch er ißt und trinkt nur, wenn man ihn dazu auffordert, und dann ißt und trinkt er automatisch, und mittendrin vergißt er es und bleibt bewegungslos mit einem Stück Brot oder dem Becher in der Hand sitzen. Und er schläft und schläft, als suche seine Seele sich zu betäuben, damit er leicht in den Tod hinübergleiten könne. Er denkt nicht an den Tod, doch wie ein großer schwarzer Schatten ist er bei ihm in der Zelle.

So vergeht eine Woche, ohne daß Jabavu es merkt.

Am achten Tag öffnet sich die Tür, und ein weißer Prediger tritt herein. Jabavu schläft, doch der Wächter stößt ihn wach, dann schüttelt er ihn, bis er aufsteht. Schließlich setzt sich Jabavu, als der Prediger ihn dazu auffordert. Er sieht den Geistlichen nicht an.

Dieser Mann ist Mr. Tennent von der anglikanischen Staatskirche, der die Gefangenen einmal in der Woche besucht. Er ist groß, mager, grau und gebeugt. Seine Bewegungen sind langsam, er spricht langsam und wirkt, als mißtraue er sogar den Worten, die er wählt.

Er ist ein Mensch voll tiefer Zweifel, wie so viele seines Glaubens. Vielleicht beträte er die Zelle gänzlich anders, wenn er einer anderen Kirche angehörte – der, welche die Afrikaner die römische nennen. Dann gäbe es festgelegte Begriffe, über die er sprechen würde: eine Sünde sei dieses, eine Seele sei jenes, und aus seinen Worten klänge der Glaube, der sich mit dem sich verändernden Leben nicht verändert.

Mr. Tennents Kirche jedoch läßt ihm einen großen Spielraum in seinem Glauben. Außerdem arbeitet er seit vielen Jahren unter den ärmeren Afrikanern dieser Stadt und betrachtet daher Jabavu ähnlich wie Mr. Mizi: Zuerst ist da ein ökonomischer Prozeß, und darin ist Jabavu, wie ein Blatt in einem Wasserwirbel, gefangen. Er glaubt, es sei ein Mangel an Barmherzigkeit, ein Kind wie Jabavu sündig zu nennen. Andererseits muß ein Mann, der zwar nicht an den Teufel, wohl aber an Gott glaubt, irgend etwas oder irgend jemand die Schuld geben – doch wem? Er weiß es nicht. Seine Ansicht über Jabavu raubt ihm den Trost, sogar den Trost, den er für sich selbst hat.

Dieser Mensch, der jede Woche ins Gefängnis kommt, haßt diese Arbeit aus tiefstem Herzen, da er sich selbst mißtraut. Er betritt Jabavus Zelle und macht sich Vorwürfe, weil es ihm an Mitleid fehle, aber beim ersten Blick auf Jabavu verhärtet er sich. Er hat schon oft Gefangene gesehen, die wie Kinder weinten und nach ihrer Mutter riefen, und das ist ihm höchst peinlich, weil er Engländer ist und derartige Gefühlsäußerungen verabscheut. Er hat die Gefangenen auch schon verstockt gesehen, gleichgültig und verbittert. Das ist schlimm, aber besser als das Weinen. Er hat auch welche gesehen, die wie Jabavu sind, und zwar recht häufig – schweigend, bewegungslos, mit ausdruckslosen Augen. Dieser Zustand ist ihm der unangenehmste von allen, da er seinem Wesen völlig fremd ist. Er hat gesehen, daß zum Tode Verurteilte so dasitzen wie Jabavu heute; schon lange, ehe sich die Schlinge um ihren Hals legt, sind sie tot. Aber Jabavu wird nicht gehängt werden, sein Verbrechen ist verhältnismäßig leicht, daher ist seine Verzweiflung völlig vernunftwidrig, und Mr. Tennent weiß aus Erfahrung, daß er damit nicht fertig wird.

Er setzt sich auf einen unbequemen Stuhl, den der Wärter hereingebracht hat, und fragt sich, warum es ihm schwerfällt, von Gott zu sprechen. Jabavu ist kein Christ – das ist aus seinen Papieren ersichtlich –, aber sollte das einen Gottesmann davon abhalten, von *Ihm* zu sprechen? Nach einem langen Schweigen sagt er: »Ich sehe, daß du sehr unglücklich bist. Ich möchte dir gern helfen.«

Die Worte klingen flach und kraftlos, und Jabavu rührt sich nicht.

»Du bist in großer Not. Aber wenn du darüber sprichst, wird es dir möglicherweise leichter werden.«

Jabavu gibt keinen Ton von sich, und seine Augen sind unbeweglich.

Zum hundertsten Male denkt Mr. Tennent, er täte besser daran, seine Arbeit aufzugeben und sie einem Kollegen zu überlassen, der nicht – wie er – mehr an bessere Wohnverhältnisse und höhere Löhne als an Gott denkt. Doch mit seiner milden, geduldigen Stimme fährt er fort: »Vielleicht liegen die Dinge besser, als du glaubst. Du scheinst mir zu unglücklich für die Lage zu sein, in der du dich befindest. Du wirst nur eines leichten Vergehens angeklagt werden: wegen Einbruchs, und weil du keine feste Stellung hast, das ist nicht so schlimm.«

Jabavu bleibt reglos.

»Der Fall hat sich so lange verzögert, weil so viele Leute darin verwickelt sind. Dein Komplize, der Mann, den sie Jerry nennen, ist von seiner Bande als die Person angegeben worden, die dich dazu veranlaßt hat, in das Haus der Mizis einzubrechen.«

Als er den Namen Mizi hört, bewegt sich Jabavu ein wenig, dann sitzt er wieder still.

»Jerry wird angeklagt werden, den Raub organisiert, ein Messer bei sich getragen und sich ohne feste Arbeit in der Stadt aufgehalten zu haben. Die Polizei vermutet, daß er noch in viele andere Dinge verwickelt ist, aber es kann nichts bewiesen werden. Er wird eine ziemlich hohe Strafe erhalten, das heißt, falls man ihn faßt. Man nimmt an, er ist auf dem Wege nach Johannesburg. Wenn sie ihn festnehmen, kommt er ins Gefängnis. Man hat auch einen Farbigen erwischt, der Afrikaner, darunter auch dir, falsche Arbeitsbescheinigungen ausgestellt hat. Aber dieser Mann ist sehr krank, er liegt im Krankenhaus und wird wahrscheinlich nicht am Leben bleiben. Was die anderen Mitglieder der Bande betrifft, so wird die Polizei sie anklagen, ohne feste Anstellung zu sein, das ist alles. Es hat einen solchen Wirrwarr von Lügen, Beschuldigungen und Gegenbeschuldigungen dabei gegeben, daß für die Polizei ein sehr schwieriger Fall daraus geworden ist. Du mußt daran denken, daß du noch nicht vorbestraft bist, du bist sehr jung, und die Dinge werden nicht so schlimm für dich auslaufen.«

Jabavu schweigt. Mr. Tennent denkt: Warum tröste ich diesen Jungen eigentlich, als wäre er unschuldig? Wie mir die Polizei mitteilt, weiß man, daß er in alle möglichen schlimmen Sachen verwickelt ist, wenn man es auch nicht beweisen kann. Er ändert den Ton seiner Stimme und sagt streng: »Ich sage damit nicht, die Tatsache, daß du Mitglied einer Bande warst, werde nicht erschwerend auf das Urteil wirken. Du wirst die Strafe dafür auf dich nehmen müssen, das Gesetz verletzt zu haben. Man nimmt an, daß du wohl zu einem Jahr Gefängnis verurteilt werden wirst.«

Er hält inne, denn sichtlich wäre es für Jabavu das gleiche, wenn er zehn Jahre gesagt hätte. Einige Augenblicke lang schweigt er und sinnt nach, denn er hat eine Entscheidung zu treffen, die ihm nicht leicht fällt. Am Morgen war Mr. Mizi bei ihm und hatte sich erkundigt, ob er das Gefängnis besuchen wolle. Als er bejahte, fragte ihn Mr. Mizi, ob er wohl einen Brief mit zu Jabavu nehmen würde. Nun verstößt es aber gegen die Vorschriften, Gefangenen Briefe mitzubringen. Mr. Tennent hat das Gesetz noch niemals gebrochen. Außerdem mißfällt ihm Mr. Mizi, da ihm jede Politik und alle Politiker mißfallen. Er glaubt, dieser sei nichts als ein großsprecherischer, phrasendreschender Demagoge, der es nur auf Macht und Selbstverherrlichung abgesehen habe. Doch er kann Mr. Mizi nicht gänzlich ablehnen, da er für sein Volk nur das verlangt, was er, Tennent, aufrichtig für gerecht hält. Zuerst weigerte er sich, den Brief anzunehmen, dann sagte er steif, ja, er werde es versuchen ... der Brief ist jetzt in seiner Tasche.

Endlich nimmt er ihn heraus und meint: »Ich habe einen Brief für dich.« Jabavu rührt sich noch immer nicht.

»Du hast Freunde, die darauf warten, dir zu helfen«, sagt Mr. Tennent laut und versucht, mit seinen Worten Jabavus Teilnahmslosigkeit zu durchdringen. Jabavu hebt die Augen. Nach einer langen Pause fragt er: »Was für Freunde?«

Mr. Tennent erschrickt ein wenig, als er nach so langem Schweigen Jabavus Stimme vernimmt. »Der Brief ist von Mr. Mizi«, erklärt er steif.

Jabavu reißt ihm den Brief aus der Hand, springt auf und stellt sich in das Licht, das durch das kleine Fenster hoch oben fällt. Er reißt den Umschlag ab, der auf den Boden fällt. Mr. Tennent hebt ihn auf und sagt: »Ich darf dir eigentlich keine Briefe geben«, und er bemerkt, daß seine Stimme ärgerlich klingt. Das ist ungerecht, denn er allein ist dafür verantwortlich, daß er sich dazu bereit erklärt hat. Ungerechtigkeit kann er nicht leiden, deshalb beherrscht er seine Stimme und fährt fort: »Lies ihn schnell und gib ihn mir dann zurück. So hat es Mr. Mizi gewünscht.«

Jabavu starrt auf den Brief. Er beginnt: »*Mein Sohn ...*«, und bei diesen Worten fangen die Tränen an, ihm die Wangen herunterzurollen. Mr. Tennent ist verlegen und unangenehm berührt, er denkt: Jetzt werden wir wieder einmal eines von diesen unerfreulichen Schauspielen erleben. Dann schilt er sich wegen seines Mangels an christlicher Barmherzigkeit und wendet Jabavu den Rücken zu, um nicht an seinen Tränen Anstoß zu nehmen. Außerdem muß er die Tür im Auge behalten, falls der Wärter zu früh hereinkommt.

Jabavu liest:

»*Ich möchte Dir mitteilen, daß ich glaube, Du hast die Wahrheit gesagt, als Du uns erklärtest, Du seist gegen Deinen Willen in mein Haus gekommen und wolltest uns warnen. Was ich jedoch nicht verstehe, ist, was Du eigentlich von*

*uns erwartetest. Einige Mitglieder der Bande sind zu mir ge-
kommen, um mir zu berichten, Du habest ihnen gesagt, Du
erwartetest, ich würde Dir eine Anstellung besorgen und
mich um Dich kümmern. Sie sind zu mir gekommen, weil sie
dachten, ich würde sie deshalb vor der Polizei in Schutz nehmen. Das werde ich nicht tun. Ich habe nichts übrig für Verbrecher. Ebensowenig wie ich verstehen alle übrigen diesen
Fall. Eine ganze Woche lang hat die Polizei diese Leute und
ihre Komplizen verhört, und es kann sehr wenig bewiesen
werden, außer, daß dieser Jerry der führende Kopf war und
irgendein Druckmittel gegen Dich angewandt hat. Anscheinend fürchten sie sich vor ihm und auch vor Dir, und mir
scheint, es gibt da Dinge, die Du der Polizei erzählen könntest, wenn Du wolltest.*

*Und jetzt mußt Du versuchen zu begreifen, was ich Dir
mitteilen werde. Ich schreibe diesen Brief nur, weil meine
Frau mich dazu überredet hat. Ich sage Dir ganz offen, daß
ich keinerlei Sympathie für Dich hege . . .«*

Jabavu läßt das Papier sinken, und die Kälte beginnt sich
wieder um sein Herz zu legen. Doch Mr. Tennent, der gespannt und nervös an der Tür steht, sagt: »Schnell, Jabavu,
lies schnell!«

So fährt Jabavu zu lesen fort, und langsam schmilzt die
Kälte und hinterläßt ein Gefühl, das er nicht versteht; aber
es ist kein unangenehmes Gefühl.

*»Meine Frau sagt mir, ich denke zu viel mit dem Kopf
und zu wenig mit dem Herzen. Sie sagt, Du seist nur ein
Kind. Vielleicht stimmt das, aber Du benimmst Dich nicht
wie ein Kind, und ich werde als Mann mit Dir sprechen und
erwarte, daß Du als solcher handelst. Meine Frau möchte,
ich solle zum Gericht gehen und aussagen, wir kennten Dich,
und Du seist von üblen Gefährten verleitet worden, und im
Herzen seist Du gut. Meine Frau hat keine Hemmungen,
Worte wie ›gut‹ und ›böse‹ zu verwenden – vielleicht, weil
sie in einer Missionsschule erzogen worden ist –, was mich je-*

doch betrifft, so mißtraue ich solchen Worten und überlasse sie dem Herrn Pfarrer Tennent, der Dir diesen Brief hoffentlich überbringen wird.

Ich weiß nur so viel, daß Du sehr intelligent und begabt bist und guten Gebrauch von Deinen Gaben machen könntest, wenn Du wolltest. Ich weiß ebenfalls, daß Du bis jetzt so gehandelt hast, als schulde Dir die Welt Annehmlichkeiten ohne Gegenleistung. Doch wir leben in einer sehr schweren Zeit: es gibt viel Leid, und ich sehe keinen Grund, weshalb Du etwas anderes wärest als alle übrigen. Ich muß als Zeuge vor Gericht erscheinen, weil der Einbruch in meinem Haus geschah. Doch ich werde nicht sagen, ich hätte Dich vorher gekannt, außer ganz flüchtig, wie ich Hunderte von Menschen kenne – und das entspricht der Wahrheit, Jabavu . . .«

Wieder läßt er das Papier sinken, und ein Gefühl des Grolls steigt in ihm auf. Denn härter als jede andere Lektion ist für Jabavu die, daß er einer von vielen ist und kein Besonderer, der außerhalb der Menge steht.

Er hört Mr. Tennents besorgte Stimme: »Lies weiter, Jabavu. Du kannst hinterher darüber nachdenken.« Und er fährt fort:

»Unsere Gegner nehmen jede Gelegenheit wahr, um uns und unsere Bewegung zu verleumden. Sie wären begeistert, wenn ich sagte, ich sei der Freund eines Menschen, von dem jeder weiß, daß er ein Verbrecher ist – auch wenn man es ihm nicht nachweisen kann. Bisher und mit großer Anstrengung ist es mir gelungen, in meiner Eigenschaft als gewöhnlicher Bürger einen sehr guten Leumund bei der Polizei zu wahren. Man weiß dort, daß ich weder stehle noch lüge noch betrüge. Ich bin das, was sie ehrbar nennen. Ich habe nicht die Absicht, das um Deinetwillen zu verändern. Außerdem bin ich in meiner Eigenschaft als führender Mann unseres Volkes bei der Polizei schlecht angeschrieben; deshalb hätte es für sie eine doppelt große Bedeutung, wenn ich für Dich gutsagen würde. Man hat mir bereits Fragen gestellt, aus de-

nen klar hervorgeht, daß die Polizei glaubt, Du seist einer von uns und habest für uns gearbeitet. Ich habe dies entschieden abgestritten. Es stimmt ja auch, daß es nicht der Fall ist.

Und jetzt wirst Du, mein Sohn, genau wie meine Frau denken, ich sei ein harter Mann; aber Du darfst nicht vergessen, daß ich für Hunderte von Menschen spreche, die mir vertrauen; und denen kann ich, um eines sehr törichten Jungen willen, keinen Schaden zufügen. Wenn Du vor Gericht stehst, werde ich mit großer Strenge sprechen und Dich dabei nicht ansehen. Ich werde auch meine Frau zu Hause lassen, da ich ihr gutes Herz fürchte. Du wirst ungefähr ein Jahr im Gefängnis zubringen, und wenn Du Dich gut führst, wird Deine Strafe verkürzt werden. Es wird eine sehr schwere Zeit für Dich kommen. Du wirst mit anderen Verbrechern zusammensein, die Dich vielleicht in Versuchung bringen, zu diesem Leben zurückzukehren. Du wirst sehr schwer arbeiten müssen und sehr schlechte Nahrung erhalten. Doch wo sich eine Gelegenheit bietet zu lernen, ergreife sie. Lenke in keiner Weise die Aufmerksamkeit auf Dich. Sprich nicht von mir. Wenn Du aus dem Gefängnis kommst, suche mich auf, doch heimlich, und dann werde ich Dir helfen – nicht um dessentwillen, was Du bist, sondern weil die Achtung, die Du mir erwiesen hast, der Sache galt, für die ich stehe – die größer ist als wir beide. Während Du im Gefängnis bist, denk an die Hunderttausende unseres Volkes, die heute in Afrika freiwillig im Gefängnis sitzen, für die Freiheit und für die Gerechtigkeit. Dann wirst Du nicht allein sein, denn ich glaube, daß auch Du auf eine verwickelte und verborgene Weise einer von ihnen bist.

Ich grüße Dich in meinem eigenen Namen, sowie im Namen meiner Frau und unseres Sohnes, von Mr. und Mrs. Samu und noch anderen, die darauf warten, Dir vertrauen zu können. Doch diesmal, Jabavu, mußt Du uns vertrauen. Wir grüßen Dich ...«

Jabavu läßt das Papier sinken und starrt vor sich hin. Das Wort, das ihm von all den vielen Worten, die hastig auf das Papier geschrieben sind, am meisten bedeutet, ist das Wörtchen *Wir*. »Wir«, sagt Jabavu, »Wir, Uns«. Friede breitet sich in ihm aus.

Denn im Stamm und im Kral war das Leben seiner Väter auf das Wort *Wir* begründet. Für ihn aber galt es nie. Und zwischen damals und jetzt liegt eine harte und häßliche Zeit, in der es nur das Wörtchen Ich, Ich, Ich gab – so grausam und scharf wie ein Messer. Jetzt wird ihm wieder das Wort *Wir* geboten, das alles, was gut, und alles, was schlecht in ihm ist, annimmt und von ihm alles verlangt, was er geben kann. *Wir*, denkt Jabavu, wir ... Und zum erstenmal breitet sich der Hunger nach dem Leben, der während seines ganzen Daseins wie ein wildes Tier in ihm getobt hat, ungehindert aus und ergießt sich friedlich in das Wörtchen *Wir*.

Auf dem Steinfußboden draußen hallen Schritte.

Mr. Tennent sagt: »Gib mir den Brief.« Jabavu reicht ihn hinüber, und Mr. Tennent läßt ihn schnell in seiner Tasche verschwinden. »Ich werde ihn Mr. Mizi zurückgeben und ihm sagen, daß du ihn gelesen hast.«

»Sagen Sie ihm, ich habe ihn mit vollem Verständnis gelesen; ich danke ihm und werde tun, was er mir sagt, und er könne mir vertrauen. Sagen Sie ihm, ich sei kein Kind mehr, sondern ein Mann, und sein Urteil sei richtig: es ist gerecht, daß ich bestraft werde.«

Erstaunt sieht Mr. Tennent Jabavu an und denkt verbittert, er, der Mann Gottes, habe Schiffbruch erlitten; ein radikaler, gottloser Agitator könne von der Gerechtigkeit, von gut und von böse sprechen und an Jabavus Herz rühren, während er sich fürchte, diese Begriffe anzuwenden. Doch mit gewissenhafter Freundlichkeit sagt er: »Ich werde dich im Gefängnis besuchen, Jabavu. Aber sag dem Wärter und der Polizei nicht, daß ich dir den Brief gebracht habe.«

Jabavu dankt ihm und fügt hinzu: »Sie sind sehr gütig, Herr.«

Mr. Tennent lächelt sein trockenes, zweifelndes Lächeln und geht hinaus. Der Wärter verschließt die Tür hinter ihm.

Jabavu läßt sich auf dem Fußboden nieder und streckt die Beine aus. Er sieht nicht länger die grauen Zellenwände, er denkt nicht einmal an die Gerichtsverhandlung und die Gefängnisstrafe, die folgen wird.

»*Wir*«, sagt Jabavu wieder und wieder, »*Wir*«. Und ihm ist, als hielte er in seinen leeren Händen die helfenden Hände von Brüdern.

Doris Lessing
Der Zauber ist nicht verkäuflich
Afrikanische Erzählungen
Aus dem Englischen von Marta Hackel,
Lore Krüger und Elisabeth Schnack

Ihre Geschichten – ausgezeichnet mit dem Somerset-Maugham-Preis – berichten pointiert und psychologisch, sozialbewußt und mit Geduld von den leisen Katastrophen und dem lärmigen Dahinleben der Schwarzen und Weißen. Aus der Perspektive einer Betroffenen kommt das brüchige Selbstbewußtsein einer Schicht ins Bild, die das schlechte Erbe des Kolonialismus auch schlecht verwaltet.

»Die Kurzgeschichten sind von jedem Dogmatismus frei, sie gehören in ihrer Tendenz zum vorurteilsfreien Berichten zum Besten, was wir von Doris Lessing kennen.«
Helmut Winter / Frankfurter Allgemeine Zeitung

»Diese gewichtige Sammlung über ihr geliebtes und gehaßtes Heimatland zeigt sie auf ihrer ganzen Höhe.«
Publishers Weekly, New York

»Aus diesen Erzählungen lernt man viel über die Probleme, die heute fast täglich unsere Zeitungen füllen.«
Süddeutscher Rundfunk, Stuttgart

»Meisterhafte Erzählungen, die sich mit dem Schwarz-Weiß-Problem der afrikanischen Länder auseinandersetzen.« *Die Weltwoche, Zürich*

Joseph Conrad
Herz der Finsternis

Erzählung. Aus dem Englischen und mit
einem Nachwort von Urs Widmer

Kapitän Marlow steuert seinen Flußdampfer immer tiefer in die Wildnis des Kongo, ins Herz des Schwarzen Kontinents, wo er auf den zwielichtigen Elfenbeinhändler Kurtz stößt.

»Von allem, was er geschrieben hatte, bewunderte ich am meisten die furchtbare Erzählung *Herz der Finsternis,* die seine Lebensanschauung vollkommen ausdrückt: der leidlich moralische Kulturmensch auf dem gefahrvollen Weg über eine Kruste kaum erkalteter Lava, die jeden Augenblick durchbrechen und den Unvorsichtigen in heiß lodernde Abgründe sinken lassen kann.« *Bertrand Russell*

»*Herz der Finsternis* beschreibt eine Reise, die man Schritt für Schritt wiederholen könnte, und ist dennoch ein Traum, wie im Traum geschrieben, mit der Sicherheit eines Traums, der bekanntlich keine ›Fehler‹ macht.« *Urs Widmer in seinem Nachwort*

»Die vielleicht eindringlichste Erzählung, die die menschliche Vorstellungskraft je geschaffen hat.« *Jorge Luis Borges*

Laurens van der Post
im Diogenes Verlag

Flamingofeder
Roman. Aus dem Englischen
von Margarete Landé

»Die Handlung spielt im Jahr 1948 und führt in das
vom Bantustamm der Takwena bewohnte Gebiet Kap-
lands. Vor dem Haus des weißen Siedlers Pierre de
Beauvilliers wird ein Eingeborener ermordet aufge-
funden. Im Gegensatz zur Polizei versucht Beauvilliers den Mord aufzuklären. Die Spur führt zu einem
weißen Händler, der mit dem Stamm Geschäfte macht,
zum Frachter ›Stern der Wahrheit‹, der im Auftrag eines osteuropäischen Konzerns die Strecke zwischen
dem Kap und Natal befährt, und schließlich zu einem
waffenstrotzenden Stützpunkt, in dem ein kommuni-
stisch gelenkter Takwena-Aufstand vorbereitet wird...
In stofflicher Hinsicht ist *Flamingofeder* ein abenteuer-
licher Thriller – mit geschickt verflochtenen Motiven
internationaler Verschwörung und einer spannenden
Verfolgungsjagd.« *Kindlers Literatur Lexikon*

»Das Hauptwerk van der Posts.«
Neue Zürcher Zeitung

Die verlorene Welt der Kalahari
Reisebericht. Deutsch von
Leonharda Gescher

Es sind Kindheitserinnerungen, Geschichten aus dem
Munde der Eltern und lückenhafte Berichte von Jä-
gern, die im jungen van der Post den Plan legen, eine
abgeschiedene Gruppe der Buschmänner aufzuspü-
ren. Doch erst als Erwachsener findet er Muße und
Mittel, den Jugendtraum zu verwirklichen. Mit Freunden und Technikern und begleitet von eingeborenen
Helfern, dringt er in die südafrikanische Wüsten-
steppe der Kalahari ein.

»Dieses Buch ist eine unerhörte Leistung des Verfassers. Er zeigt den verborgenen Reichtum der Buschmänner auf und verspricht, in einem weiteren Band die urtümlichen Schätze der Buschmannsweisheit zu heben.« *Die Bücher-Kommentare*

Wenn Stern auf Stern aus der Milchstraße fällt
Roman. Deutsch von Brigitte Weidmann

Die gewaltige Natur des südafrikanischen Buschvelds bildet den Hintergrund für die Geschichte vom weißen Farmerssohn François, der weniger in der europäischen Kultur als in der Überlieferung der Buschmann- und Matabele-Sagen zu Hause ist, und vom Buschmann Xhabbo. In einer Welt der Apartheid, des gegenseitigen Unverständnisses und auch des Guerillakriegs finden sich die beiden zu einem Schicksalsbund.

»Im Zeichen ungewisser Prognosen über den afrikanischen Kontinent kommt einer Stimme Bedeutung zu, welche vom ›ursprünglichen‹ Afrika auf Grund persönlicher Kenntnis berichtet: Laurens van der Post.« *Neue Zürcher Zeitung*

»Wortgewaltig und bilderreich hat Laurens van der Post in seinen Büchern Afrika heraufbeschworen.« *Manuela Kessler / Tages-Anzeiger, Zürich*

1993 von Mikael Salomon unter dem Titel *A Far Off Place* (›Die Spur des Windes‹) mit Maximilian Schell verfilmt.

Das Herz des kleinen Jägers
Roman. Deutsch von Leonharda Gescher

Tief im Herzen Afrikas leben verstreut in den unendlichen Weiten der Kalahari-Wüste die letzten Buschmänner. Laurens van der Post ist ihren Spuren gefolgt, hat ihre von Schwarzen und Weißen gleichermaßen zerstörte Kultur studiert und ihre Träume, Mythen und Legenden aufgezeichnet. Ohne Vorwurf beschreibt er die Entfremdung von der Natur, die wir Fortschritt nennen und die am Ende diejenigen unterliegen läßt, für die beide Begriffe noch eine Einheit darstellen.

In den glühenden Farben Afrikas erzählt van der Post die Welt eines fast untergegangenen Volkes.

»Eine faszinierende Ergründung der Buschmann-Mythologie.«
Christoph Egger / Neue Zürcher Zeitung

»Laurens van der Post hat eine Vision von einer besseren, der Natur zugewandten Lebensart, und die verfolgt er seit Jahrzehnten in zahlreichen Büchern. Zudem ist er ein geschulter Beobachter und ein glänzender Stilist.«
Hannes Hintermeier / Die Woche, Hamburg

Durchs große Durstland müßt ihr ziehn
Roman. Deutsch von Brigitte Weidmann

Die Fortsetzung des Romans *Wenn Stern auf Stern aus der Milchstraße fällt,* der von Mikael Salomon mit Maximilian Schell unter dem Titel ›Die Spur des Windes‹ verfilmt wurde.

Ein mutiges Buch, das Stellung bezieht zu dem großen afrikanischen Konflikt. Es legt die Wurzeln der Rassenfrage bloß und erkennt die Notwendigkeit der Aufhebung von Schuld und Rache. Lange vor dem Konflikt hat Laurens van der Post gewarnt, doch sieht er am Ende einen Neubeginn.

»Es ist ein unverkennbar seherisches Element, das Laurens van der Posts Leben und Werk bestimmt. Es fußt ebenso auf der politischen Analyse wie auf der unbedingten Überzeugung vom Gewicht des eigenen Denkens und Fühlens. Laurens van der Post ist ein meisterhafter Erzähler.«
Christoph Egger / Neue Zürcher Zeitung

Das Gesicht neben dem Feuer

Roman. Deutsch von Anna M. Riedel
und Eduard Thorsch

Der Maler David Alexander Michaeljohn legt einen im doppelten Sinne weiten Weg zurück: von seinem Geburtsort in Afrika nach England, von England zu seinem Geburtsort und wieder nach England zurück – von der ersten kindlichen Eifersucht auf den jüngeren Bruder über die egoistische Liebe seiner Mutter und die zerstörerische Zuneigung einer ungeliebten Frau bis hin zu jener Gefährtin, die ihm von Anbeginn bestimmt war.

Visionen, Bilder und Träume kennzeichnen die Wende- und Haltepunkte dieses inneren Weges des Protagonisten, der letztlich sein wahres Ich erkennt und die Fähigkeit zu lieben erlangt.

»Einer der großen Romantiker des zwanzigsten Jahrhunderts.«
Robert von Lucius / Frankfurter Allgemeine Zeitung

Der Jäger und der Wal

Roman. Deutsch von Michael H. Siegel
Mit einem Nachwort von Christoph Egger

Peter, ein südafrikanischer Junge, darf als Späher im Krähennest eines norwegischen Walfängers vier Fangzeiten mitfahren. Die aufregenden Walfänge, der Jagdfanatismus des sehr eigenwilligen Kapitäns Thor Larsen, das Zusammenleben auf See von Menschen heller und dunkler Hautfarbe werden zu bewegenden Erfahrungen für ihn.

In der Kenntnis der Wale und ihres Verhaltens, in der Authentizität der Darstellung und der Meisterschaft des Stils läßt sich *Der Jäger und der Wal* nur noch mit *Moby-Dick* vergleichen.

»Laurens van der Posts Sprache ist klar und unprätentiös, nie auf billigen Effekt oder Pathos aus. Erfahrun-

gen, pädagogische Aktivität, Engagement: Zeitlebens wollte Laurens van der Post das nicht trennen von der Mystik, vom Abenteuer des Lebens. In diesem Sinne war er einer der gelehrten Naiven des Jahrhunderts.«
Süddeutsche Zeitung, München

C. G. Jung, der Mensch und seine Geschichte

Deutsch von Gertie Siemsen

C. G. Jung ist zweifelsohne eine der bedeutendsten Figuren der Geistesgeschichte des 20. Jahrhunderts. Jenseits der gängigen Denkweisen hat er psychoanalytisches mit mythischem, kultur- und geistesgeschichtlichem Gedankengut verknüpft und so eine Lehre entwickelt, die das Wesen des menschlichen Existierens treffender zu beschreiben weiß als alle wissenschaftlichen Konkurrenzmodelle. Allein dem Dienst an der Wahrheit verpflichtet, hat C. G. Jung auf seine Zeitgenossen und die Nachwelt eine starke Faszination und Anziehung ausgeübt.

Laurens van der Post, der große Abenteurer und Humanist, hat C. G. Jung kurz nach dem zweiten Weltkrieg kennengelernt. Seine Schilderung vermittelt eine Ahnung von dem inneren Reichtum des Forschers und seiner überragenden Persönlichkeit. Daneben versteht er es, die verschiedenen Ideen Jungs auf allgemeinverständliche Art darzustellen, ohne daß die Tiefe seiner Gedanken und der umfassende Zusammenhang, in denen sie stehen, verloren geht.

Laurens van der Post hat eine ungewöhnliche Biographie eines ungewöhnlichen, faszinierenden Charakters geschaffen.

»Wie kaum ein anderer Denker im zwanzigsten Jahrhundert gibt C. G. Jung umfassend Hinweise auf ein sinnvolles Leben: privat wie politisch, gesellschaftlich, religiös, ganzheitlich.« *Franz Alt*

Liam O'Flaherty
Zornige grüne Insel

Eine irische Saga
Aus dem Englischen
von Herbert Roch

»Die Lektüre dieses Romans ist ein ganz ungewöhnliches Erlebnis. O'Flahertys Erzählkunst vermag nicht nur seinen Platz neben den großen Romanen aus allen Sprachgebieten zu behaupten, sondern beweist auch, wie ein ›historischer Roman‹ den Leser zu packen, zu rühren und zu erschüttern weiß, wenn ein Meister ihn geschrieben hat. Im Jahr 1845 begann für Irland eine Folge von Unglücken und Entbehrungen, die weit über das Maß dessen hinausging, was die Bevölkerung der Grünen Insel als ihr alltägliches Los zu tragen gewohnt war. Durch eine Kartoffelkrankheit sahen sich die Menschen ihres Hauptnahrungsmittels beraubt; die Pachtzinse waren nicht mehr aufzubringen, wurden aber unbarmherzig von den englischen Gutsbesitzern und den Vertretern Ihrer Majestät Königin Victoria eingetrieben. Wucherer verstanden, ihre vorteilhaften Geschäfte zu machen; die kleinen Pächter standen – der eine früher, der andere später – buchstäblich vor dem Nichts. Die Leute starben an Flecktyphus oder ›einfach‹ vor Hunger …«
Tages-Anzeiger, Zürich

»Eine grandiose Sympathiekundgebung für den ewigen Kampf des Menschen um Brot, Freiheit und Menschenwürde.« *William Plomer*

»Liam O'Flaherty erweist sich hier als atemberaubender Erzähler.« *Publishers Weekly, New York*

George Orwell
im Diogenes Verlag

»George Orwell, Prophet der Schreckenswelt von *1984*, vielzitierter Autor auch der grimmigen Fabel *Farm der Tiere*, ist heute der meistgelesene englische Schriftsteller des 20. Jahrhunderts. Und mit später Bewunderung wird inzwischen auch jener einst so mißachtete, jener andere Orwell zur Kenntnis genommen, der in Romanen, Reportagen und vielen Essays Zeugnis ablegt von seiner Zeit, von den Dreißigern und Vierzigern des zwanzigsten Jahrhunderts, in denen sich Europas Gesicht verändert hat.«
Der Spiegel, Hamburg

Farm der Tiere
Ein Märchen. Aus dem Englischen von Michael Walter. Mit einem Nachwort des Autors. Illustrationen von Friedrich Karl Waechter
Ebenfalls als Taschenbuchausgabe ohne Illustrationen lieferbar

Im Innern des Wals
Erzählungen und Essays. Deutsch von Felix Gasbarra und Peter Naujack

Mein Katalonien
Bericht über den Spanischen Bürgerkrieg. Deutsch von Wolfgang Rieger

Rache ist sauer
Essays. Deutsch von Felix Gasbarra, Peter Naujack und Claudia Schmölders

Erledigt in Paris und London
Deutsch von Helga und Alexander Schmitz

Tage in Burma
Roman. Deutsch von Susanna Rademacher

Der Weg nach Wigan Pier
Deutsch und mit einem Nachwort von Manfred Papst

Meistererzählungen
Ausgewählt von Christian Strich

Denken mit George Orwell
Ein Wegweiser in die Zukunft. Ausgewählt von Fritz Senn und Christian Strich. Deutsch von Felix Gasbarra und Tina Richter (vormals: *Gerechtigkeit und Freiheit*)

Michael Shelden
George Orwell
Eine Biographie. Deutsch von Matthias Fienbork